ちくま文庫

金色青春譜

獅子文六初期小説集

獅子文六

筑摩書房

目次

「金色青春譜　獅子文六初期小説集」

獅子文六

金色青春譜

千万円未亡人の食客

南の風。晴。午前十一時、気温七十三度。

鰯波と云いますか、やさしい海の笑窪が、シャンパン色の日光を、閃々と反射して、ベタ一面に、愛嬌を振り蒔いている。渚へ寄せる音さえも、娯しい二人の忍び笑いほどでしかありません。これで冬向きの時化でも食らえば、忽ち白い牙を剝き出して、ヨットの一、二隻を搔っ払う暴れ方をしないでもないが、時やまさに、恋によろしく、事業によろしき薫風和順の候――海だって、山だって、機嫌の悪い筈はない。

日本ドオヴィル[*1]と謡われるK海浜都市、ちょうどシーズンの開幕五分前です。別荘地帯は畳屋さんと植木屋さんの出入りが急がしい。町の食料品店は横浜からモカとジャバの珈琲豆を、呉服店は東京から田村屋の浴衣地、薬屋はバス石鹼とそれからSemori[*2]を、ウント仕入れました。町役場では例年の海水開きの余興プログラムを、ヨリヨリ協議中です。ちょいとこの、季節直前の避暑気分というもの、オツなもので、結婚式を目前に控えたフィアンセの胸中と申しましょうか、フワフワと風船玉のように躍っています。

で、I岬の若葉、K山の青葉、いよいよ鮮かに、今日も一点の翳さえない快晴――海岸の砂は、眼の眩むように輝いている。震災この方、水位が低くなって、浜は大変広くなりましたが、砂の汚くなったのは閉口で、ちょいと掘っても、桜貝姫貝などの代りに、サイダーの栓、キャラメルの皮なぞが出てきます。

「うう……何処かで蟬が鳴いとる」

いかにも眠むそうな声が致しました。誰も何とも答えません。なるほど、舌ッ足らずな春蟬の声が、別荘の松林あたりから聞えてきます。続いて県道を走り抜けるエンジンの音……。どうもジレったく静かです。

「ワシャ腹が空いてきた……」

間を置いて、別な男の声。これにもまた、返事をする者がありません。

都合三人――屈強の若者です。筋肉隆々、いずれもスポーツで鍛え上げた見事な体格。しかも頭髪の手入れがよく行き届いて、オオ・ド・コロンの匂いがプンとします。服装も序に申上げたいが、只今一同水泳着ですから、略します。即ち、舶来ものらしい華手なビイチ・アムブレラの蔭に、砂に顔を伏せて長々と臥そべったのが二人、ゴロンと仰向けに転がったのが一人――推進機のように三方に脚を出してる。

少し気が早いんで、まだ初夏――しかも午前中、こんな光景を演ずる手はない。どこを見渡しても、一張の天幕も傘も出てやしません。季節に魁けるのも結構ですが、三人の顔色一向に冴えず、胃酸過多症のように、陰々としてるのは可笑しいです。

「コリント屋が、あれで、一日一円五十銭は稼ぐってな」

「一月四十五円か……初任給として、ワシャ勿論(もちろん)目を瞑(つむ)るがね。ああ、何処か無(ね)えもんかなア」

「ヌシも相当なもんだねえ。まだそんなことを思っとるのか。一体、こういう社会情勢に於(おい)て、就職なんて志すのが、そもそも認識不足だよ。ワシも一年前には、まだ小児病的見解が失せなかったから、学校当局を信じたり、オヤジの親友の紹介状をアテにしたり、彼方此方(あっちこっち)駆けずり回って、随分無駄な電車賃を使ったもんだ。しかし、事既に究(きわ)まるとサトリを開いてからは、断然アセらぬ事にしとる」

「イヤに落着いたことを云やがって、この間、マダムに第一生命の屋野に話してくれと頼んで、叱られたのは誰だ」

「俺だ。どうもまだ時候の変り目には、病気が出るんで困るよ。しかし、マダムも不思議な女だなア。他のことなら、何でも聞いてくれるのに、就職や紹介となると、断然首を振るからな」

「当り前よ。そんな狼を、実業界の巨頭に紹介できますかッてんだ。第一、亡夫権右衛門の顔に拘(かかわ)らア」

「すると俺達を飼っとく理由が分らない」

「そりゃ、君、彼女がシェパードや芝犬を飼っとくようなもんさ。ただ、餌(え)が少し上等なだけだ」

イヤハヤ、情けないお話になったもんで……これなる三人の青年、鷺山(さぎやま)君、河口君、長谷川君といって、いずれも私大の雄(ゆう)、天保大学経済学部の昨年度卒業生です。世が世なら、財界に有力な先輩の多い同大学のことですから、卒業生は翼の生えたように売れてくのですが、前世によほど悪いことでもしてきたと見えて、無惨や、非常時の最中に、学窓からツキ出されました。在学中は親父という超温情主義(ちょうおんじょうしゅぎ)の資本家の下に働いて、月収七十円ぐらいはあったんですから、ダンス、麻雀(マージャン)、ビリアードと、どうやら天保ボーイの愉快な生活を味わってきました。今にして思えば、いとも悲しい卒業式ですが、当時、なアにいくら殺人的不景気だって、俺一人の椅子を分けてくれないほど貧弱な、日本経済界でもあるまいと、勇躍して世の中へ飛び出してみるとナニガサテ……まるでお話にならない。娘一人に婿(むこ)八人どころじゃありません。三人五人とシミッタレタ採用人員に、前年、前々年の落武者を合して、まったく五万と押し寄せます。表口、裏口、大手搦手(からめて)からあらゆる戦術を尽して、その間に割り込もうとしますが、苦心の甲斐も荒浪の現代世相――早慶戦の切符を手に入れるより、よっぽどムズかしいもんだと、気がついた時は、既に郷里からの送金も、これが最後と、高らかに宣告(サイレン)を受けていました。実際、オヤゴさんの身になってみても、目下中小地主は瀕死(ひんし)の苦境で、学年の度に売り払った裏山の材木も、まったく坊主になったから、是非もない。地主の息子大学を出でて、村に水害が起る。まことに、地文学も複雑になって参りました。ですが、大東京、新興日本の心臓です。東洋のメトロポールです。大きいです。広いです。一方で捨てれば、一方で拾う——三人のインテリ・ルンペンが、糊口に窮するに至らぬ前に思わぬ方面から、救いの手が伸びてきた。しかも白魚のような指と、白薔薇のような掌をもった美しい手なんです。コリャ嬉しい。三君が忽ちこれに縋りついたのも、無理からぬ次第です。

御存じでしょう。大井千智子——勿論、念を押す必要はない。センチ子と書いてチサ子と読ませることを、誰でも知ってます。それ以上に、彼女が殿上公卿の名門に生まれ、天の成せる麗質、海外のグラビア版にまで名を謡われ、しかも、炭鉱大成金の大井権右衛門氏と、無慮三十二歳の差額を以て結婚し、その翌年権右衛門氏がポックリ死んじまって、若き千万円未亡人となった次第は、天下に鳴り響いた事実である。当時、福戸蘭堂という男が、大井家の玄関で頻りに尺八を吹いたが、千智子未亡人一向耳を藉さなかった。というのも、彼女は莫大な遺産と、絶世の美貌とを双手に抱いて、「妾はいかにして生くべきか」という、重大問題に没頭してたからで、実際これはヤサしいようでムズかしい思案です。結局彼女は束縛の廃墟に埋れた自己の青春を救い出し、今後は女として人間として、自由開放の天地に、エホバの神より与えられたる生命の真味を喫せんと、雄々しい決心をした。これが権右衛門氏の一周忌の済んだ晩の話で、翌朝から彼女、後家さん商売サラリと止めて……お抱えのパッカード頻繁に門を出入りすることに相成った。

で、お話が元へ戻って、鷺山君ほか両名と彼女との交渉なのですが、これは特にとり立てて申上げるがものはない。彼女の新生活が始まって以来、文士、俳優、スポーツ・マン、会社員、医師と、あらゆる男性の交友が激増した中に、偶〻カレッジ・ボーイが混っていたからといって、別に不思議はない筈。そのボーイズが、失業メンに成り下ったので、お情けを掛けて身柄を引取ったって、ビクともするような財産ではありません。ただそれだけの話で、三人の食客に限らず、どんな男性と近づいても、千智子未亡人、ミジンも浮いた所業がない。世間ではいろいろ噂を立てますが、みんな嘘――有閑夫人も、これ位大ユーカンになりますと、滅多な真似はしません。ダンス教師なぞにはハナも引っかけない。小当りに当って見て、縮尻ったのが、彼女不感症だなぞといい触らしますが、これも嘘――最もセンシブルな体質に生まれついてるが、ただ、大望ある身の軽挙妄動を慎しんでるだけです。その大望とは――いわずと知れた話、彼女真のオトコを求めている。オトコ・オブ・オトコスの出現を、待望久しきに亘ってる。これがどうも、昨今甚だ払底で、なかなかオイソレと現われてくれません。1/2、1/4の男性なら、円タクを拾うより易く探せるが、心身共に百パーセントの男性という註文なんで、まったくこれは大望というより非望に近い。

だから気の毒ながら、鷺山君達、モノの数に入っていない。麹町五番町の宏大な本邸の門内、もと家令のいた家屋を明けて、三人を住わせている。時に買物のお供、麻雀のお対手ぐらいが三人の仕事でほかに用はありません。居候根性を出して、庭でも掃こうもんなら、コッぴどく夫人から、叱りつけられる。

「なんですか、貴方がたは？　あたしのトモダチじゃありませんか」

で、朝から夜半まで、余儀なくノラクラしてます。それで衣食向う持ちの月給五十円——ナント結構な話であるが、当人達の身になってみると、必ずしも然らず。安心のような、心細いような、帝国ホテルでヌルマ湯に入ってるみたいな心理状態、時には、自ら額に汗して、カツ丼でも食ってみたくなるのは人情です。1/2でも、1/4でも、そこは男性……。

ガッチリ太郎・立志の記

現に、六月末から、千智子未亡人のお供で、K海浜都市へ来てますが、午後のテニス、夕のドライヴ、夜のダンス……それと、もう一つのビジネスがある。彼女何事も尖端を愛する性分なんで、K町の別荘へ来るにしても、土用中なんかは面白くない。シーズン前の新鮮溌剌たる気分を、一寸ツマんで、後は大衆諸君に任せようという、昔から資本家の心理で、あまり可愛くない。それはいいが、午前中夫人が海岸を散歩する時に、カラッポの海と砂では、気分が出ません。で、鷺山君、河口君、長谷川君、先回りをして、大井別荘の豪勢なビイチ・アムブレラを張って置く。田屋から取り寄せた今年の水着を一着に及んで、いずれも盛夏の気分で、セイゼイ砂だらけになってる。そこへ夫人が、犬と小間使を従えて、散歩の終りに立ち寄ります。潮の香かおるアムブレラの蔭で、雑談数刻――適当に気分の出たところで、一同と御帰館、昼飯というのが、この頃のプログラム。雨の日を除いて、毎日ですが、これが日課となると、三君としても、あまり面白いことはない。

「エエッ、もうそろそろ現われねえかな。今日はいやにオデマシが遅いぞ」

「先刻から、俺は腹が空いて耐りゃしねえ」

「僕は今日、サービスが済んだら、横浜へ遊びに行こうと思ってるのに」

善良なる三名の青年、少し現在の境遇にウダってるようです。早く午前の勤務を切り上げちまいたいので、夫人の出現を、今や遅しと待ち受けている。夫人のプロムナード・コースは大概定まっていて、Kホテルから二つ目の石垣の間から、巴里製の素晴らしいバチックのパラソルが現われ、それが一旦渚近くへ降りて、大弧線を描いて、シズシズ三人の所へ近寄ってくる順序です。だから、三君ジリジリしながら、先刻から、二つ目の石垣を睨めています。生憎今朝は、夫人は、おろか、まだその小径から、猫一疋出てこない。が、やがて、念願届いて、いまやポッツリと現われた人影……

「来た、来た！」

「やれやれ」

一同放課のベルを聞いた気持になったが、人影が次第に拡大するにつれ、どうやらこれは糠喜びらしい。

「なんだ、男性らしいぞ」

「カンカン帽をかぶってやがる」

「チェッ、忌々しい」

と三君、ヤケになってまた砂に臥転ぼうとしたが、くだんの人影君、帽子を脱いで高く振りながら、一直線に此方へ近づいてくるので、驚いた。目下の職業が職業だから、誰にもアドレスは知らしてない。親兄弟は云うに及ばず、友人にも一切音信不通なんですから、訪ねてくる者はない筈。さあ誰だろうと、気の弱い河口君、薄気味悪がってるのを、鷺山君押し宥め、

「いや待て。ことによると、俺が秘かに運動してた第一生命から、入社許可の使者を寄越したのかも知れん」

冗談云っちゃいけない、そんな親切な会社はない……。そのうちに、だんだん姿が明瞭としてくると、リュウとした仕立卸しのダブル・ブレスト、厚地の白フラノの

揃いが、こうよく似合う男は滅多にありません。一見貴公子を欺くトレ・シックの風采でありますが、ズシンズシンと砂を踏んでくる足音は、四股を踏むような力が籠っている。中肉中背ながら、ハチ切れるような健康の持主らしい。濡れたような黒髪、輝くばかりの皓歯……いちいち委しくは書きませんが、まずハリウッドで殺陣の利く二枚目の姿と御想像下さい。ただ、この風采なら、どうしても太いアッシュかなんか握ってる筈のところ、保険勧誘員に見まほしき大きなポートフォリオをブラ下げている。但し皮と金具は素晴らしい。ともかく、有閑か無閑か、見当のつき兼ねる青年紳士で、三人が眼をパチクリやってるのも無理ではない。五メーター、三メーター、やがてゴールに近づいた顔を見て、鷺山君、奇声をあげて叫んだ。

「やッ、やッ、やッ、……ガッチリ太郎だ!」

「ナ、何、ガッチリ太郎だ?」

「ほんとだ! ほんとにガッチリ太郎だ!」

飛び上らんばかりに、一同驚いてしまった。

こちらは右の青年紳士、軽く汗ばんだ額を、ゴリゴリした麻ハンカチで拭いながら、

「いやア、諸君、随分探しましたよ……」

と莞爾かに笑って、砂の上に腰をおろし、慇懃に、

「その後はまことに御無沙汰……」

するど、失礼にも鷺山君、「イヤ」と云ったきり、ブッキラボーに腕組みをした。河口君、長谷川君も同様、極めて簡単且つ不明瞭な挨拶を投げて、鼻の頭を掻いたり、砂をホジったりして、横を向いて客人を冷遇している。しかも胸中なにやら安らかならざるものがあると見えて、挙動少しも落ちつかず、三人で盛んにウィンクの交換をやっています。

そんなことには少しも頓着なく、青年紳士は物柔らかに、

「相変らず、諸君はお盛んですな。世間じゃまだセルを着てる奴もあるのに、もう水泳を始めていらっしゃる。実際、尖端的だと思いますよ」

「イヤ」

「それにです。第一にお羨ましいのは、こうやって、朝っぱらから、サンド・バスなんかやっていられる御身分ですよ。皆さんお家が良いから、就職なぞなさらないで、ノンキに遊んでいられますが、同期生のうちでも、随分気の毒な人がいますぜ。弁論部にいたT君なんか、この間浅草で会いますと、漫才の前座を勤めてるという話で……。この就職地獄に際して、諸君の境遇ほど恵まれたものはないですよ」

「イヤハヤ」

「素晴らしい水着を着てますなア。田屋ですか、フタバヤですか。よっぽどしましたろう」

「イヤナニ」

まさか官給とも云えません。三人は見当違いな羨望(せんぼう)を受けて、すっかりテレてる。

「ところで、鷺山君。早速ですが、まず貴方から……」

と、青年紳士はポートフォリオを引き寄せて、中から一葉の書類を取り出しました。

「一応御覧を願っときます……。最初のお立替えが、本科二年の三学期で、金十円。間もなく、本三の一学期に二十円。それからズッと杜切(とぎ)れて、御卒業の時ですが、あの時はだいぶ御発展で、その結果一躍三十五円というのがあります。それきり姿をお隠しになったので、利子は積る一方……今日までで、元利共百〇五円六十八銭三厘(りん)となっています。どうかお調べを……。何と云っても、鷺山君が一番古いお馴染(なじ)みで、ハッハハ」

と笑ったが、鷺山君は少しもオカしくない。

「お次ぎは河口君……貴方のは極く少額です。卒業祝賀会の会費のお持ち合わせがなくて、金三円……それからタイガー・ベーカリーへ同道して、溜った勘定をお払いしたのが、九円八十二銭……。長谷川君の分としましては……」

次々に、勧進帳(かんじんちょう)を読み上げられて、身に覚えのあることですから、一堂ゲキとして声がありません。青年紳士はやがて声を改め、

「さて諸君。今日は突然に伺ったので、諸君の御都合もおありでしょうから、決して無理に御返済を求めるわけじゃありません。御都合が悪ければ、それでよろしい。ただ一

言、これを機会に申上げておきますが、私も聊か感ずるところがありまして、今後、本格的に、金融業者として、世に立ちたいと存じています。従来、クラス・メートとしての関係上、時々お立替え申してきましたが、謂わばあれは私の腕試し、ウォミング・アップの如きもので、真にフィールドの上に立つのはこれからです。私は資本もありません。交際もありません。しかし私には諸君がよく御承知のように、天稟の素質があります。加うるに、恩師鳥江博士直伝の金融学の教養があります。無比の健康があります。無限の精力があります。私は決して前途を悲観しません。必ず近代的、科学的金融業者として、新機軸を立てる積りです。諸君に置かれましても、旧友の誼みを以てこの趣旨に賛成せられ、末永く御用命下さるよう願います。就きましては、今日から、債権債務の所在を確立致しますために、改めてこれなる用紙に……」

弁舌爽やかに、慣れた手つきで鞄を開けかかる様子——ガッチリ太郎といわれる男だとは思っても、あまりにも水際立った武者振りなので、一同唖然として言葉がありませんでした。

ガッチリ太郎——勿論これは通称で、本名香槌・利太郎。なるほど早口に云えばガッチリです。しかしそれよりも、本人の心理的生理的条件に於て、甚だガッチリしたものがあって、かく名づけられたようで、早い話が、教授が休講すると、忽ち授業料割引運動を起すという人物——その他、バットとチェリイ[*3]、下宿とアパート、おでんやと洋酒スタンドの利害得失の比較研究は、まことに堂に入ったもので、何事にも無駄と無意味が大嫌いな性分。といって、ケチじゃないんで、費（つか）う時は大いに費うが、消費の対象に於て完全なる交換価値を見出すに非ずんば、五厘の切手だってムヤミには貼りません。謂わば経済学の申し子のような男で、これがホントの天保大学模範生なんだが、学校当局眼が無くて、成績はいつも中位。尤（もっと）も香槌君にいわせると、優等も劣等も、両方とも意味ナイそうで。

こういう人物ですから、予科から本科に入った時に、既に卒業後の身の振り方に就いて、深甚な考慮を回（めぐ）らしていた。ツラツラ険悪な世相を見渡してみると、ただ学校を出たからと云って、三度のライスを保証してくれる世の中で無い。たまたま運が好くて、就職にありついても、なアんですか、初任給五十円――五年目に三円宛ぐらい上って、十五年も勤続すれば、老朽組に入れられて、退職手当三月でバッサリ……。学校時代に親から八十円貰ってる人間が、オカしくって、そんな真似出来ますかってんだ。これは如何（どう）あっても、普通の学生と断然別コースをとらないと、アタラ男子の一生を、資本主義重圧の下に押し潰されると健気（けなげ）な覚悟を定めた香槌利太郎――マーキュリイの神に大願を立て、当分珈琲（コーヒー）を断った。

で、ある日のインスピレーション。香槌君の耳に、ラジオの雑音のような声で「汝（なんじ）、金融業に従え」という神託が聴えた。コレアル哉（かな）と香槌君、その後は在学中と雖（いえど）も、既に創業準備に取り掛って、毎月学費八十円のうちから、資本の蓄積を始めた。すると鷺山君のような消費専門家が、これを嗅ぎつけて、「オイ、一寸五円ばかり……」と、すぐにタカってくる。そこで「親しき仲に礼儀あり」という手を用いて、ノートを破いて証書を書かせたり、日歩十銭と取り定めたりする。ガッチリ太郎と悪名を受けても、商売の成績は、開業以来頗る良好です。

だから香槌利太郎が間貫一の轍を踏んだって、宮さんにフラれた訳じゃないんで、そこは明治と昭和、時代の相違です、恋は優しき野辺の花だが、市場価値は全くない――と香槌君思ってる。勿論女がキライという手はないから、彼氏も女給やダンサーと遊んだ経験がないこともないが、断じて惚れません。惚れないばかりでなくセミにしろ、プロにしろ、浮川竹の女[*4]という奴は、病理学的に頗る欠陥がある。泌尿科通いほど、時間と物質と精神の濫費はないと、チャンと知ってる。従って、彼氏まだ童貞です。あの美貌と風采をもちながら、何処で如何ほどモテようとも、断然その清節を守ってるのは、やはり大望を抱く青年の涙グマしき心掛けと、申しましょうか。

とにもかくにも、香槌利太郎――そこらに転がってる青年と、少しワケが違います。鉄の如き堅固な意志、ガラスの如き明朗な頭脳、セメントの如き集中力……まるで丸の内の中央郵便局の建築みたい、コルビジェ[*5]の近代美は、香槌利太郎の一身に輝いてると御想像下さい。

さて、この近代男、おもむろにポートフォリオから、約束手形の用紙を引出し、

「親しき間柄で、公正証書にも及びませんから、約手で願いますが、宜敷うございましような。ちょいと記入額をお改め下さい」

渡された手形を見て、鷺山君始めポカンとしてる。友達の間の貸借は度々行ってきてるが、手形なんて見るのは、生まれて今日で始めて。

「なんだいコリャ。いやに細長い免状じゃねえか」

「ハハ、ご存じありませんか、尤も、手形法の講義の時には、諸君、揃ってエスをなさったから……。イヤこれが一番簡単正確なんで、時効は十年、差押えは頗るラクに出来ます」

「君、差押えをやる気か」

「諸君のように身許の確かな人は別ですが、時と場合に依っちゃ、代物弁済の権利を執行します」

「驚いたね、香槌君。じゃ君、いよいよホンモノですか」

鷺山君以下、少し感情を害したようです。

「シャレや道楽じゃありません。先刻申上げた通り、男子一生の事業として、私の選んだビジネスです」

「そんなの、あるかよ。香槌君。天下の制服の処女から、満身にアコガレを集めてる僕

達天保ボーイがさ、高利貸とは何事だい」

「ほんとだよ、香槌君、僕等の借金はきっと返すから、その商売だけは止め給え」

「河口の云うとおりだ。アイスなんて手はないよ。それじゃ、若き血に燃ゆるじゃなくて、若き血に冷ゆるだ」

流石は同じ教室に机を並べた誼みで、三人は揃って苦諫を呈しましたが、こちらは少しも動ぜず。

「御厚意ありがとう。しかし、諸君はアイスアイス、と、仰有るけれど、冷酷非道は旧時代の高利貸の話で、私の営業方針は、強く正しく……飽くまで科学的、近代的なんですから、まあドライ・アイス……」

「わかったよ。これだけいって聞かなけりゃ、勝手にするさ。それじゃ改めて君に伺うが、この書付けの数字は、こりゃ何だ。ドライ・アイスとは、詐欺取財のことかい」

気の短い鷺山君は、青筋を立てて、約手用紙を突き付けました。

「なんですか、この百四十円のことですか」

「そうさ。君に借りたのは、元利共百〇五円六十八銭三厘と、この通り最初の書付けにある。それを約束手形で、百四十円にサバを読むから、不埒だというんだ」

「あアそれですか。それは天引き三割に手数料、今日の汽車賃、日当を加入してあります」

「テンビキたア何だ」

香槌君仕方がないから、一々テクニックの説明を始めた。こちらは、意志薄弱と雖も、純真なお坊ちゃん達━━今更ながらに、高利貸の悪辣（あくらつ）な搾取を知って、驚いたの、怒ったのって。

「そ、そんなカンニングはねえぞッ！」

「決してカンニングじゃありません。金協━━金融業者協会規定の標準ルールなんです。断じてフェア・プレーです」

「フザけるなよ。借りない金を払って耐（たま）るか。こんな紙、鼻かんじまえ」

鷺山君出もしない洟汁（はな）を、約束手形で無理にカンジまった。

「乱暴なさるな」

この非合法手段に香槌君も顔色を変えた。

「なア河口、長谷川。俺も学校時代からガッチリ太郎は虫が好かなかったが、こんな野郎に進化しようとは思わなかった。俺はもうムズムズして耐らないからお先きへ失敬するよ」

何を失敬するのかと思ったら、鷺山君、いきなりガッチリ太郎の横ッ面へ、猛烈なパンチを入れた。不意を打たれた利太郎、一敗砂に塗（まみ）れたと思いきや、スックと立ち上って、

「そっちの手が痛くなるばかりですゾ」

と、悠然と三人を睥睨した。面が憎いとはこのことで、この野郎とばかり、鷺山君第二打を送る。他の二人もこれに続いてアッパー・カットやストレートの雨あられ、三人の包囲攻撃で、あわれ香槌利太郎コナゴナになった筈だが、いい顔色に充血しただけで、平然としてます。イヤ彼氏の顎がたいした代物で、ピストン堀口のより、もう一級上の堅牢品。まさに天賦の妙器だから、ビクともするものじゃありません。なるほど仰せの通り、却って三人の手が腫れてきた。

「面倒だ。タタンじまえ」

と、今度は手取り足取り、国技館の方に転向したが、これがまた香槌利太郎の腰のネバリが生まれつき、そう思うように引っ繰り返らない。永久にスクラムばかり組んでて、勝負が栄えません。鷺山君がここで一策を案じ、

「誰か此奴の鞄をあけて、証書を皆破いてやれ。ほかに急所はねえゾ」

と号令をかけた。河口君早速ポートフォリオに手をかけると、此処に於てか、香槌利太郎怒り心頭に発して、猛然と二人を投げ飛ばし、河口君目がけて跳り掛った。敵もさる者、忽ち四人入り乱れての大格闘、砂を飛ばし、アムブレラを折り、黒煙りを立てて揉み合ってるところへ、

「まア皆さん、何をしてらっしゃるんです」

と、金鈴を振る美声……いつの間に現われたか、花が咲いたような千智子未亡人が、小間使とシェパードを従えて、艶然(えんぜん)と立っていた。

鶴の一声か、レフリーの笛か、乱闘忽ち止んで、キマリの悪そうな四人の青年――その中で一際目立つ白皙秀眉(はくせきしゅうび)の香槌利太郎が、サッと乱れた髪を掻き上げて、静かに一礼するのを見て、不思議や、千智子未亡人の両頬が、ポーッと紅くなった。

さて、お話はこれからで――

美しき日に

――Mmn……Fun……

と、これは、溜息(ためいき)です。酒は涙かの、単純センチなのと異って、千万無量の内容を充(み)たした呼気運動――しかもその主は誰あろう、香槌利太郎です。戸塚程ケ谷間の夕風を切って、ビュウビュウ走ってる上り電車の中です。両眼を閉じ、両腕を組み、黙然たること久しき時です。ああ、ガッチリ太郎が溜息をつく世の中となりました。

(あ、ある処にはあるもんだなア)

まずこう考える……。

前回、Ｋ海浜都市の砂浜で、鷺山君、河口君、長谷川君を対手に、大立回りの最中を、測らずも千万円未亡人千智子さんという留女が入って、ドロン・ゲームとなりましたものの、それから一同と共にＯ谷の彼女の別荘へ連れられ、一歩門内に足を入れると、サテモサテモ……。さすがは炭鉱成金の大井権右衛門が、好況時代の湧くが如き景気中に起した普請だけあって、豪壮華麗眼も昏むばかりです。そこは商売柄、香槌利太郎いちいち建具木口を評価して掛かりましたが、曲り廊下を何遍もクネクネ歩いて、奥のルイ十四世式サロンへ到着する間に、計算がコンガラかって、概算合計を投げちまったくらい。

で、そのサロンで、お茶が出て、アペリチイフが出て、目出度く手打ちということになって、やがて次ぎの間の食堂で、大した御馳走。富士屋ホテルのチイフを勤めていたコックの腕前もさることながら、スウェーデンの皿にチェッコのグラス、英国の銀器という、万国食器博覧会みたいな贅沢なディナー・セットに驚いた。加うるにボルドオ一九一一年産の白葡萄酒、これがどうも、コテエられなくって、少し飲み過ぎた。

そのセイか利太郎大いに感慨を催して、室内装飾だけに一万円は費ってる食堂を睨め回しながら、百余円の債務に大立回りを演じた自分が、ツクヅク馬鹿らしくなった。

(えエ畜生、俺も男だ。一生に一度はきっとこれくらいの部屋で、これくらいの御馳走を食う身分になってやるぞ)

と、大いに発奮はしたものの、

(だがしかし、ある処にはあるもんだなア)

と唸るほかはなかった。

ああ、金! かね! カネ! 何遍唱えても、この発音ばかりは、現代に生きとし生ける者の魂を震駭させます。ある処にあって、ない処にない。或いはまた、あるべき処にない——毛生薬の文句みたいで恐縮ながら、つい愚痴も云いたくなるですヨ。大井別荘の屋根の下に渦巻いてる黄金の湯気が、トタンに利太郎の胸を掻き乱したのも無理ではない。だが、ウットリと物思いに沈んだ彼の横顔は、ただそれだけの憧憬を物語るでありましょうか。ノン!

(ああ、世の中に美人もいるものだなア)

これが溜息の主因です……。金鉄と謡われたガッチリ太郎、今までどこのキャフェ、ダンスホールの女を見ても、美しいと思ったことがない。それが、今度ばかりは、完全にノサれたです。あの鼻つきなら、眼つきなら、ことにあのショート・ケーキの苺みたいな唇ときたら、あのアスパラガスの指と、あの黒羊羹の髪以上に、なんと食慾を唆ることか。しかし婉転たる声を乗せて、「ねエ香槌さん。これを御縁にまたどうぞね」とか、「お忘れになっちゃ嫌ざんすよ」とか、「妾まったく寂しゅうざんすわ」とか、とかとか、種々なる言語を以て、利太郎の鼓腹をクスぐったではないか。おお、瞬く星よ、別れの唄よ！　気高くも美しい幻が、狭霧の如く立ち迷って、通行妨害をなすではないか。なんとまあ、世の中には美人もいるもので、あれだけの代物なら、二十有八年護り続けた童貞を捧げても惜しくない。いや一生を捧げ、命を捧ぐるに、ナニ惜しからじと、香槌利太郎、すんでのことに決心するところだったが、

「品川！　品川！　山の手線乗換え！」

天来の声に、ハッと我れに帰って、慌ててポートフォリオを抱えて、飛び降りた。危い哉危い哉。われ志を立てて金融界へ進出せんとする時、一婦人の美に心を奪われ、人生の乗越しをやってなんとしょう。そもそも恋愛の経済的価値たるや、おかアしくッて、イヤハヤ……。おなじ作るなら、恋人よりも金さね。なにをクヨクヨ河端柳、水の流れを見て暮すような、ヒマのある体じゃなかった。さらばよサラバ、大井千智子さん。いずれ世の中が平安朝のようにノドカになりましたらば、桜の枝でもカザして、互いに恋を語らいましょう。目下は非常時、資本主義第三期――グズグズしてると、踏み殺されます。あなたは、大井家千万の富に守られてるからよろしいが、こちらは赤手空拳、険悪な世相の真ん中へ、突貫してく人間です。まったく御縁がありません。どうぞ何時までもお美しく在しませ。さよなら、アデュウ、アウフィダゼン……。

雄々しくも香槌利太郎、胸中の情炎を揉み消して、空を仰げば新月の影爽やかに、夜風が運ぶジャズの遠音も溌剌たる物質の歓びを唄っていた。

純喫茶〝ラルジャン〟

「入らっしゃいマセ」

如何いうものか、このマセという字を、いやにハッキリ云います。マシとはいわんです。そこに彼女等、牛屋の姐さんや待合の女中と、大いに異る点あるを、強調してるのかも知れません。何にしても、女給商売――ことに純喫茶なるものの女子従業員には、趣味教養に於て、時に天晴れなものがあります。

「いらっしゃいマセ」

カウンターの前に直立不動の姿勢をとっていたおスミちゃん、適度の微笑と、侵しがたき警戒を兼ね備えた態度で、テーブルへ進みました。白のブラウス、灰色のスカート、質素なこと制服の処女のようです。

「暑かったですね、今日は。ニヤニヤ……」

お客様、そんな風に笑いました。直ちに註文を発しないで、まずバットを一本抜き出す……こういうのに限って、ネバリたがって、カラミたがって、女子従業員に好かれません。ましてやこのお客、綽名を〝にんじん〟といって、おスミちゃんを煩く付け回すので、ひどく嫌われてる。丁度あの映画〝にんじん〟が評判になった頃からこの店へ通い出し、今月で二月あまり、毎日皆勤です。時には、昼来て、夕来て、夜来たりする。学生だか会社員だか、不良だかカタギだか、見当のつかない人物。イヤに上目使いをしてみたり、意味深長な口をきいてみたり、それにソバカスがうんとあって、身長五尺未満で、忽ち〝にんじん〟という綽名が女給達の間でついた。この〝にんじん〟、映画の少年と違って、さらに同情すべき点がない。スケさんという聯想が、命名を大いに助けています。

「召上りものは」

「そうですね。アイス・コーヒー頂きましょうか」

毎日のことで、〝にんじん〟氏高い飲料に手が出ません。

「あア、それから……今に人が来ますから、そうしたら、忘れないで知らして下さい」

彼氏珍らしくも、今日は用件を持ってるとみえる。おスミちゃんが通し物を持ってくと、

「僕ね、おスミちゃん、この頃とても忙がしいんです。或る事業に関係しだしたもんですからね。その代り、旨(うま)く行けば、大金が転がり込むんです」

「結構ですわ」

おスミちゃん頗る冷淡。

「そうしたら、僕、おスミちゃんに、記念として、アフタ・ヌーンを一着拵えてあげたいと、思うんです」

「えエ、でも、この服まだ着られますから」

「じゃア、ネックレスにしましょうか」

「あたしあれをすると、頸が痒ゆくなるんです」

「そんなら指環にしましょう。貴女のサイズは……」

抜からずに〝にんじん〟、彼女の手をとりました。そうして、声をひそめて、

「この間の手紙、あれ読んでくれましたか」

見る見るおスミちゃんの眉間に、楷書で八の字が現われました。同時に力一杯握られた手をヒッコ抜いたんで、〝にんじん〟氏危く椅子から飛び出しそうになった。

「冗談なさらないで下さい」

「冗談とは何んです、おスミちゃん。あの手紙を読んで、僕の熱情がわからんですか」

折悪しく、女給のララ子、シナソバでも食いに出たと見えて、店内に誰もいません。〝にんじん〟にとって千載一遇の好機、体は小さくてもそこは男で、おスミちゃんの肩をぐッと引き寄せて、アイロンのような熱いヤツを一口お見舞い申そうと掛ったです。

「エヘン！」

とたんに、カウンターの中から、大きな咳払いが聞えた。

〝にんじん〟忽ちお母さんから叱られたように、萎縮しました。

「あら、旦那……」

おスミちゃん、百万の味方が現われたような顔をする。

「ヤッ、マスターですか。これは……」

「毎度ご贔屓(ひいき)さまで、ヘッヘヘ」

テレた〝にんじん〟を尻目にかけ、ビュッフェの前で皮肉な丁寧なお辞儀をした美青年は、余人に非ず、かのガッチリ太郎でありました。

彼氏、この店――喫茶〝ラルジャン〟の経営者です。在学時代既に開業を始め、もう二年になりますが、彼の目算通り、成績良好で、投資の三割には回っています。秋になれば五割に漕ぎつけるのも、難事でないと見込んでる。小資本で手取り早く利益を揚げ、それで体を縛られない商売という註文で、アレコレと探してみたんですが、帯に短し襷(たすき)に長し、なかなかありません。或る日フト気がついたのが、行きつけの喫茶店の中で、コレダコレダと思った。道は近きにあり、利太郎自身、一番チョクチョク出入りする店といえば、キャフェでなく、おでん屋でなく、其処です。十五銭のコーヒー一杯で、音楽を聞いて、清浄ミタイな少女の顔を見て、軽便に精神を安息させる。実際喫茶店の常客カレッジ・ボーイというものは、中にはエゲツナイのもいますが、根がセンチにできてる。擦(す)れからし女給や芸妓は、彼等の適当なパートナーでありません。チップをとらない純喫茶の少女達は、物質的及び精神的に彼等を慰むること甚大である。まあチョイと友達の妹と遊んでる気分に導いてくれる。少女達もセイゼイ白粉気を少くして、文化女学生の好尚に則ってる。このクスグッタイ雰囲気こそ、喫茶商売永遠の秘訣なんで香槌利太郎も、ピタリとそこへ眼をつけた、純喫茶〝ラルジャン〟七坪半の小店と雖も、気品に於て断じて他店に譲るものでない。家賃三十四円、奥に六畳と四畳半がついている。造作に四百円掛けたが、これは友達のプロ演劇舞台装置家に頼んだら、貧乏な大道具は扱いつけてるんで、苦もなく芸術的且つ経済的なセットを拵えてくれた。珈琲と紅茶の茶碗、ソーダ・グラス、いずれも当初は半ダース宛で結構。ストローなんときたら、タダみたいな代物です。蓄音機は、利太郎兼々愛用のポータブルで間に合わせた。新しいレコードの仕入れは、ちゃんとその道のオジサンがいて、市価の半値で卸してくれます。針も五千本入りの大函を買っとけば、二月は保つ。あとは飲料品ですが、徳用粉紅茶にブラジルの屑豆（これに或る薬草の黒焼を混ぜると、いくらでも濃い色になる）、化学的天然シロップ五種と洗濯曹達水——はマサカだが、元来お客は精神的慰安を求めにくるんだから、見た眼さえよければ万事ＯＫ。原価四銭二厘のレモン・ジュースが、二十銭に売れます。女給の月給が十五円から二十円。二人だとちと嵩ばりますが、これが一番の看板ものだから仕方がない。電燈瓦斯は思いの外少額で、十二、三円と見込めばいい。

これでマギレもない、一軒の純喫茶が、明日からでも開業できる。ただ経営にその人を得なければ、何の商売も駄目です。いくらガッチリ太郎の商腕優れたりと雖も、男性(ヤロー)である以上、始終店へ面を曝(さら)すのは禁物である。且(か)つ彼には金融業という大切な本職がありますす。どうしても此処に一人のイヴの後裔(こうえい)を連れて来なければならぬが、香槌利太郎女に眼をくれなかった天罰で、腹心のイロもアミも一切持ち合わせない。これには利太郎も、ホトホト困って、いっそこの計画を捨てようかとまで思ったが、そこにフト現われたのが、おスミちゃんでした。

おスミちゃんの身の上に就いては、それはソレは悲しい物語があるんですが、この章が長くなるから略しまして、彼女が香槌利太郎の下宿兼事務所、東中野の橄欖(かんらん)荘アパートの掃除婦に雇われた時から始めましょう。或る日のこと、利太郎の部屋で、金の馬蹄形タイピンが紛失しました。これは彼氏例の代物弁済として手に入れたのですが、アメリカの平価切下げを見越して、処分を控え、自家用に暫らく胸間を飾っていました。毎晩ベッド側のテーブルに置いて眠るのが例ですが、或る朝顔を洗って帰ってくると、ネクタイばかりあって、ピンがない。テッキリこれはあの掃除娘の仕業(しわざ)と睨んで、利太郎威丈高(いたけだか)に詰問に及びました。すると当時十六歳のおスミちゃん、泣きもしなければ、怒りもせず、暫時利太郎の顔を眺めていましたが、やがて、

「朝からこの部屋へ入ったのは、妾(あたし)以外にありません。ほんとに紛失(なくな)ったものなら、妾

の罪です。値段はどの位のものでしょうか。五年掛っても、十年掛っても、お返し致します」

その悪ビレない様子といったら、ヤオヤお七がお白洲に出た時のよう、恐らくおスミちゃん、年少ながらに、不幸と不運の問屋みたいな人生を歩いてきたからでありましょう。ピンチに臨んで色を変ぜぬ有様に、ハタと気に入った利太郎、問題のピンがテーブルの抽出しから出てきたに至っては、ひどく汗を掻きました。爾来おスミちゃんに対して認識を深め、ナニクレとなく親切にする。おスミちゃんの方でも、他の止宿人のグータラに引き替え、利太郎のガッチリした処を、たのもしく思った。普通なら此処でロマンスの始まる時だが、対手がガッチリ太郎じゃ話にならず、二人の仲はプレン・ソーダのように透明であった。折りも折り、喫茶店開業難が起って、利太郎思案に暮れたが、大役を自ら買って出たのがおスミちゃん——十六歳の喫茶店マダムは少し珍だなと思ったが、さて店へ坐らせてみると、切れること物凄い。シロップ屋との駆引き、お客との応待、一番むずかしい女給の操縦にかけてさえ、実に驚嘆すべき腕前を示した。おスミちゃんの今まで嘗めた浮世の辛酸が始めてここに物を云ったのです。利太郎飛んだ掘出しものをして大満悦、おスミちゃんに対する信任愈〻篤く、わが妹のように彼女を愛していました。

しかしおスミちゃんも今年は十八、鬼や番茶と一緒にならない美貌の持主です。〝にんじん〃が血道を上げるのも無理でない。千智子未亡人の臈たけて白牡丹のような艶姿に比べれば、これは一輪のコクリコにすぎませんが、美術的或いは植物学的に優劣はない。しかも体内脂肪漸く肥化せんとする十八の春、そろそろ乙女子の夢を見る頃となった。小さい時から両親に別れ、寄辺渚の貸ボート、一時間もホッとする暇がなかったのが、利太郎に拾われてから、杖とも柱とも頼むのは彼氏。その利太郎が兄ソノモノのように可愛がってくれるのは嬉しいが、またその兄ソノモノの如き点が嬉しくない……〃何だか分らないのヨ〃という古いレコードを、彼女とかく店の蓄音機に掛けたがるのでした。かかる情勢に於て、〃にんじん〃始めその他のオオカミ氏いくら牙を磨いても無駄なんですが、まことに凡夫の浅猿しさ、おスミちゃん目あての客で、喫茶〃ラルジャン〃たいそう繁昌致します。この七月から八月へかけて、学生サンがお帰りになるので喫茶店の霜枯れとなっているが、おスミちゃんのお蔭で、打撃が少い。

珍らしくも今宵は、一寸客足の杜切れたために、〃にんじん〃遂に本性を露わすに至ったが、利太郎が出現して、おスミちゃんの身恙なかりしは大慶です。しかし〃にんじん〃氏、すっかりヒネクレてしまって、渋そうにアイス・コーヒーを飲んでいる。そこへ入口が開いて、ニュウとばかり入ってきたのは、黒絽の五ツ紋、白インチキ上布、この暑いのにセルの袴を一着に及んで、台湾パナマを阿弥陀にかぶり、三角の顎ヒゲを生やし、折弓のステッキを片手に、店内を睥睨した有様は、まことに威風堂々として馬鹿々しかった。この種の客種、ついぞ喫茶〝ラルジャン〟に見慣れないから、さすがにおスミちゃん、〝入らっしゃいマセ〟を忘れて、ポカンとお客の顔を眺めるのみだった。

「おいコヤコヤ」

変な声を出したもんです。おスミちゃん自分を呼ばれたんだと知って、返事をしようとすると、店の隅から〝にんじん〟が、

「あ、先生。此処です、此処です」

と立ってきた。先刻彼氏が人を待ち合わすと云ったのは、この男だったとみえる。さりとても、色消しなランデ・ヴウ……。

先生氏、ヤオラ椅子に腰を降(おろ)して、

「なんじゃネ、これは。鬱陶(うっとう)しい家じゃ」

構成派室内装飾、サンザンです。

「その代り、密談には持ってこいで」

うまく〝にんじん〟氏、調子を合わせる。

「召上りものは」

おスミちゃん、テーブルへ寄りました。

「熱燗(あつかん)じゃ。肴(さかな)はカズノコで良(え)え」

これには、おスミちゃん、参ったです。喫茶店でこれは、無理な註文。日本酒と日本料理を置かんとは怪しからんと、先生氏イキリ立つのを、やっと〝にんじん〟が宥めて、冷しビールに塩豆で我慢して貰う。

「どうじゃ、君、その後の情報は」

先生氏、ビールの泡を拭きながら、声を潜めました。

「は、御命令通り、油断なく見張っております。しかし全くトリトメのない女で、今度こそシッポを握ったと思っても、いつもスカを食わされるんで弱ります。先日も夜の十時頃、例の色男のスポーツ・マン早玉と合乗りで、大森へ車を飛ばしましたから、しめたと思って追跡しますと……」

「ホウ。砂風呂か」

「なアに、蟹を食いに行ったんで」

「残念じゃネ。何とか確証をあげて、グウの音も出させんようにしたい。彼女K海浜都市から、いつ帰ったかネ」

「月半ばまで滞在の予定が、急に早く切り上げて、東京へ帰ってきました。その理由は一切判明しません」

「三人の青年は、依然として一緒かね」

「はア。しかし先生、あの三人の男とは、とても問題を起す見込みはありませんよ。彼女の方で、てんでオトコと認めておらんです」

「乱行と見せかけて、フンドシの紐はちゃんと締めとるから、困った女じゃ。だが、君、あれもオンナじゃぞ。今にきっとヤラかすから、警戒を緩めちゃいかん。第一いつまでも手懸かりがなくちゃ、太原黒大先生に対してワシが面目ない」

してみると、先生氏の上に、もう一人偉大な先生が控えてるとみえる。何の陰謀か知りませんが、こいつ相当に組織があるようです。

〝にんじん〟は委細を畏まり、

「そこは決してヌカりません。御覧のとおり、小ツブに出来上ってる人間ですから、たとえ縁の下へ潜り込んでも、必ず、アゲルものはアゲテ見せます。何しろこの計画が成就すれば、先生は勿論、私もタンマリ山吹色に拝顔できますからな。対手は名にし負う千万円未亡人、大井千智子の君……」

「コリャ、声が高いぞ、シーッ」

先生氏、芝居の悪党のような手つきをしました。

だが、壁に耳あり、カーテンの影に人あり――これを聞いて、ガッチリ太郎、オンヤと思った。知らぬ二人は声を低め、恐るべき陰謀を、なおも話し合うのでありました。

大井本邸の風景

〽恋よ恋、われなか空に、なすな恋……

今日は清元延鼻が、稽古にきてます。尤も昨日は赤手美以子のピアノの日で、〃ハンガリアン・ラプソディー〃を習った。一昨日は香道の宗匠、その前の日は微小画の先生——稽古事の数と種類が大変なものです。有閑有罪有趣味、いずれかは知りませんが、大井千智子未亡人、芸は百般和洋に亘って、熱心に身を入れます。毎日先生師匠の出入りしない日とてない。そんなことでもしないと日が送れぬ身分であるが、フロイド博士に聞かしたら、また一理窟あることでしょう。今日は清元延鼻婆さん、三味線をバラして箱にしまいながら、

「奥様、今日はどう遊ばしたか、いつものようにお声がお出遊ばしませんようで、恋や恋の処でおツマリ遊ばすなんて、普段のお腕前にもお似合い遊ばしません。よっぽど不思議でござり遊ばしますヨ」

ムヤミに遊ばしたがってる。実際、千智子未亡人、いつものようにハキハキしないで、あまり口も利きませんから、延鼻婆さん匆々にして、お自動車を頂戴して引き下る。

後には一人千智子未亡人、居間の柱に凭(も)たれて、フーッと、長い息をついた。溜息が流行(はや)るです。五千坪の宏大な大井本邸の庭園は、山あり瀑(たき)あり――見渡すかぎり緑蔭に埋まって、淙々(そうそう)たる噴泉の響きが、まるで深山幽谷に在る思いをさせる。隣りの物干(ものほ)しなんか決して見えない。冷蔵庫に納(しま)って置いたような風が木下闇から吹き起って、御殿簾(すだれ)を下げた未亡人の居間は、夏知らずの涼しさではあるが、胸中火の如く燃ゆるものがあるから、差引き何にもならない。

ああ、あの武者振り――あの日、波打際の戦いで、三人を敵手(あいて)に華々しい、オトコらしい、タノモしい腕節(うでつぶし)を示した、ガッチリ太郎のことが、その面影に立つのです。ことに、力闘止んで、サッと乱れ髪を掻きあげた時の額の白さ、眼の黒さ――千智子未亡人の魂に、永久不変の現像焼付を施(ほどこ)してしまいました。摩訶(まか)不思議なのは恋、亡夫権右衛門氏を始め、生涯に見た男の数はゴマンとある中に、たった一人の香槌利太郎が、真にオトコとして、彼女の眼に映ったのです。埋もれた二十六年の青春、浦賀の沖の砲声を聞いたように、ムックリと眼を覚ました。第二回目の春の眼覚めは深刻です。カルピスの如き他愛なきもんじゃない。いまや燎原(りょうげん)の火の如く、千智子未亡人の全身を焼いた。しかしその焦(こ)がれるトノゴに、たった一つの不満がある。重大なる遺憾がある。そりゃア、そうでしょう――恋と云えば花と小鳥、夢と月光と背景がきまってるのに、金庫と算盤(そろばん)という手はない。かの愛する青年、高利貸とはナニゴトです。天引き三割三月縛り、利子だの抵当だのって、そんな愛のササヤキがあるもんじゃない。およそ世の中に、金ほど邪魔な、穢わしい、冷たい硬い物は、ありゃしない。アンナモノは唸るほど、彼女の家にあるんです。捨場に困るほど、溜ってるんです。前途有為の、しかもアポロのような美少年が、なんですか、アンナモノの奴隷となって高利貸——ツクヅク情けないじゃありませんか。

と、考えてすぐ諦められるものなら、千智子未亡人も、文句はなかった。そう思う心の下から、すぐモヤモヤと桃色の陽炎が立ち昇って、そこら一面、恋心春野之景色になってしまう。面影に立つは香槌利太郎、忘れらりょうか忘られまショか。ああ、恋と悩みは、なぜにいつも親睦の隣人でありましょうか。

だから、フーッと、また溜息がでる。

そこへ小間使が三ツ指を突いて、現われました。

「奥様、あの、こういうお方が……」

差し出した名刺、年賀状のように大きいゴジック二号という馬鹿々々しい活字で、

太原黒法律事務所
東亜爆裂聯盟書記　駄々山迂平

これを見て、千智子未亡人美しい眉をヒソめた。およそこの世で太原黒弁護士ぐらい、彼女の嫌いな人間はない。何処が如何というよりも、手取り早く、全部虫が好かないの

です。名を聞いてさえ、胃酸がすぐと分泌する……。しかし彼は亡夫権右衛門氏の法律顧問だったので、そう素気ないアシライもできなかった。従って太原黒事務所の所員とあらば、嫌々ながら、一目会ってやらねばならない。

わざと十五分七秒ぐらい待たして、応接間へ出てみると、これがまた、千智子未亡人のひどく、ニガテ型の人物が、泰然と控えてる。

「コレハ、コレハ、奥方にござりますか。我ア輩は太原黒先生の……」

ひどく四角い挨拶をする。黒絽の五ツ紋、インチキ上布――ハテ何処かで見た顔だと思ったら、喫茶〝ラルジャン〟でカズノコを註文した先生氏でした。

「ご用は?」

千智子未亡人、大いに語数を倹約する。

「ハ。用件と申しまするは、ソノ……目下東亜の形勢はですナ……」

「ご用を伺いとうござンす」

「ハ。その用件と致しまして、何分、目下は非常時でゴワして……」

「わかりました」

「かかる国家的危機に際しまして、わエわエ国民の覚悟は重大でゴワス。太原黒先生に於かれても、この点甚だ御心痛になって、オイドンに大井家守護の大任を命ぜられ……」

何だか云うことが、サッパリ分らない。約三十分、なおも東亜の形勢を論じた末、結論は何だというと、書生を一人置けというんです。その書生、性質温順無比、音声女の如く、身長五尺未満というのだから、どうやら〝にんじん〟氏のことらしい。

云うだけのことを云わして後、千智子未亡人容を改めて、儼然と云った。

「書生のことは承知しました。ただ、これを機会に申上げて置きます。大井千智子は独立の女性でございます。一切の自由を完全に保有したいと存じます。従来亡夫に対する太原黒さんの御厚意は、重々感謝致しますが、今日を最後として、今後千智子の生活に、断じて御干渉下さらぬよう、お伝えを願いたいと存じます」

兼々ウルサイ太原黒弁護士へ、最後の通牒です。これを聞くと、ゴワス先生忽ち顔色を変じ、鯔のヘソのような眼を剝いて、三角鬚をシゴきだした。

「コレハ異なことを承ってゴワス。太原黒先生は故人権右衛門氏とバクギャクの友、共に利権を漁られて、大井家今日の富を成すに貢献されたでゴワス。然るに何ぞや。奥方の代に至って、トカク先生の御厚意を排し、僭断の振舞い多きは、わエわエ門下生の悲憤措く能わざるところ……」

さあ話が面倒になって参りました。千智子未亡人、そうでなくても、胸中のモヤモヤで神経が立ってるのに、こんな泥臭いウルサ型の出現で、まったく気を悪くした。いきなり立ち上って、無言で激しく卓上のベルを押した姿——怒れる女王の気品と美が一室に漲って、ゴワス先生思わず頭が下りました。

やがて、廊下にドヤドヤと足音が聞えて、ドアを開けて飛び込んで来たのは、お馴染みの鷺山君、河口君、長谷川君、ゴルフのクラブや野球のバットを携帯に及んで、いずれも勇気凜々。

「マダム。暴力団ですって？ 面白れエぞ、こいつア。ヒマで困ってんだ」

と、腕捲りを始めました。

暑苦しき一党

「まことにハヤ……」

両手を膝について、椅子の上にお神社の高麗犬のように畏まったのは、駄々山迂平氏でありました。

今日も東京は摂氏三十四度を突破する暑さ。ことに神田錦町の太原黒法律事務所は、四面楚歌の声みたいにトタン屋根のバラックに囲まれているので、反射輻射あらゆる熱波の集中を受けて、まるでパン屋のカマ前みたい……。こういう環境に於て、人に油を絞られるというのは、まことに同情の余地があります。

「ジャから、君は浅慮軽行でいかんちゅうとるんジャ。体ばかり大きゅうてからに、なんジャね」

「まことにハヤ、あい済まんでゴワス。両親ともに、村でも評判の体格でゴワして、従って私も……」

「総身に智慧が回りかねたんジャね」

「御高説のとおりで……」

可哀そうに迂平氏、三角鬚(ひげ)の尖(さ)きに、一ぱい汗の玉を溜めてます。

恩顧を受けた太原黒先生を罵(ののし)られたんで、ついカッとなって、千万円未亡人千智子さんに詰め寄ったために、鷺山君を始め三人の青年には一張羅の五ツ紋を破かれるし、肝心の恩師からは、先日来、何かにつけて叱られ通しで、まったくワリの悪い目に会いました。でも、千智子未亡人は帰りがけに、羽織新調料として金五拾円を包んでくれたから本物の紗で、街の紳士の制服を整えました。道理で今日は些(いささ)か風采が揚って見えます。

「しかし先生、彼女を怒らしたのは私の罪でゴワスが、小助を首尾よく邸(やしき)へ入れましたのは私の働きで、その点情状御酌量ありたきもので」

「小助ちゅうのは、人参とか牛蒡(ごぼう)とかいう綽名(あだな)の君の部下か」

「左様で。私とは反対に、山椒(さんしょう)のように小粒でよくキク男でゴワスから、必ずや、近いうちに何か手柄を揚げて来るだろうと存じます。スパイにかけては、近来、小助ほどの天才は珍らしいです。なにしろ左翼崩れで、警視庁(さくらだもん)の手先きを働いておりまして、三・一五の時には……」

「能書を列(なら)べんでもえエ。ともかくその男は当分住み込ませとかニャいかん。その内には、準禁治産申請(じゅんきんちさんしんせい)のよい材料が見つからんにしても、少くとも、どの程度にワシを嫌うとるか判明するじゃろう」

「イヤ先生。その点に疑問はゴワせん。彼女、先生はシンから好かんようでゴワした。先生のお名前を申す時に、毛虫を踏ンづけたような顔をしたでゴワスからな。一目瞭然で、希望の余地はゴワせんわい」

「馬鹿ッ」

「ヘッ」

「君のような粗製の頭脳を以て、現代の微妙な婦人の心理が洞察できると思うチョるか。近来は芸妓(げいしゃ)でも、色白のヤサオトコに惚れるような愚挙はせんのジャ。肉体的並びに社会的に強力なる者にして始めて性的魅力を贏(か)ち得るんジャ。ヒットラーを見よ。彼の許(もと)に集まる女文字の讃美状は、日々積んで山をなすんジャ」

「なアる。だから、婦選倶楽部の闘士達が、先生の後を追駆け回すんでゴワすな」

「婆では問題にならん。あんな雲垢(ふけ)臭いのの対手をセニャならんのが、議員商売の悲哀ジャ」

「その悲哀を一時間でも味わいたいもんでゴワす。院外団十八年の生活は、些か飽きましたわい」

「君は院外が向いとる。適材適所、恰も大井千智子の如き才色双美の佳人が、一千万円の富を継いだようなものジャ」

「その財産を先生が横から手を出されるのは、一層、適材適所でゴワすかな」

「馬鹿ッ。外聞の悪いことを云うなチュウんじゃ。我輩の計画が成就しても手数料以外は一銭たりとも着服せん。悉く党のために献げる積りじゃ。党のためは国のため、国家は即ち非常時ジャ。従って君が大井未亡人の機嫌を損じたのは、頑藤精郷先生の謂ゆる国津禍に相当する。どうジャ、わかったか」

「ハイ半分ばかり。しかし先生、千智子未亡人が首尾よく先生の手に入った暁は、彼女の体もやはり党へ献ずるんでゴワすか」

「馬鹿ッ。なんチュウ低能かね、君は。いいから、向うへ行っとれ」

「ハッ」

迂平氏、どうもこのところ、縮尻りが続きます。スゴスゴ引き下って、事務所の隅の自分のテーブルへ坐りました。

摂氏三十四度が支配する暑苦しい沈黙が、部屋中を領しています。太原黒弁護士の背で回ってる扇風機の音だけが、ブウブウと満腔の不平を呟いている。恐らく迂平氏や太原黒先生の代弁をしてるのでありましょう。

太原黒弁護士も、近頃あまり面白くない世の中なんです。ヨモヤに引かされた政権も、遂々わが党へ回って来なかったし、又候イカリ印商標が幅を利かす時勢では、当分ウダツは上らないと見当がついた。この頃本部の景気の悪さったらお話にならない。誰も彼も懐中がサミしいから、費用入らずの将棋ばかり指してる。利権華やかなりし頃の空気と較べると婚礼とお通夜ほどの相違があります。従って、とかく本部へ足が向かないが、こうやって事務所へ出てきても、近頃世間の人が怜悧になって、事件の依頼なぞサッパリありません。と云って看板を降したんでは、オシの利かなくなる筋もあるので、頑張ってはいますものの、払うものを払わないから、ビルディング管理人の顔色さえ気にしなければならない苦境です。どうも昨今、医者と弁護士はワルキようで。

太貧の盗みに恋の歌——餓じくなれば何でもヤラかすのが、我等動物の慣いですが、太原黒弁護士なぞは、生まれつき腹の裏側がエチオピア色なんで、ネセサリイ・エンド・サフィシエントの自然発生的現象に甘んずる人物でない。両手に花、両足に盃、口に団子を啣えていたいというヒドク慾の深いオジサンです。さればこそ、大井権右衛門氏死去の際、千智子夫人の家督相続手続きを委任されました時に、チラと、横目で睨んだ遺産目録の内容が、寝ても覚めても忘れられない。余り考え込んだので、人の物だか自分の物だか、区別が曖昧になってきた——よくあることです。のみならずこの一千万円たるや、ただの一千万円じゃないんで、素晴らしい別冊大付録が付いている。〝コレダケデモ市価七、八十銭の価値充分〟なんてのと、ワケの違う豪華版――云わずと知れた天下の麗人千智子未亡人が宝の山の上に鎮座しています。これをソックリ頂戴しようという。ドチラかに決めとけなんて云っても、聴く男じゃない。千智子さんには、権右衛門氏在世の頃から属魂参っているんで、折々水を向けて見たが、更に応答なし。ガッチリ太郎が現われたって、現われなくたって、太原黒弁護士じゃ千智子さんもオサまらんでしょう。その証拠に、チョイと御覧なさい。摂氏三十四度に茹でられた太原黒先生の尊顔というものは、額に鼻がついて、唇と耳が連絡して、眼が三角で、眉毛が毛虫で、顎が鮟鱇で、それで色だけが妙に白くて、テラテラ脂で光ってるんですが――一口に云って、まずキング・コングを漂白したみたい。或いは又、おでんの鍋で煮ない前のヤツガシラと云っても差支えない。かかる人物にして、イロゴトを企むなぞは、嘆かわしきですが、この間の政変で、暗中大いにアガいた某総理志望者なぞと較べると、ぐっと罪は軽いです。

ともかく、金と色との二筋道、太原黒弁護士の書いた芝居は千智子未亡人をモノにするか、それが駄目なら、近頃世評にのぼる彼女の有閑振りの生きた証拠を押え、準禁治産者にして、自分が法定後見人に坐って旨いスープを吸おうというんである。両方駄目なら如何するかということまでは、まだ考えていないらしい。駄々山迂平が、彼女から絶縁の宣告を齎(もたら)して帰ってきても、まだ野望の恋を捨てえないくらいの彼氏、カサ気と比例するものを多分に所有してます。しかも嫌われると一層対手が可愛ゆくなるという厄介な性格で、何思いけん、今しもデスクの上の硯箱(すずりばこ)の蓋(ふた)を除(と)ってしずかに墨をすりだした。鳩居堂(きゅうきょどう)特選の唐墨唐筆、政治家のタシナミで、これだけは値を惜しまない。その代り万年筆はみんな和製だ。タップリ筆に墨を含ませて、やがてサッと白扇を開き、その面へ墨痕淋漓(ぼっこんりんり)……

啼かずんば
　啼かして見せう
　　ホト、ギス
　　　　　　　黒　堂

と、一気に書き終った。黒堂というのは、彼氏の雅号で、堂の字がつくと堂々と見えるという政治家のオマジナイ。歌の文句は都々逸坊扇歌(どどいつぼうせんか)だか、右大将信長だかの作です。そんなことは如何(どう)でもいいが、これを書き終って筆を置き、扇面を眺めて、ニタリと笑った時の太原黒弁護士の顔――イヤどうも気味が悪かったネ。部屋の隅からこれを見ていた駄々山迂平氏、ゾッと寒気を催して、傍の寒暖計を見ると、摂氏二十四度に水銀が下っていたとは恐ろしい。

そこへ階段を慌しく駆け上る足音が聞えて、事務所の葭簾ドアを開けずに、ヒョックリ器用に下から潜って飛び込んできた矮小男子は〝にんじん〟こと小助君でありました。今日は久留米絣に小倉の袴を穿いて、玄関氏ソノモノの扮立ですが、何しろ五尺未満のことですから小学六年生の可愛らしさ、どう見てもおスミちゃんを口説く悪漢とは受取れません。

「先生！　先生！」

息を切って、駄々山迂平の側へ寄りました。

「何じゃネ、騒々しい」

泰然たる迂平氏の耳へ口を寄せて、

「戦線異状ありです！　大ありです！」

と、何事か囁きました。

「ホホウ。確かニイ？」

「金のワキザシで」

「ホホウ。それは出来した」

迂平氏早速、太原黒先生のデスクの前へ伺候した。

「先生一大報告でゴワす。千智子未亡人に恋人があるそうでゴワす」

「ナニ？」

物凄い稲妻が太原黒弁護士の額へ閃きました。やがてそれは、一片五銭の西瓜のような唇の震動と変りました。彼氏一流の音無しの笑いです。

「だが、確証があるジャろうな」

声に応じて〝にんじん〟が恐る恐る、何か紙切れを迂平先生へ渡すと、それを先生が先生の先生へ取次ぎます。

「歌反古ジャな」

寸断して屑籠に捨てたものらしいが、麗人の水茎の跡は匂わんばかりの美しさ。太原黒弁護士異常の熱心を以て紙片を組合わせ、流行遅れのクロス・ワーズ・パズルをやってる。漸くのことで「山は崩れ海は裂けなん……」という一句と、「ひたぶるに恋うは」というのと、「り太郎の君」というのが出来ました。

「ふム。確かにこれは恋歌ジャ。して、対手の男は誰ジャ。華族か実業家か、それとも尺八の師匠か」

「それがどうも、一向見当がつきませんで」

と〝にんじん〟が頭を掻きました。

「対手もつき止めんで、何かア。馬鹿ッ」

「馬鹿ッ」

大先生の後から、小先生も叱咤します。折角の手柄を立てて、これでは〝にんじん〟もタマリません。

「しかし、何か姓名らしい字が書いて御座いましたようで」

「り太郎の君チュウのか。そんな珍妙な名は知らんゾ。役者かもしれん。おい駄々山君。大日本人名録と日本紳士録をもって来給え」

「はッ」

迂平氏畏まって、書架の硝子戸を開きかけましたが、何か思い当ったと見えて、

「先生。そりゃアきっと略称でゴワす」

「誰の?」

「甘栗太郎」

「馬鹿ッ」

しかし、当らずと雖(いえど)も遠からず、ガッチリ太郎もあまり油断は出来ないことになりました。

早起きすれば

そんなこととは夢にも白河夜船、僅か、六時間の睡眠で、脳襞間の疲労素をサッパリと洗い落した香槌利太郎は、橄欖荘アパートのベッドの中で、大きな眼玉を開きました。まさに午前六時ジャスト。ＪＯＡＫ……およそ現代日本で最大の健康精神の持主江木アナウンサーはこの時悠然として、マイクロフォンの前へ立ちました。えチ、ぬイ、すあン、すイ——あの胸の透く号令を聞いてると、忽然として麦飯と沢庵が食いたくなる。そうして昨夜キャフェで使った勘定が、惜しまれてならない。風教廓清に力あること、文部大臣とダンチなんですが、その割りに彼氏の月給が安過ぎる。一生あんな元気のいい声が出せるものではなし、今のうちに何とか方法を講じてあげたいもんだと、ガッチリ太郎よけいな心配をしています。彼は大の江木ファンで、声は勿論、写真で見たあのアナウンサーの容貌体格に、満々と溢れたガッチリズムに共鳴してるんです。しかも毎朝、いかなる眼覚時計よりも正確に、キチンと六時に彼を起して、一日の活動に導いてくれる。嗚呼、楽しきは夏の早起き、ラジオは叫ぶ、朝顔は笑う、散歩をすれば蟇口が落ちてる——三文の得どころではない。

（さて、今日の生活の設計は……）

と、ガッチリ太郎珈琲を飲みながら、考えました。その後彼氏の金融業の成績は、着々として、地歩を進めています。既に運転資本一千円を超えました。一口に一千円というが、爪に火を灯したり、梅干を見ながら冷飯を食うような旧式貯蓄法を行えば知らぬこと、近代青年紳士としてゴブの隙もない衣食住をして、時にはホテルのダンス・パーティーに出席したりして、僅かの間に無一文からそれだけの＋を出したのは、やはり生来の素質の優れたためでありましょう。木葉高利貸といえば、主としてプロレタリア階級を対手とし、ヒナシ、カラスなぞ[*6]というシガない金を貸すんですが、香槌利太郎は天保大学を中心とするインテリを狙ってるから、病人の布団を剝ぐような真似はしないで済む。第一、そんなアコギなことは彼の主義に悖るんです。強くしかし正しく……内閣の標語と同じ方針らしい。

さて今日は、期限の来てるのが二口あって、同窓と先輩いずれも丸の内人種だから、ランチ・タイムに会社へ行けば、うまくすると両方とも午過ぎには片付いてしまう。なあに、どうせまた書替えに定まってるから、手数は入らない。それから天保倶楽部へ寄って、餌良木博士の「世界恐慌の発展と金融政策の将来」の講演を聴いて、帰りに経済内報社で前場の大引を調べて、後はもう用がなくなるが、都市対抗戦を見に行くのも遅いし、トーキーは九月まで碌なのは現われないし……イヤイヤそんな無意味な消費は止して、実利と娯楽を兼ね備えた行動をとるに如かずと思ったトタンに、頭へ浮かんだのはおスミちゃんのことでありました。実際この殺人的暑熱にもめげず、喫茶〝ラルジャン〟に於ける彼女の働き振りは、まことに感嘆すべきものでした。今月に入って無理に利太郎を動かして、電気アイス・クリーム機を買入れ、彼女創案のラルジャン・クリームというのを店で売出したところが、これが大当りで毎日百杯も出るという景気。しかし一向驕る気色もなく、他の女給の先きに立ってコップ洗いから雑巾掛けまでやっている。小柄で可憐な体つきで、よくまアあれだけ精力が続くと思うんですが、これも誰ゆえドナタ故と、昔の唄の文句にありました。そんなことは一向気がつかないが、さすがのガッチリ太郎もおスミちゃんの最近の精勤振りには注目してるので、ボーナス代りに、ルネ洋装店でデルニエル・モードの夏服でも新調してやろうかと云った。だが、おスミちゃん頑として承知しない。そんなお金は店の基本金に繰り入れて下さい。その代り一度でいいから、お暇の時に妾を連れて銀座を一回りして下さいと云うんです。あわれおスミちゃん、東京へ来て八年になるんですが、銀座のネオン・サインを見た経験がない。それほど彼女の今日までの生活は、お粗末なものでありました。

(そうだ、今夜おスミちゃんを連れて、銀座で飯を食おう)

そう思った時に、卓上の電話が鳴りました。「ハイ、誰方」と出てみると、これは面白い、ちょうどいま考えていたおスミちゃんの声が響いてきました。

「もうお眼覚めですか、マスター」

ガッチリ太郎を真似て、おスミちゃんも早起きがお好き。朝霧を吸った白百合のように、リンリンたる気品ある声で——しかし話の内容はあまり高級でない。シロップ屋の勘定を届けて下さいというんです。明日は土曜で週払いのシロップ屋の勘定日です。シロップ屋、シロップばかり卸（おろ）すんじゃないんで、喫茶店の消耗材料は珈琲紅茶を始めとして、万端みんな扱うんだが、どういうものかシロップ屋という。

「よろしい。だがね、今日店へ回れるか如何かわからんからね、おスミちゃんの方から取りに来てくれないか。午後六時新橋ステーション二等待合室……飯は食べないで来給え。一緒に銀座を散歩して何でも君の好きなものを御馳走する」

「アラアラアラ……」

受話器の底で、飛び上らんばかりな歓びの声が震えていました。

天気は変るでしょう

グレープ・ジュースのような色と匂いをもった、甘美な夕暮れです。青々と刈り込んだ芝生（ローン）は、蛇の目型に大きな円を描いて、中心に羅馬（ローマ）のトリトンを模した噴水を囲んでいます。漣に夕月の影が砕けます。植込みの薔薇が揺れています。いい風ですな、東京の夏はこれだから有難い。夕涼湧くが如き趣があってナマじっかな海岸にいるより、よっぽど気が利いてる。尤も深川富川町あたりだと、そうも行かないようで、ここは麴町五番町、大井邸の宏壮な庭園の一隅、涼風もソヨソヨと資本家の方を選んで、吹きつけるのは、これもご時勢。

噴水池の大理石のテラスが、いい工合に冷えた上に、煙草を吹かしながら、フンぞり反っている人影。いずれもお揃いのスポーツ・シャツ、白パンツ、白革靴——白ずくめの軽快な装い。貴族の三人息子が、食後の雑談をしてるようなシックな風景だが、実はモダン食客の鷺山君、河口君、長谷川君の退屈姿にすぎません。仕事のないのが商売といい条、この頃のように千智子未亡人が奥の間へ引っ込んだきり顔を見せず、夏もまさに絶頂の今日に於て、山へ行こうとも、海へ出掛けようとも仰せ出されないのだから、若き血に燃ゆる三人が髀肉の嘆にムセぶのも、無理はないのです。

「六月に泳ぎ、八月に泳がざるとは、コレイカニ」

「そのココロは、すまじきものは宮仕えなり、アーメン」

つまらない謎々をやって、鬱憤を紛らせている。

「一体如何したてンだ、マダムは。赤倉や軽井沢の別荘の存在を忘れとるのかネ」

「それよりも、麻雀もダンスも最近フッツリ止めちまったのが、不思議だよ」

「われわれとしても、ビジネスを失って、無為にして禄を食むのは、良心の許さざるところジャよ」

「この苦しみばかりは、ヒトサマに話しても、理解してくれん」

「それにつけても、就職がしてえス」

「諦めが悪いス」

「しかし、マダムの変調の原因に就いては、充分に考究の価値あるネ」

「まだホルモンの欠乏する齢でもない。尤もその過剰もまた、シャイネストック氏管を刺戟して憂鬱性を起すと〝性典〟という本に書いてあった」

「イヤな本を読むなヨ。だが、原因が生理的にあるか、精神的にあるか、まずその点を明らかにして、本論に入りたい」

「そんな面倒臭えことより、奥の間勤めの〝にんじん〟に訊いてみる方が早いゾ」

「そうだ。オイ〝にんじん〟お前の観察はどうだ。いってみろ」

三尺ばかり下って、芝生の上に坐って、ニヤニヤしてるのは〝にんじん〟君でありました。不思議なことに、大井邸に於ても、忽ち三人の青年から、この綽名を頂戴しています。よほど似てる処があるらしい。しかし此処では喫茶〝ラルジャン〟に於ける如く、鼻抓みをされてる訳ではない。それどころか、三人の青年大いに彼を可愛がってる。靴を磨かせたり、煙草を買いにやったり、背中を流させたり、足を拭かせたり……そういう風に可愛がってる。なにしろ三君まだ就職前で、従って下役を使った経験がないところへ、俄然一人飛び込んできたんで、此処ぞとばかりコキ使います。イヤまったく重役はヨキじゃね、なぞと脂下ってます。〝にんじん〟こそいい災難ですが、世を忍ぶスパイの身とあれば、これも辛抱致さねばなりますまい。何もハイハイと命令に従うから、一同、面に似合わぬスナオな奴だと、暑気当りの溶ろけたチョコレートぐらいは分配してやる。

「さいですナ。奥様もやはり御婦人であらせられますから、たぶん血の道、足腰冷え込み、気鬱ぎなぞ……」

当らず触らずに、〝にんじん〟返事をしとく。

「中将湯の文句みたいなこと、云うなてンだ。一体、マダム奥の間へ引っ込んで、毎日何をしてるんだ」

「それがです。お部屋女中のトキちゃんの説によると、お欠伸を遊ばしたり、お昼寝を遊ばしたり……」

「チョッ。そんなら平常の通りじゃねエか。お前のいうことは要領を得なくていけないよ」

「さいですかナ」

「さいですか、じゃない。もっと頭脳を明敏に働かさんと、一生人の家に厄介になって終らなけりゃならんゾ」

自分のことは棚に上げて、鷺山君いい気持に訓戒を施したのはよかったが、夕闇の中から、何か、生暖かいものが、ペロリと彼の頬を舐めたので、ヒャーと声を揚げた。驚いて後ろを見ると、シェパードの〝キキ〟が面白そうに尾を振ってる。「こん畜生」と手を上げようとしますと、黒部渓谷の河鹿のような声で、

「ホホホホホ」

と、千智子未亡人の笑い声が聞えました。イヤ久し振りの「ホホホ」で、とたんにパッと下界が明るくなった様子。

「おや、マダム、そんな処にいたんですか」

「如何しました、マダム、近頃」

「皆、心配してるんですよ、マダム」

三人の純真な青年は、一時に彼女を取り囲みました。

「ほんとに、ご心配かけましたわね。それほど妾のことを思って下さると、思いませんでしたわ。先刻からのお話、蔭でみんな伺っていましたわ」

「いけねえッ、聞いてたんですか」

「いいえ、いけないことありませんわ。ほんとに、よく妾のこと思って下さったわ。世界中であれだけ妾のこと心配下さるのは、あんた達だけよ。妾はそりゃ孤独なのよ。せ

めてあんた達の半分でも、思ってくれるといいと思ってる人が、ちっとも思ってくれないと思うと、なにがなんだか、妾は……妾は……」

天候激変です。俄かにパラパラと白雨が、薔薇の芳顔へ灌ぎました。〝性典〟の愛読者河口君は、コリャいかん、真性のヒステリーだわいと、診断しました。

舞台沈黙。ただ叢の虫の音のみが高い……。

するとまた、雲行きが再転して、「ホホホホ」が始まった。一同呆気にとられて、眼をパチクリやっています。

「ホホホホ。妾、なんて馬鹿なんでしょう。こんなことでは、とても解放の女性になれッこないわ。さあさあ、皆さん。今晩は心配をかけたお詫びに、盛大なるバンケットを行うわ。シャンパン一打でも、二打でも抜くわ。陽気にやって頂戴。横浜まで飛ばしてニュー・グランドの地下室で遊びましょう」

変なことになりました。こうなると、鷺山君も少し薄気味が悪いので、平常のようにオイソレと、陽性反応を現わさない。柄になく穏健に出て、

「それも結構ですが、マダム、横浜はこの次ぎに願って、今夜は銀座あたりで我慢なすったら如何です」

「つまンないノ。じゃ、銀座で負けとくから、早く支度なさい。すぐよ。〝にんじん〟や、お前、岡貝にすぐと車を玄関へ回すように、云ってお出でなさい」

やがて、郊外の支那料理屋のような、ご大層な表玄関へ、十名の女中がズラリと列んだ中を、シズシズ式台へ降りた千智子未亡人、今夜は白薩摩のサッパリとした和装。帯の水色の翁格子が、ひどく粋でコートーです。これほどの美人となると、和洋新旧どんな服装でも、似合わんというものがない。

「オデマシ遊ばせ」

女中の合唱に送られて、車寄せへ蓮歩を運ぶと、既にパッカードの中に、三人の青年が待っています。〝にんじん〟君は運転手の隣りへ、車は音もなく滑りだす。三宅坂から桜田門、お濠の松は青けれど、夜目にはそれも霞ケ関、いつか日比谷を過ぎ行けば、渡るに易き数寄屋橋――既にカルチェ・ギンザは灯の海、光の海。紐育に次ぐネオン・サイン濫設都市の中心だけあって、火事場のように真ッ赤な壮観です。

服部の横で車を乗り捨てた千智子未亡人、夏の夜の人出に浮かれてか、近頃にない朗らかな微笑を頻に浮かべました。

が、しかし、銀座は曲者。ことに今夜の銀座は危険です。無事に済んでくれるといいですが……。

銀座道中記

易に曰く、䷝離為火とは、火の象にして、火は万物を照炳し、その徳甚だ大なるも、時に用を過たんか、災害畏るべきものあらん、とある。じゃによって、世上の若き善男善女、むやみに火のある処へ立ち寄ってはなりません。キャンプ・ファイヤの火影で見た顔が忘れられんなぞと云って、濫りに人様の天幕の回りを徘徊してはよろしくない。ことにネオン・サインというやつ、警視庁や文部省の入口に、輝いていた話を聞かない。恐らく火のうちで、最もタチのよくない火だからでありましょう。

そんなこととは知らないから、千智子未亡人、ついウカウカと夜の銀座へ現われた。躾なき御振舞いという勿れ。この頃は総理大臣なぞも、眼鏡や鞄を買いに、銀座へ進出する。有名な人がこの街へ現われると、匪賊が出たように騒がれる。千智子未亡人なぞも、婦人雑誌の口絵で売れてるから、「やア見ろやい、ごんねむの後家さんが来た」なんて、すぐやられる。しかし今夜は如何したものか、銀座道中既に五分に余るが、まだ誰も彼女を認識する者がない。それもその筈、銀座族は季節鳥に属するから、目下海や山に渡っていて姿を見せない。偶〻いたと思うと、泥だらけのリュック・サックを背負って、ピッケルを突いて、只今北アルプスより帰京仕候也と広告して歩いてる。そんな御苦労なのを除くと、昼間は前掛をして働いてた中小店員諸君、この頃は、藪入りなんて手はないんで、その代り毎晩帳合いが済んでから、浴衣に着変えてインテリが留守の間の銀座を、今だとばかり占領している。キャフェの姐さんの言葉まで、この期間は下町風になるから恐ろしいものなのです。その他、小倉の制服に、白筋が二本入った学帽、昼間黄色いバスで市内を一巡した疲れにもメゲず、暑中休暇を利した帝都訪問の中学生諸君、勇敢にショウ・ウィンドを物色してく後から、宿屋の貸浴衣にバンドを締めて、威容揚らずに歩いて行くのは、受持先生でもあろうか。

「先生、先生。Silver-Skinとはナントですか。この薬店の窓に出チョリます」

「下痢止めの薬バイ。回れ右ッ」

先生も大抵じゃありません。

かかる銀座異常風景に、思わぬ興を催して、千智子未亡人の一行は、西側南コースの順路をとって、人波を分けて行きますと、ハタヤ額縁店の中に、素晴らしく大きなフランス人形が飾ってある。五、六歳の女の子ほどの大きさで、顔の細工、衣裳の好み、稀れに見る贅沢な逸物だが、お値段はよっぽど張ることでありましょう。人形とくると、何個あっても欲しくなる千智子未亡人、忽ち〝にんじん〟を呼んで、

「お前、あれを邸へ届けるように、そう云っておいで」

「はッ」

委細畏まって、〝にんじん〟が店内へ入るのを後に、一行はなおも漫歩を続ける時しも、何に駭いたか千智子未亡人、「あッ」と一声叫んだまま、釘付けになったように立ち竦んでしまいました。

「如何しました。マダム？」

「あ、あ、あ、あ……」

唖がキャラメルを呑んだようで、カラだらしがない。三人の青年、人中のことで、背中を叩いてやる訳にもいかず、弱ってる。やっとのことで、

「あ、あ、あれ、あなた方のお友達でしょう」

と、千智子未亡人が日本語を発しました。

見ると、アメヤ食料品店の角に、一人ポツネンと佇んでいる青年紳士、ポンジーの夏服の折目も正しく、分厚な肩幅いっぱいに、真ッ赤なネオンの光りを浴びて、一層精力旺盛の勇姿を示したのは、香槌利太郎でありました。

「なるほど、ガッチリ太郎だ。マダム、対手が悪いから、方向転換しましょう」

「いつかは海岸だからいいけど、銀座の真ん中で書替えをやらされちゃ、アヤまるです。退却、退却……」

親の心子知らずというやつで、青年達は無慙にも、千智子未亡人を引張って、逆戻り

をしようとしたが、夢寐にも忘れ難きその人を、今眼の前に眺めつつ、何条これが肯かれましょうや。日頃の躾みもなんのその、恋の前にはエチケットもチケットも通用しない。思わず彼女、柳眉を逆立てて一同を叱りつけました。

「なんですかッ、皆さん。クラス・メートに逢って挨拶もしないなんて、そんな友情のない人、妾大嫌いよッ！」

その剣幕に驚いて、頭を掻きながら三人が彼方へ出掛けると、眼慧くこれを認めたガッチリ太郎、

「いよウ諸君、これはお珍らしい……時に、千智子未亡人は御健在ですか。一度お礼に上らなくちゃならないんですが」

「マダムなら、彼処にいますよ」

そこで、K海浜都市以来の会見です。待ちに待った好機会、ただもうソワソワと躍る彼女の胸中はよろしく御想像願いたい。しかし乍ら、挙動怪しと見て取って、柳蔭に四尺九寸の身を忍ばせた〝にんじん〟――ハタヤ額縁店の用を済ませて、一行の後を追ってくるとこの光景です。彼も人に恋する身の、ビリリと第六感に響くものがあったのでしょう。だが、男の顔を注視すればコハいかに、懐かしきおスミちゃんの働いている喫茶〝ラルジャン〟の主人公なんだから、こいつは驚いた。迂闊に飛び出そうものなら、自分の化の皮が剥げてしまう。息を凝らして、木蔭に身を潜めていると、

「まア、香槌さん、利太郎さん。あれほど申上げたのに、ほんとに如何して遊びにお出で下さらないんです。ホントに、ホントに……」

「僕もお礼旁〻一度伺ってお話ししたいことがあるんです。聊か重大な、且つ機密に属するお話で、なるべく人を交えません場所で、ゆっくりお耳に入れたいと思ったもんですから」

「あらまア、それは……」

願ったり叶ったりという言葉を、さすがに千智子未亡人呑んでしまったが、天にも昇る嬉しさを包み得ない。

「じゃア皆さん。妾、香槌さんと少しお話がありますから、皆さんは皆さんで、今夜は自由行動をおとりになったら如何？」

と、現金なものです。三人は腹の中で、（そんなの、あるかヨ）と憤慨したが、主命とあらば仕方がない。しかしガッチリ太郎は、

「イヤ、今夜は差支えがあります。いずれ近日中に」

「あら、そんなこと仰有らないで、これからすぐ何処かへ参りましょう。人のいない、シンとした処へ」

「折角ですが、今夜は生憎同伴者がありますから」

「あら、お同伴者様ですって？」

早くも兆す嫉妬の影……間の悪いことに、アメヤ食料品店から、商売用の買物の大きな包を抱えて、小走りに駆け出たおスミちゃん、狎々しく利太郎の傍へ寄って、

「マスター、お待ち遠さま」

と、云った。とたんに、千智子未亡人とおスミちゃんの視線が、虎徹と村正の二剣がガッキと切り組んだように、空中へ青い火花を散らした。その儘ジリジリと鍔ゼリと、いった形で、結ばれた二人の眼は次第に釣り上ってゆきます。美人と美人の睨めっこなんて、随分オカしな風景ですが、当人達の身になってみれば、息詰るような瞬間。

（さては、こんな美人がいるので、彼氏お月様のように無情なのだナ。さては、さては！）

と、両方で同じように、飛んだ勘違いをしている。露をだにいとう大和の女郎花、非常時に際して気が立っているから、下を俯いて涙ぐむなんてことはしない。寄らば斬らんという気合いを示した。しかし、名にし負う一千万円未亡人と、シガない喫茶の一少女とが、対等にリングへ上って勝負を決するというのは、噫、これも恋。おスミちゃんがガッチリ太郎に寄り添った姿を見て、柳の蔭で〃にんじん〃が、ウーンと唸って拳固を拵えたのも、やはり恋ゆえでありました。

旅の誘い

暑い暑いというちに、デパートの夏物棚浚い大特売もいつか済み、キャフェの観月会の薄が、造花屋で青く塗られる頃となりました。今年は土用が涼しかったセイか、一層夏が短い気がします。早起きのガッチリ太郎は、めっきり日の出が遅くなったので、タイム・イズ・マネーの損耗を嘆いている。そのかわり、学生さんがボツボツ帰ってくるので、喫茶〝ラルジャン〟の収入は、次第に秋の上昇線を辿って参りました。

あの銀座の夜の出来事から、もう一月も経っています。まことに妙な運命のモツレで、折角会いは会いながら、才子と佳人は未だ交誼を結ぶに到りません。小説も既にここまで進んでこの有様では、行末心細き次第ながら、おスミちゃんの出現によって、深くも受けた心的裂傷は、千智子未亡人をして軽井沢に療養を余儀なくせしめました。おスミちゃんとても同様、流した血の分量に変りはないが、別荘なんて持っていないから、店で働きながら自宅療法。不運と不幸には慣れてると云い条、今度の打撃はよほど身に応えたとみえて、あれ以来、とかく物云わぬ人となりがちなのは、可憐という外ありませんでした。

　ただ一人、精気愈々昇れるのはガッチリ太郎で、秋風と共に士魂商才が振い立ってきて、今や胸中一大計画を策している。彼が年来の素願たるインテリ専門の金融機関設立です。この階級人種はとかく虚栄心が強くて、コッソリ人に金を借りようとするから、新聞の案内欄の広告なぞを見て、インチキ高利貸の手に掛かり、「数珠（じゅず）」だとか「三者」だとか、さまざまな計略を食わせられて、無惨な最後を遂げる。いやしくも高利貸であるから、貸すことは貸してくれるんだろうと思うと、ちっとも貸さないで、高利の方だけはきちんと取る高利貸――そんなバカな話と仰有るが、これが「ヤラズ」という手で、彼等の仲間で最も安全確実な方法となってる。月賦金融特にサラリーマン歓迎なんて看板を出してるのが、大抵これ。諸君に御用はあるまいから、詳細は避けますが、つまり、年期が明けたらヌシの処へ行きンすという、古来遊里で用いられた極めて不正確な予約方法（サブスクリプション・メソッド）に従ったものです。これに最高学府を出た人間が引っ掛かるのはオカしいみたいだが、実例は枚挙（まいきょ）に遑（いとま）がない。ガッチリ太郎は同業者のかかる振舞いを見て、如何してもインテリのために、合理的近代的な金融機関を起さなければならんと思った。インテリの物質苦を緩和することは、彼等の精神性を振興して、社会の各方面に文化的な活動を呼び起し、従って新興日本の偏武力（へんぶりょく）主義を修正して、軈（やが）ては我国をして世界文明に貢献せしむるに到るという、ガッチリ太郎の大信念、大眼目であります。文芸や仏教がいくら復興したって、金融の自由に欠く処あらんか、徒（いたず）らに懸声（かけごえ）ばかりで、間もなく消滅――イヤ現に消滅しつつあるのではないか、と彼氏は観察している。孝は百行の基の如く、金は文化の源というのが、ガッチリズムの綱領であって、彼が世間一般の金融業者と趣を異にするのは、この点でも明らかでありましょう。

で、利太郎この間から午前中は橄欖荘の自宅に籠って、試験前のような勉強振りです。戦後アメリカに起ったアーサー・モリス氏のシステムを主眼に、日本古来の無尽、頼母子講に及ぶ庶民金融の研究である。モリス・システムは不幸我国に於て、山勘氏の看板に使われ、この春お上のお手が入ったが、ガッチリ太郎の調査してるのは、本場の素姓正しき代物。これを目下の客観的情勢に照らして、日本化工作を施した上に、インテリの好きな簡易とスピードを加えると、早い話がオリムピックの洋食みたいなものが出来上ろうという。あの家もいいけれど、サービスが乱暴で、これに時々生煮えの野菜を食わせるんで困る。その方はガッチリ太郎よく心得ています。万事債務者優待を旨とし、〝笑って貸しましょう〟とか〝愉快に借りて愉快に返す〟とか、既にポスターの文句まで出来てるほどであるが、さて此処に難関というのは、創業費、経営費――それにも況して必要な運転資金の問題です。いくら月賦金融と云っても、カラ手で商売はできない。今までに蓄積した一千円の百倍ぐらいなくちゃ、事業らしい事業はできません。彼氏の着眼、彼氏の採算いずれもスマートで、周到で、心ある資本家に聞かしたら、あッと驚いて、直ちに膝を乗り出してくるようなものなんだが、交際と背景のない悲しさは、空しくプランの持ち腐れとなる心配があります。駿馬伯楽(はくらく)を得ず、美人薄命にして〝の井〟に埋もれる類で、これも人の世のサダメでありましょうか。

今日も利太郎、朝から書類や算盤と首引きで、デスクに向っている。勤人の多い橄欖荘アパートは、午前中まことに静かで、遠くに聞える省電の笛が耳立つだけです。一心不乱、数字と赤インキの中に全身を没入して、いまや崇高なる三昧境(さんまいきよう)に到らんとする時、惜しくも叩音(ノック)に妨げられました。

「お入り」

声に応じて入ってきたのは、思いがけずも鷺山君でありました。

「失敬……。まず最初、これを受取ってくれ給え。それでないと、話ができない」

鷺山君、今日は何となく憂色があります。上着のポケットから、封筒を出して、利太郎に差し出した。開けてみると、紙幣硬貨混ぜ、百〇五円六十八銭入っている。鷺山君、学校以来の古い債務を果すつもりらしい。

「これで、君、完全に解消したんだろう」

「完全というわけでもありません」

「おやッ」

「K海浜都市で申上げた額は、六月十日までの元利合計で、その後今日までの利子が殖(ふ)えています」

首を振って感心してる。そうして、またポケットへ手を入れて紙入れを出そうとするのを、ガッチリ太郎押し止どめ、

「イヤ鷺山君。そのご心配には及びません。それも、この百〇五円六十八銭も、みんな貴方の方へお収め下さい。いつかの喧嘩が解消した時に、この債権も解消してしまったんです。千智子未亡人の御厚意を、僕達は充分に尊重しなければなりません」

「しかし……」

「それに、貴方は僕の記念すべき最初の顧客(おとくい)です。創立記念の景物として、あの債権を呈上しましょう」

「そうかい、君。それは、済まんねどうも」

と、列べた金をまた納(しま)いかけたのは、ひどくサッパリしてる。

「あッ、そうか」

「で、お話というのは？」

「景物なんか貰っちゃ、話し憎くていけないんだが、香槌君、折入ってお願いがあるんだが、聞いてくれ給え」

「ともかく承りましょう」

「実は、うちのマダムのことなんだがね。君、ひとつ僕等を助けると思って、一緒に軽井沢へ来てくれないか。イヤまったく、手がつけられないんだ……」

鷺山君の話によると、あの銀座の夜以来、千智子未亡人の心境俄かに変化して、軽井沢へお供を仰せつかった。それもいいが、彼女、別荘へ来てから、一日も面白い顔を見せない。「浅間山を買収して盛大に爆発をさせてみたい」なんて、物騒なことを云うかと思うと、「妾はムシロ高原の露と消える」なぞと心細いことを云う。急性ヒステリーの完全症状で、快不快循環症（シクロティミック）というやつ。三人の青年食客、パトロンがそんなでは、将来の浮沈に関するので、青くなって心配してると、俄然昨夜になって、香槌利太郎さんに会いたいと云いだした。何だか知らないが、「話せばわかる」と云う。香槌さんを連れてきてくれ。連れて来なければ、一生この別荘にいて、東京へは帰らない……。

「なんしろ、君、夏支度で出掛けたんだから、昨今秋気凜冽（りんれつ）の信濃高原で、僕等は寒くて震えてるんだ。僕等の感冒予防のためにも、是非出張してくれ給え。頼むよ」

それを聞いて、ガッチリ太郎は何か黙然と考えていましたが、やがて、

「よろしい。では御一緒に参りましょう。実は僕の方でも、千智子未亡人のお耳に入れたいことがあるんですが、この間銀座で妙なことになっちまって……」

「ありがたい。じゃあ、早速に支度をしてくれ給え」

秋琴抄

九月半ばの軽井沢といえば、例えば、食い荒したライスカレーの皿みたいに、惨憺（さんたん）としてサビしい風景です。雑貨屋（グロサリー）も、骨董店（キュリアス・ウエア）も、ベーカリーも、肉屋も、みんなバタバタと戸を閉めて、横浜や神戸へ帰ってしまった旧道通りは、まったく廃墟そのものの感じ。夏ならば、外国諸嬢諸夫人（ミス・エンド・ミセス）が、見事なお尻を動揺させながら、名物の自転車に乗って、梭（おさ）の如く往来するこのメーン・スツリートも、今や土着民族の餓鬼クンや、野良猫の遊び場となってる。“Fancy Ball at Mampei Hotel” なんてビラが、秋風に吹き破られてるのを見ると、まことに槿花一朝之夢（きんかいっちょうのゆめ）、とたんに人生を感じて、仏門に入ろうか、それとも貯金を始めようか、という気持を起させる。そのように人影のない往来を、チヨコチョコと走り出して、前後を見回して、また横丁へ引っ込んでしまった者がある。チラと見ただけで、よく人相がわからないが、東京の大井本邸で留守番をしてる筈の〝にんじん〟君の顔に、よく似ていた。

やがて、一台のクライスラーが、停車場の方から、勢いよく往来を上ってゆきます。東京1934と書いた尾札（テール・ナンバー）に依って、大井邸の二号車だと知れる。車上の二人の青年は、いうまでもなく、ガッチリ太郎と鷺山君。車は町を抜けて、矢ケ崎川に沿って左折、軽井沢でも最高級の別荘地帯へ入りました。軈てあたりが鬱蒼たる森林になって、さても見事なドライヴ・ウェイだと、利太郎も感心しながら、

「別荘はまだ遠いですか」

と聞くと、

「なあに、君。もうこれが別荘の中なんだ」

と云われたんで、すっかり驚いた。それほど雄大な別荘の地面ですが、その昔地主の源兵衛さんが、坪六厘で英国公使ショウ氏に譲り、ショウ氏が六十銭で某実業家に売ったんですが、某実業家が六円で大井権右衛門氏に渡したのが既に十年前、今はよっぽど致しましょう。かりに十五円と見積って、三万坪の四十五万円――イヤどうも、筆者も少しガッチリ太郎の感化を受けた気味があります。

車が玄関へピタリと横付けになると、兼て電報で知らしてあったとみえて、バラバラと立ち現われた女中小間使と共に、河口君、長谷川君が、さも懐かしそうに、

「ヤア、香槌君。よく来てくれたねエ。お蔭で東京の土が踏めるよ。スマン、スマン」

と手をとらんばかりに、奥へ招じた。なんだか急病人の処へ呼ばれた名医といった恰好で、ガッチリ太郎の例のポートフォリオも、どうやら薬鞄に見えます。長い廊下を歩いて、離れの八畳に通されると、まず高島田の女中がお茶を持って現われる。次いで桃

割れの女中が、菓子盆を捧げて現われる。やがて銀杏返しの女中が、お召の丹前を持って現われる。それから耳隠しが果物を、断髪がカクテールを、最後に丸髷が勘定書を——オッと、それは間違いだが、ともかく至れり尽せりの歓待振り。「まずお風呂を」というので、素晴らしいバス・ルームで、汽車の煤煙を洗い落して出てくると、わざと丸木とゴロ石を使った英国カッテージ風の洋室に、鷺山君以下三人が待っていて、

「さぞお疲れでしたろう」

と、言葉使いまで改まる。これからが国賓待遇で、三人は接待委員というところですか。葉巻入れのキリアージを薦めたり、チニイの蓄音機の扉を開けたり、大いにお愛想を努めます。

雑談数刻、やがて小間使が、「お支度がよろしゅう御座います」と、告げにくる。

「さア、香槌君、どうぞ」

鷺山君が先きに立って、案内をしたのは、二十畳の客間で、数寄を凝らした木口建具。タガヤサンの床柱、神代杉の天井板。床の大幅が雅邦で、襖が大観で、欄間が百穂で恰も明治大正名宝展みたい。庭前の巨石にも庭土にも、軽井沢特有の青苔がベッタリ蒸して、岩清水を引いた細流は、草間に喞く虫の声と、その音を争う。この国粋的環境に順応して、次々に運ばれる料理も、K海浜都市の時とこと変り、京都生粋の板前が腕によりをかけた純懐石風——尤もあれもモトは中国だそうで。どっちにしても、旨いものは

旨いから、ガッチリ太郎盛んに箸を動かすと共に、灘の生一本に微醺を催して、庭前に眼をやると、折りしも愛宕山から上った満月は煌々として、叢に置く露は雨よりも繁く、たしかこんな景色が薩摩琵琶かなんかにあったっけ、と思っていると、遥か彼方の部屋から、コロリンシャンといとも優しき琴の調べが聞えてきました。嶺の嵐か松風か、腸に沁みるような妙音巧手。利太郎感に堪えて、

「噫、実に今夜は春琴抄みたいな晩でありますナ」

「マダムが弾いてるんです。不束な調べながら、一曲お聴きに入れたいとのことです」

と、鷺山君が説明しました。

可憐なる哉千智子未亡人、胸中の琴線と、生田流の方のとを、一どきにジャンジャン掻き鳴らしている。鴫屋春琴は盲目の美人、千智子未亡人もまた心の闇に踏み迷って、あア、もう眼が見えぬ恋と琴……蓋し奇縁と申しましょうか。

出迎えにも出ず、晩餐の席にも現われず、わざわざヒトを東京から呼び寄せたのは、琴を聞かせるためだったのかと、食後の御所柿を剝きながら、ガッチリ太郎少しく不満に思いました。やがて食事が済んでも、まだ女主人は挨拶に現われません。席が変って、さっきの洋室で、芳ばしきモカとナポレオン・コニャックが運ばれたが、やはり彼女の姿は現われません。軽井沢の秋の夜は、沈々として更け初めて、窓外の月光のみ徒らに冴ゆる折りしも、ボーンと鳴ったのは遠寺の鐘じゃなくて、ラジオの時報だったが、こ

れを合図にしたように、サロンの扉が音もなく開いて、爛漫と咲き出でた白牡丹一輪。

「香槌さんようこそ……」

と淑やかに挨拶をした千智子未亡人の姿を見て、「あッ」と声を揚げたのは、ガッチリ太郎よりも三人の青年達でした。毎日未亡人の顔は見慣れてる癖に、今夜という今夜は驚いたです。その美しさと云ったら、クレオパトラを透明人間にしたって、小野の小町がアモール・スキンを使ったたって、とても足許に及ぶもんじゃない。ただもう、ピカピカと、眼が昏むように美しいとも、また美しいです。さすがのガッチリ太郎、大きな眼玉をぐっと開いたまま、暫時言葉もありませんでした。

それやそうでしょう――昨夕鷺山君を東京へ出発させると、直ちに風呂の用意を命じて、バス・ソーツからして平生の倍量、ウビギャンの洗粉と糠と小豆と鶯のウンコまで用いて、徹夜で磨き上げた玉の肌。今暁から髪の方に掛って、お抱えの美髪師が鏝を焼き壊すこと三十六本に及んで、やっと気に入るウエーブが出来たが、午後から夕方まで最後の段階の美容術。マッサージや白粉は人任せだが、紅と眉墨は、一心籠めて、自分で塗った。従って、塗っちゃ消し、消しちゃ塗り、キリがない。それから着付けに掛ったが、不眠不休実に二十六時間の労働。それだけの手間を掛けて磨いても、蒟蒻玉では仕方がないが、モトモト日本無双の名玉なんだから、こりゃア輝くのが当然。原料と加工が共に満点とあらば、断じて他品の競争を許さんです。

その優良商品、今やダンピングの状態で、渾身の愛を惜し気なく両眼に集め、怨む如く、訴える如く、ガッチリ太郎を眺めながら、云った。

「東京を、お離れになるのは、さぞお辛うざンしてしょうね」

「はア？」

何の意味だか、彼氏さっぱり判らない。

「でも……ほんとに、よくお出で下さいました。妾、心からお礼を申上げます」

海棠雨に悩んで下を俯くと、ポタリと熱い雫が膝へ落ちた。なるほどこれが鷺山君の云う快不快循環症というやつか、それにしても美しい病気があったもんだと、ガッチリ太郎心中に思った。

信用の商人

「ホントざンすか」

「勿論です」

「きっと、まったく、ホントざンすか」

「申すまでもありません」

「まア……」

ワシャハズカシイという表情を、千智子未亡人が致しました。

秋晴一碧、素晴らしい好天気です。海抜一千余尺で、紫外線がフンダンに降ってるんですが、俗眼には見えません。浅間山の煙が穏やかに棚引いて、当分爆発の心配はなさそう。千智子未亡人も同様、昨夜から今日にかけて、胸の中のモヤモヤがすっかり消えたので、頓に柔和の相を呈してきた。庭内の林間苔滑らかなる辺りに、瀟洒なる小亭の中で、人を交えず利太郎と相対しています。才子と佳人茲に於て始めて、テータテートの好機に恵まれました。

「そんな次第で、僕はおスミちゃんという娘を、妹のように思ってるんです。それ以上でも、以下でもありません」

「とんだ誤解をして、申訳ありません。でも香槌さん、貴方はなぜ喫茶店経営なんてことを遊ばすンです。天保大学出身の方に、お似合いになりません」

「ところが、三割から、時とすると、五割に回るです」

「まア、イヤラシイ。そんな言葉、お慎しみ遊ばせ。それに、貴方はもっとも非精神的なお仕事を持っていらっしゃると、伺いました」

「金融業ですか」

「そうです。香槌さん、貴方はなぜそんな、低級な、野卑な、イヤラシイ、サモシイ、ナサケナイ職業を、お選びになったんです。お金なんて、なんですか、アンナモノ。あんなオカシナもの、よろしかったら、幾何でも差し上げますわ。どうぞ高利貸なんて商売だけは、止めて下さい」

涙を流さんばかりに、彼女は懇願しました。すると、何思いけん、ガッチリ太郎は紙入れから、一枚の紙幣を抜き出しました。

「奥さん、ホワット・イズ・ジス？」

「イット・イズ・テン・エンス・バンクノート」

「ヤー。しかし奥さん、これは同時に、一枚のペーパーです。この薄汚いペーパーが、テン・エンに通用するとは、ホワイ？」

変な問答があったもんで……。それからガッチリ太郎、兌換制度、銀行取引、外国貿易に亘って、巨細にポリティカル・エコノミイの薀蓄を傾けた。

「つまりそれは、信用というものです。信用とは、無形、無味、無臭、最も崇高な、精神的な力です。物々交換は野蛮国の風習、信用は文化社会の表象です。その信用を基礎とする金融業は、人間の職業のうちで最も文化的ではありませんか。奥さん、僕は信用の商人です。光栄ある信用の商人です。無担保で、いくらでも貸すですゾ」

舌端火を吐く勢いで、抱懐を述べましたが、聞手の方はただ情けなさそうな顔をするばかり。

「イヤ、まだ幾何でも貸す処まで行きませんが、将来必ず日本の金融王となって、理想を実現します。実は今、手始めとして、或る事業を計画中なんですが、資本金が千十二円五十銭ばかりしかないんで、弱っています。奥さん、いい出資者があったら御紹介願います」

「妾ではいかが？」

「しかし、奥さんは僕の事業に絶対反対じゃありませんか」

「そうですわ。でも、お金を出すことには賛成なんです。妾は少しでも財産が減るのが楽しみなんです。ねえ香槌さん。貴方思い切って、二、三百万円減らして下さらない？妾どれだけ感謝するかしれませんわ」

「損する方には、全然興味がありません」

折角の出資談も、これでお流れとなりました。

「ねえ香槌さん。何か、もっと美しいお話を、聞かして頂戴」

「美しい話よりも、奥さん、恐ろしい話があります。僕はすっかりそれをお話しするのを、忘れていました。奥さん、貴方は太原黒弁護士という人を、ご存じでしょう？」

彼はいつか喫茶〝ラルジャン〟で立ち聞きをした一伍一什（いちぶしじゅう）を物語りました。

「ですから、今後充分に御注意なさらなければいけません」

「ありがとう。世界中で一番妾の嫌いな人間だから、決して寄せつけはしませんわ。それに、あんなキング・コングみたいな奴、どうせ頭が悪いから、問題にならないわ。それより、お天気がいいから、千ケ滝へドライヴに出掛けましょう」

油断は御婦人に付き物——こともなげにそう云って、立ち上ろうとすると、青苔に乗って、ツルルと滑った。

「あれ」

と叫んで、思わず縋りついたのは、世界中で一番好きな人の胸でありました。そのヨキ瞬間を、いつの間に忍び込んだか、薄の叢の中から〝にんじん〟が、パチリと、ライカで撮影したのであります。

紙屋の儲かる時代

——号外ッ！　号外ッ！　只今出ました。ゴーガイッ！

鈴の音は、突如、巷から巷を走りました。大東京三十五区の良民は、晩秋の麗らかな一日を、静かに家業に励んだり失業したりしてる折柄、ジャランジャランと消魂ましい鈴の音に、素破何事と胸を轟かせました。

「おッ始まったか！　いよいよ！」

「どうも今年の防空演習は、少し念入りだと思ったヨ」

「どうせ火蓋を切ったのは、コッチだろう。昔から手を出すのは早いからなア」

なぞと、まだ号外を買わないうちから、気の早い連中が騒いでる。疑獄も一通り出尽したし、電車のストライキもそう度々あっちゃ耐らんし、このところ一寸号外のネタが切れていた。尤も沢正[*7]が死んで号外の出た例しもあるから、鈴の音を聞いて、天下国家の一大事と狼狽る必要もないわけであるが、今年の秋はタダの秋でなかった。なにやらプンと腥い秋風が吹きつけて、少し陽気がちがうようです。かかる秋をアキと読まず、トキと読めと、中学の漢文の先生が仰有った。時やまさに、パパとママがベビを連れて、ピクニックに出掛ける秋に非ず、挙国緊褌一番の秋なんであるから、号外を聞くと、ピリリとくるのは、当然でありましょう。

が、二銭摑んで、飛び出した長屋のパトリオットは、「糞ッ垂れめ！」と叫んで、折角買った号外を丸めちまった。そりゃアそうでしょう。紙面を読めば何事ぞ、特号のミダシも毒々しく、

◎千万円未亡人遂に乱行

と、ある。人を馬鹿にしやがって、有閑夫人が道楽をしようと、しめエと、コチトラ

の知ったことか、てんだ。

熊サンはそう憤慨するが、熊氏夫人の方は然らず、

「ヘエお前さん。あの別嬪さんで大金持の大井千智子って後家さんが、男狂いを始めたっていうのかイ。そいつは面白いヤ。チョイトお隣りのおカミさん……」

と、井戸端倶楽部のメンバーに呼びかける。女子と小人はゴシップを好むと、既に孔子様も指摘されたが、東京の人口三百万のうちで六割が女子、四割は小人だそうだから、なにしろ始末が悪い。ついぞ名前を聞いたことのない〝帝都浮世新報〟という社の号外なんだが、なにしろ天下の麗人千智子未亡人のスキャンダルで、瞬く間にこれが全市へ広がった。会社でも、キャフェでも、電車の中でも、台所でも、モッパラこの噂ばかり。というのが、名も知れぬ赤新聞の記事、舞文曲筆は誰も承知の上ではあるが、動かぬ証拠とばかり、麗々と掲げた二個の写真版、紛うかたなき千智子未亡人が、シネマ俳優のような美青年の胸へ、ヤイノと取り縋ったのが一枚。ピッタリ肩を合わして、お羨ましいドライヴの光景が一枚。いずれも撮影製版申し分なく、いやにハッキリ写っています。写真入り号外というやつ、近頃大新聞でよく用いますが、電送が多いからとかく不鮮明。〝帝都浮世〟のやつみたいに、即物報道主義の効果を発揮しません。イヤ大新聞が〝帝都浮世〟に一籌を輸したのは、これだけでは済まんので。〝東京夕日〟や〝東京例日〟の幹部は、始めこの号外を見て、

（ははン、赤新聞の例の手か。大井千智子も案外気が強いと見えて、脅喝に応じなかったナ)

と、冷笑していた。そんな下品な記事を、ウチの紙面に載せようなんて、夢にも考えない、大新聞の矜持というやつ。ところが、世間でワイワイこの噂を始めて、なぜこの事件を書かないかと、頻々と投書が社へ舞い込む。投書なんて、あまり見識のある人はやらんですが、ジャーナリストは妙に神経に病むからおかしい。内々手を回してみると、まんざら火のない煙でもないらしい。と云って一度黙殺した手前、書くわけにも行かず、グズグズしてるうちに、二流紙の雄〝呼声〟が四段抜きでパッと書いちまった。しかも千智子未亡人の素晴らしいインタヴューをとってきた。彼女自身の口から、「すべては事実です。妾は彼氏を愛します。彼氏なくして妾はハムのないサンドウィッチでありましょう」

と、語らせてる。勿論、麗人恋に悩む写真入りです。これで噂の火に油をかけたことになって、まさに東京始まって以来のスキャンダルの大火事。こうなると、もう見得も外聞もなくなって、〝東例〟も〝東夕〟も、まさかニュースとも云えんから、社会面連載読物の形で、デカデカ書き出した。これを見て喜んだのが〝帝都浮世〟の社長で、三河島で家賃十六円の編輯局に於て、朝酒を呷りながら、ゲラゲラ笑った。月三回発行、部数無慮一〇〇部、俗に云う選挙新聞の〝帝都浮世〟が、東京の二大新聞を引き擦ったのだから、こりゃア愉快に相違ない。号外費の他に太原黒弁護士から千円貰った時よりも、この時の方がよっぽど嬉しかったということです。

　新聞がこの通りだから、翌月の〝迂婦の友〟〝迂女界〟〝迂人公論〟〝迂人倶楽部〟の内容は、ここに申上げるまでもない。クキチ・カンの小説なぞは、隅ッこで小さくなっとる。小説はウソ、実話はホントだから、悪く思うナという話。名流の麗人のスキャンダルときては迂人雑誌の咽(のど)から手が現われ、顎からヨダレが流れるです。あたら〝夫婦和合の秘訣〟号や〝十銭以下の会席料理〟のプランは組置き(くみお)となって、各誌気を揃えて〝恋に狂う大井千智子〟の特輯です。巧みに巧みし実話小説が、忽ち〝蝶竹〟や〝珍興〟の手にかかって、主題歌の声も悲しきトーキーとなれば、〝ギクター〟〝ドロンビア〟も黙っておれず、〝千万円音頭〟というのを売出して、少し空地があると、ピョンと来てピョンと踊れと人を寄せ集めるのは、イヤ蒼蝿(うるさ)くて叶わない。これに就いて社会学的現象批判を、初瀬川是々観氏が〝解造〟と〝中庸公論〟に書いたのは勿論で、従来この種の記事に冷淡だった〝珍青年〟までが、巻頭漫画でハヤシたです。ここに断然ジャーナリズムの風潮に抗して、千智子未亡人の件を一行も書かぬ感ずべき雑誌があるというから、調べてみたら、官報だった。

　まことに世を挙げてゴシップ時代、ジャーナリズム弥栄(いやさか)時代、小学教育普及時代(だれもじのよめるじだい)、藤原銀次郎得意時代(かみやのもうかるじだい)*8——なんに致せ結構な世の中です。そこへ目を着けた太原黒弁護士の作戦は、さすがに時勢を知るものと云わねばなりますまい。

緑の地平線

「すると奥様は、近き将来に於て、彼氏と御結婚になるんでしょうな」

「知りません」

「新婚旅行の候補地は？　それから、新家庭に就いての御抱負は？」

「知りません」

「もしお子さんが生まれたら、パパ、ママと呼ばせますか。それとも、文部省指定のオトッツァン・オッカサンになさいますか」

「知りません」

「彼氏の好きな映画は？　ハミガキは？　石鹸は？　朝飯はパンですか、ゴハンですか？　ラジオ体操をなさいますか？」

「知りません。知りません。知りません」

「ハイありがとう。よくわかりました」

記者氏は満足して立ち上りました。千智子未亡人はヤレヤレと、奥へ引き上げます。

あれだけ書いたら、気が済みそうなもんだのに、まだまだジャーナリストの訪問は絶えません。残肴を漁ろうとする末流新聞雑誌が押しかけてくる上に、有力な一流の各紙各誌と雖も、まだ容易にこの材料を捨てそうもない。掘り返し、蒸し返し、根気よく書いてる。なにしろカツブシの性がいいからいくらでもダシが出ます。

実を云えば千智子未亡人、軽井沢から東京の本邸へ引き揚げて匆々、「帝都浮世」の号外を見た時には、さすがに胆にコタえたです。まさしく自分と香槌利太郎のラヴ・シーンが、麗々と写真になって出ているんだから、驚いた。それが一体、身に覚えありとも云えず、なしともいえぬ――不思議な羽目です。軽井沢の庭でツルリと滑って、利太郎の胸に縋りついたのも、千ケ滝のドライヴで隣り合わせに坐ったのも、紛れもない事実で、正誤の申込みようはありません。ただそれがラヴ・シーンかどうかとなると、見解の相違でいろいろです。彼女の方では、熱烈なる恋の焚火を燃やしているが、香槌利太郎の胸の中はまったく測り知られません。少くとも信濃高原の五日五夜のうちで、ガッチリ太郎がベッタリ太郎に転向するような事実は、一度もありませんでした。と云って、姫御前の方からもちかけるなぞと、不埒なことをする千智子未亡人ではありません。二人の間には、遂にラヴのラの言も語られる機会はなかったんです。無死満塁で一点も入らないということも、決して絶無ではありませんからな。

しかし何奴なればこそ、二人の姿を撮影して、インチキ新聞にそれを供給したか……

これぞ彼女の謎であった。容疑者として、当然、鷺山君、河口君、長谷川君の名が浮かぶが、意志薄弱なりと雖も三人が、悪事を働くような気の利いた人物でないことは、誰よりも彼女が一番よく知っています。さては吉良の邸みたいに、間者が女中に化けて忍び込んでるのかと調べてみたが、その形跡はありません。しかも軽井沢のことばかりでなく、東京へ帰ってからの様子が、チョイチョイ奥の間生活の細かいことまで外へ洩れるので、これは透明人間の仕業ではあるまいかと、彼女も無気味に思いました。

誰の仕業にしろ、既に火の手はエンエンと拡がって、いまさら如何しようもない。始めは面白半分でワイワイ騒いだ世間が、次第にオカヤキ調を呈して、悪評に変ってきた。悪評さらに転じてこの非常時に際し云々と、オキマリの非難攻撃となってきた。可哀そうに千智子未亡人、香槌利太郎を始めとして、鷺山君以下三人をナゼ斬りにし、過去に於ては蘭堂や不良外人にワタリをつけたこともある色豪にされちまった。女の身として、かかるスキャンダルの的となった場合、葭井おどん夫人のように、モダン白無垢鉄火で居直るか、少し話は古いが釜子夫人のように、頭を円めてアヤまるかだが、千智子未亡人は何れにもクミしなかった。考えてみると、両方ともあまりいい智慧じゃない。

で、法句経講義をもう一度読んで、静かに事の真相を考えてみれば、古来孤児院で親不孝の起ったタメシはないです。してみれば、未亡人の姦通罪もドウカと思う。赤い信女がハラもうが、ハラむまいが、日本政府は敢えてこれに干渉しない。それを人民共がカレコレ云うのは怪しからん。況んやまだ海の物とも山の物とも定まらない香槌さんとの仲を、勝手に騒ぎ立てる世間は、こりゃア世間の方が間違ってる。むこうが悪ければ、こっちは善いのだから、なにも逃げ隠れをすることはない。泰然自若として、ゴシップの嵐に立ち向おうと、覚悟をきめた。

それで怯まず、臆せず、来た記者氏は片っ端から応接間へ通って貰って、真相を声明した。定めて好結果を来たすだろうと思ったら、案に相違。

「妾はよろしいけれど、それでは香槌さんがお気の毒で」

なぞと云うと、記者氏はダーと云って、ヒックリ返るのです。

「香槌さんとは三度お目に掛ったばかり」

といえば、ハッハッハと笑われちまう。中には正直な人もあって、

「奥さん。事実はそうかもしれないが、この頃思い切ってジャンジャン書けるのは、政党と有閑夫人の悪口だけなんだから、ちと華手に書かして下さいよ」

なぞと頼まれる。どっちにしても、多々益〻書かれるです。

ゴシップ禍という近代禍の一つ。その惨禍を一身に受けて、千智子未亡人シミジミ悟るところがあった。かほどのことがかかる騒ぎを惹き起すというのも、元を質せば、妾がアンマリ美人だからである。もし妾が大下辻郎のような漫談顔をしていたら、世間ではクスリとも云う筈がない。つまり、妾が美人すぎる。あア、なぜこんな美人に生まれ

ついたのであろうかと、今更悔(くや)んでみても、これは生家の無羅小路伯爵家が業平朝臣(なりひらあそん)の血を引いてるんで代々美女美男ばかり出るのだから、アキラメモノである。文句があるなら、チャールス・ダーウィンの方へ持ってって貰いたい。では美人の方は天命と諦(あきら)めるにしても、これがタダの美人だったら、映画女優の浮気ほどにも、騒がれる筈はない。元の元、原因の原因を追究してゆくと、大井家の金庫に在中してる一千万円——これだ、これだ。どうも以前から少し嵩張(かさば)りすぎて、邪魔ッ気だと思ってはいたが、今度のように大害をなそうとは知らなかった。千万円未亡人て看板が、最も世間のお気に召さぬらしい。あるに任せて贅沢三昧、挙句の果が情痴の乱舞、飯米飢饉で泣く人もあるのに、とくる。三井さん、岩崎さんに比べては、物の数でもない一千万円だが、女一人の食い扶持(ぶち)にしてはチト多い。どうかして荷を軽くしようと思って随分パッパと使っている積りだが、使うそばからドサドサと入ってくるのは、資本主義経済機構の然らしむるところ。デブはいよいよ肥(ふと)り、チビはいよいよ痩(や)せるんじゃと、マルクスが云った。イヤだというのに蒼蠅(うるさ)くつけ回すのは、アニ太原黒弁護士のみならんやで、お金がやはりそう。溜る処へはヒツコク溜るです。そもそも大井権右衛門氏と三十二歳の差額を以て結婚したのも、洒落(しやれ)や粋狂じゃないんで、無羅小路家の破産を救うというお定まりのイキサツ。その時既にお金の顔が憎かったので、今日かかる運命となってみれば、カネは涙か溜息か、カネに恨みは数々ござると、心底からカネに愛想をつかした。カネという名を聞くさえも嫌で、女中のお兼さん、花壇のカーネーション、みんなお払い箱となった。カネなき国の緑の地平線――そこには金もなければ、鋼鉄もない。従って銀行と兵器会社がないから、不景気も戦争もあらばこそ、人心長閑にして不断の春風ソヨソヨと吹けば、あちらでも恋のササヤキ、こちらでも愛のヒメゴト……ガッチリ太郎も高利貸の営業不可能となって、彼女と共に桃色趣味を語るであろうにと、あれを想いこれを思い、憧れの緑の地平線へ、ウットリと彼女の夢は描かれるのです。

かかる彼女の心境を知るや知らずや、値切り円タクのスピード物凄く、大井邸へ乗り込んできた太原黒弁護士、

「奥方はご在宅じゃろう」

と、イヤミな声で訪れました。

日本間の客座敷で、待たされること一時間あまり、さすがの太原黒弁護士も聊かムッときた折りしも、シブシブという字を絵に直したら、こんな顔かという表情で、千智子未亡人が現われる。太原黒弁護士の起しかけた癇癪の虫が、とたんにグンナリと軟化した。

「喃、奥さん、今度はえらい目に逢われたノ、フォッフォッフォ」

「イヤいつ見ても、美しいオクガタではあるです。

と独特の含み笑いをしてから、

「世間の奴等は口サガないで、途方もないことを云い触らしよる。あアたも嘸かし無念

じゃろう。どうも近頃の新聞雑誌はよろしゅウない。我党なぞもコッパイじゃヨ」

とまた例の笑い――この笑いと貴方を「あアた」と発音する癖を止めると、もうちっと可愛い子になるんだが。

「あアたも口惜しいじゃろうが、わしも残念じゃ。あのような噂が立っては、亡友権右衛門氏に対して相すまン。勿論、事実無根のことと思うが、どうじゃネ」

白ばッくれて、訊いたもんです。ところが千智子未亡人、何と思ったか――

「いいえ、世間の噂の通りなんでございます」

「ほホウ、すると、あアたはその青年を愛しチョるのじゃネ」

「ええもう、愛してるどころではございません。首ッたけと申しましょうか、耳ッたけと申しましょうか、心臓のありッたけ惚れているのでございます」

「コレハ怪しからん。あアたのお言葉とも覚えん。貞婦両夫に見えず、忠臣二君に仕えずと、浪花節の文句にもあるではござらンか。本来なら、髪でも切って、念仏に日を送る筈じゃのに」

「断髪なら、致してもよろしゅうございますわ。ボーイシュ・カットは古くていけません。ハーフ・ボブなぞでしたら」

「それは似て非なるものじゃ。古来の良俗を忘れるから、心のコマが狂う。どうかね、奥さん、改むるに憚る勿れという金言もあるンじゃ。そんなつまらんモボのことは忘れて、もし再縁がお望みじゃッたら、年齢地位に於て不足のない人物と合法的結婚をされたら如何じゃ。心当りの人物が、遠からぬ地点にいるのじゃがね」

と、気持のよくない眼付きで、ジロリと彼女の顔を見ました。だが、キング・コングのウィンクてえ奴、あまり効果がないんで。

「ホホホホ。まア御親切さまに。妾、もう恋に眼が昏(くら)んでいますので、近くにいらッしゃる方のお顔もわかりません」

「ムム。これは事態容易ならん。まるで理性を失ッとる。奥さん、あアたは民法第七条及び第十一条の規定をご存じじゃろうノ」

「存じませんわ。民法ッて、不眠症の人が読む本でしょう」

「心神喪失(そうしつ)ノ状況ニ在ル者ハ、後見人又ハ検事ノ請求ニ依リ、禁治産(キンチサン)ノ宣告ヲ為(ナ)スコトヲ得、とあるじゃ。よく意味を考えて、返答さッしゃい。ついでに、わしの職業も考えてな」

「キンチサンて実母散みたいなものざアますか」

「かさねがさね心神耗弱(もうじゃく)の徴候が著しい。大井家の財産を、あアたの手に任せて置いては、一大事じゃ」

その一言を聞くと、千智子未亡人俄(にわ)かに容(かたち)を更(あらた)め、

「太原黒さん。それは有難うございます。貴方がそれほどご親切な方だとは、夢にも存

じませんでした。妾は今度の事件が起きてからツクヅク財産を持つのが嫌になったんでございます。この間から一所懸命に財産をなくなそうとして、東北の水害やら、サルバドル国の風災やら、片端しから大口の寄付を致しましたが、なかなか思うように減ってくれません。毎日千円宛お小遣い（こづかい）を持って、三越松屋と歩き回りますが、どうも手間が掛ってヤリきれません。いっそのこと、飛行機を使って、空中撒きビラ式にやってみようと思いまして、ちょうど今朝銀行から百万円ばかり出してきました。キンチサンとかのご規則で、貴方が処分を引受けて下されば、まったく助かりますわ。妾は一日も早く、ケガラワシイ金属性環境を脱れ（のが）て、植物性人生の新コースを走りたいのです。オオ・マイ・緑の地平線！」

と、物狂わしげに叫びつつ、フラフラと立ち上った彼女は、次ぎの間の大金庫の前に立ち寄ったと見るまに、ダイアルの回転も遅しと、扉を開きました。とたんにドッと流れ出でたるは今朝ほど無理にギュウギュウ詰め込んだ百万円の札束で——これがライスカレーなら五〇〇〇〇〇皿と交換価値を保有するモッタナイお姿を、無惨や畳の上へ横たえた。折柄吹き入った野分（のわき）の強風は、サッと約一万円ばかりの飛花落葉を、縁から庭先きへかけて散らしました。太原黒弁護士は慌てて障子を締め切りながら、「民法第一編第二節第十一条じゃ。浪費者ハ準禁治産者トシテ、之ニ保佐人ヲ付スルコトヲ得、じゃ。ええか、奥さん、後になって、泣くでニャーぞ。吠えるでニャーぞ」

浮名儲け

銀座に〝サロン・秋〟というのがあって、美人みたいな者を数多(あまた)抱え、高価に酒類を販売している。あの家の家主に当るのが、二階から上を占領して、クラブを営業していて、即ち〝応順社〟。この頃では狡業倶楽部(こうぎょうくらぶ)の方が少し格が上りましたが、昔ながらの応順社の貫禄は変らない。メンバーに純資本家系のオレキレキが揃い、それに天保大学のインテリを加え、応順社風という上品と利慾のカクテール。カクテールで思い出したが、一体〝サロン・秋〟が応順社の階下にあるのか、それとも応順社が〝サロン・秋〟の階上にあるのか、それは問題であろうゾと、ハムレットみたいなことを云った人がある。なるほどこれは名疑問で、長く日本経済史上に残ることでありましょう。

その応順社の午後三時。エレヴェターから吐き出されて、階上の受付へ立った一人の青年。

「金倉福七郎さん、お見えでしょうか」

「貴方は?」

ジロリと客の顔を見る受付ボーイ。会員(メンバー)でないと見たら、ゾンザイ極まる待遇をするので有名です。ましてや天下に聞えた金倉財閥の御連枝、福七郎氏に会いにくる有象無象の大半は、財界のバタ公みたいなのが多いから、この若造も風采はいいが、大方そんなところだろうと、タカを括ってる。

しかし件の青年、静かにポケットから名刺を出して、テーブルの上に置いた。ボーイ君それを引奪って、見るともなしに名前を見ると、「香槌利太郎」とあるから驚いた。早速傍にいる仲間を肘で突いて、名刺を見せてウィンク。それが忽ち電波の如く伝わって、「ソレ香槌利太郎が現われたッ」てんでコック部屋の猫まで駆けだす騒ぎ。酒場、食堂、サルーンから、鈴成りに沢山の首が現われて、天下のイロオトコの顔を見物しようとする。

ガッチリ太郎も、一躍日本の名士となりました。何処へ行っても、彼の名を知らぬ者はありません。絶世の名花千智子未亡人のハートを奪うとは、憎さも憎し羨ましいと思う人情。オール日本の好奇心が、一介無名の青年の身に集まって、彼の経歴学歴素姓は忽ち天下へ知れ渡った。どうせオカヤキの評判だから、ロクなことを書こう筈はなく、３４年型オトコメカケだとか、ショータンだとか（昭和丹次郎[*9]というんだそうで）、気色のよくない悪評の雨を降らせる。彼が蓋世の大望を懐いて、絶対無疵の童貞を未だに保存してることなぞ、話してやったって誰も信用する者はありますまい。おスミちゃん等は秘かに口惜し涙に咽んでいるが、当人のガッチリ太郎少しも騒がず、何処吹く風と聞き流してるのは、生来の千枚張りのためであろうというに然らず。スキャンダルの時間性、決定性というものに、赤外線レンズのような眼光を働かせているからなんで。人の噂も七十五日と云わんより、世の中は三日見ぬ間の桜哉、昨日の売国奴今日の志士となった例は、ドレフュス事件[*10]に限らない。イヤ現代に於ては、人に騒がれるということが既に一得。あれだけ名を売るには大変な費用——日本ジャーナリズム総動員の宣伝だが、これを普通広告に見積ったら空前絶後の金額となりましょう。とにかく動あれば反動ある物理の原則、あれだけプロパガンダが行き届いてればその内には耳寄りな話も出てくるだろう。ガソリン火事に水の手は禁物、燃えるだけ燃やさせろと、それは落着いたもんで、事件以来眉毛一つ動かさんです。ただ、彼も人の子、千智子未亡人は定めて胸を傷(いた)めているであろうと、時に心を動かさんでもない。友情の美しい発露です。可哀そうだ夕惚れたてことヨ(ピチィ・アキン・ザ・ラッヴ)と、佐々木与次郎という人が西諺(せいげん)の名訳を残しているが、ガッチリ太郎の場合如何相成るか。友情と恋愛、いかに密接の隣家と雖(いえど)も、鉄壁の垣根があれば永久の隣人。しかし一心金鉄を熔(と)かすとも云うから、あまり安心もできん。まア時節柄、未来の時局に関しては言を慎しみましょう。それよりも、ガッチリ太郎の慧眼(けいがん)が、早くもウサンと睨んだのは、スキャンダルの放火犯人と太原黒一党との関係で、さらに第二の魔手が千智子未亡人の身辺に伸びるのは知れたこと。美(うる)わしき友情はこれに対しても、発露しなければならない。と云って、岩見重太郎の狒々(ひひ)退治みたいなことは、ガッチリズムの趣旨に反するんで、赤い襷を背広の上にアヤナシたって始まりません。ゴリラはゴリラの利用価値を発揮すべく、動物園の檻に追い込んで、お子供衆のお慰みに供そうというのですが、そう旨く行くかどうか。閑話休題と致しまして、応順社の受付に立ったガッチリ太郎、衆人環視の中を悪びれもせず通り抜け、案内されましたのは特別談話室の一つ。応順社とあろうものが、無装飾の殺風景な部屋を拵えたもんで、しかし此処で財界の重要な密談が屢〻催されるところを見ると、何か意味があるのかも知れない。

ボーイが渋茶一杯持ってきたきり、金倉福七郎氏なかなか出てこない。金倉氏は天保大学の有力な先輩の一人で、普通は嫌がって逃げたがる母校の世話に身を入れるのは、苦労知らずに莫大な財産を継いだお坊チャン気質と笑われてる。この人から突然応順社へ訪ねて来いと手紙を貰ったので、いずれ母校の名を汚す不届者と、お叱言を頂戴するが関の山。叱言なぞ頭を下げてれば飛び越してゆくから、問題はない。それよりも、我れもまた金倉福七郎と対等の富豪となった暁、今日の面会を後日の語草にしてくれんと、大胆不敵に会見を待ち構えていました。やがてチョコチョコと子供のような足音。入口が開いて、これまたひどく貧弱なシナビタ人物が、国産の紺サージの背広姿を現わした。馬が長湯をしたら、こんな表情をするかと思う顔付き。しかも挙動甚だしくセッカチで、椅子を引いて坐って、ドンと卓を叩いて、話を始めるまで、三秒と掛からぬ電光石火。

「チミ、香槌君か」

声まで凡人離れがしている。案に相違の大富豪の風貌に、さすがのガッチリ太郎少し度胆を抜かれました。

「ハイ」

「フーン。立ってご覧」

仕方がないから、ガッチリ太郎、立ちました。

「よろしい。お掛け。もうちっと好男子かと思ったが、しかし偽者ではなさそうだ」

金倉氏、ニコリともしないで、煙草に火をつけた。煙草はさすがにアブダラを吸っています。

「チミ、ほんとか、今度の話？」

「と仰有いますと？」

「大井千智子と関係があるか如何かというんだ」

「関係なんかしません」

ソラお叱言が始まったと思って、ガッチリ太郎、まず事実の結論を申し立てる。

「なんだい、風説か。そんならツマラン。もう帰ってよろしい」

先輩怪しからんことを云う。これにはガッチリ太郎もムッとして、

「それだけの御用ですか」

「大井千智子と無関係なら、チミはタダの天保大学卒業生じゃないか。そんなら、忙がしい中を、わざわざ面会はせん。チミは全然大井千智子を知らんのか。書生でもしとッたのじゃないのか」

「玄関番は致しませんが、千智子未亡人とは別懇に交際しています」

それからガッチリ太郎は、K海浜都市以来の彼女との交渉を、包み隠さず金倉氏に話しました。

「チミ、馬鹿だネ。なぜ早くその話をせんのだ。大井千智子はチミに惚れとるじゃないか。チミに首ッタケじゃないか。話の筋道はチャンと通っている。イヤそれならよろしい」

何が宜しいのかと、ガッチリ太郎面食らっていますと、金倉氏は内ポケットから小切手帳を取り出して、サラサラと一葉にペンを走らせました。金倉銀行の丸の内本店渡し、頭取さんご自身の振出しだから、天下にこれほど確実な小切手はないところへ、記入額は金十万円、受取人は香槌利太郎殿——とペンが動いてゆくので、もう一度面食らった。

「チミの計画のインテリ金融会社に、ボクはこれだけ出資する。チミが天保大学学報に発表したプランは読んだが、趣意書がいくらガッチリしとっても、一文だって投資するようなボクではない。大井千智子がチミに惚れたから、チミの事業を助けるのだ。いやしくも大井千智子が惚れるような男なら普通のイロオトコではあるまい。彼女の恋愛投資の信用に基いて、ボクは経済投資をするのだ。近代女性の恋愛は、絶大なる採算の上に立つのだからな。新興日本代表的麗人大井千智子に惚れられとるとは、チミも実業家として見どころがあるゾ。しっかりやり給え……」

食うか食われぬか

喫茶〝ラルジャン〟のララ子が、お客の註文も途切れたので、回転窓を開けて往来を眺めてると、

「ララちゃん。マスターは店にいますか、いませんか」

と、訊いた者がある。声はすれども姿は見えず、ホンニお前は拓務大臣のようだと不審に思って首を伸ばすと、遥か下の方に、相変らず小粒な〝にんじん〟君の姿が見えました。四尺九寸が蹲踞(かが)んでいては、これはズイブンと小さい。

「まア、〝にんじん〟さん、珍らしいじゃないの、如何したの、そんな処にシャがんで。お入んなさいな」

「親指(レコ)がいなければ」

「マスターとてもこの頃忙がしいのよ。店になんか来るもんですか」

「しからばゴメン」

と、改めて入口から現われた〃にんじん〃君。見ると、帽子から靴まで新調ずくめで、颯爽たる男振りはいいが、流行の大型ラグランを着たのは悪い智慧で、アンヨが見えないから、まるで吊鐘(つりがね)が歩いてるよう。奥のテーブルに陣取った学生諸君、〃珍青年〃の愛読者と見えて手を打って笑った。

「わア。ソグロウ[*11]の漫画が化けて出たぞオ」

悠々として十六ミリ氏、久し振りで喫茶〃ラルジャン〃の椅子に坐りました。懐かしきおスミちゃんはと見てあれば、情けなや、カウンターの中でソッポを向いとる。彼女としてみればやっと駆逐したエロ・ダニが、また襲来した思いなんです。

「例によって、コーヒー？〃にんじん〃さん」

と、ララ子が寄ってくると、

「イヤ、もっと高価なものを持ってきて下さい。ジャンジャン持ってきて下さい。この辺でナニカ唸って困るんですよ」

と、胸のポケットをポンと叩いた。

「まア、大変な景気ねエ。ヨクヨク今年は〃にんじん〃の当り年だとみえるわ」

「僕の関係した事業も愈ゝ(いよいよ)成功しました。その代り、随分苦心もしましたがねエ。特務機関として働いたですからね。しかし労酬(むく)われて、莫大な配当を貰ったから、当分はモロに人世を享楽しチャウです。好きな人に好きな物を買って上げたり……」

と、聞えよガシに、おスミちゃんの方を向いて、云いました。

「……好きな人をこんな貧弱な喫茶なぞに働かせないで、小綺麗なアパートに住わせてお蚕ぐるみ（オール・シルク）で暮させたいんです。その人が承知なら、結婚してもいいと思ってるんですよ」

少し血の回（めぐ）りの悪いララ子、これは自分のことかと乗り出して、

「まア親切だわネ。話さえ確かなら、その人だって、すぐ承知すると思うわ。一体貴方なんでそんなに儲けたの、マサカこの間の宝石密輸事件に関係はないでしょうね」

「冗談云っちゃイケません。国家的事業に働いて得た報酬なんですよ。有閑夫人征伐を行ったんですよ。僕は東亜爆裂連盟に属してるんですからね」

「わかったわ。千智子未亡人事件のことね。貴方も見掛けによらない憂国の士だわネ」

と、俄（にわ）かにタノモシクなって、ララ子が〝にんじん〟に寄り添おうとすると、

「まア、お久し振りですわネ」

何思いけんおスミちゃんが、カウンターから出てきました。

〝にんじん〟の恐悦（きょうえつ）、目もアテられぬばかりで、

「お、お、おスミちゃん、ど、どうですかその後は」

「ありがとう。それよりも、もっと貴方の手柄話を聞かして下さいな。いま、蔭で伺っ

ていたら、トテモ面白そうですわ」

（しめた！）と思った〝にんじん〟。かの銀座の夏の夜に、おスミちゃんと千智子未亡人が火花を散らした精神的殺陣を、彼は柳の蔭からスッカリ看て取っている。怨敵千智子未亡人を征伐した一味と聞いて、おスミちゃんの心境俄かに変化したに相異ない――コリャ思う壺にハマって来た哩と、彼氏相好を崩して喜びました。

そこで、輪に輪を掛けた千智子未亡人退治のお話。おスミちゃんが身を入れて聴いてるので、いい気持にベラベラ喋ってるうちに、談遂に準禁治産決定のことに至ると、彼女顔を曇らせて下を俯いたのは、いかなる心理の作用でありましょうか。そこへ、入口が開いて、

「香槌君の経営する店は、此処でしょうか」

と現われたるは、思い掛けなくも、鷺山、河口、長谷川の三君、平常の元気も何処へやら見るからションボリと影が薄い。

「ハイ。何かご用で」

と、おスミちゃんが立っていくと、

「一寸香槌君に相談があって、橄欖荘アパートへ電話を掛けたら、此処で待ち合わしてくれという話で」

「さようでございますか。サアサア、どうぞこちらへ、あノ、いつかは銀座で失礼致し

ました」

　愛するマスターの学友のことで、イソイソと彼女三人を案内したが、生憎どのテーブルも客がいるので、取りあえず坐らせたのは、因果と〃にんじん〃の隣席でした。

「おや？〃にんじん〃じゃないか」

「うへッ！　今日は」

　と顔を見合わせた四人、暫時言葉もありませんでしたが、それよりも驚いたのはおスミちゃんで、如何して彼等は知己なのか、不審でなりませんでした。

「なア〃にんじん〃、お互いに心細い運命となったなア」

　憮然として、鷺山君が息を吐きました。

「さイですな。お家断絶とは、まことにオサムイことになりやした」

「そればかりでない。愈〻明日は、城明け渡しと定まったんだ。後見人太原黒弁護士の命令で、もうあの家へは住めんのだ」

　と、河口君の湿った声。

「残る家臣が不憫さにと、昔の殿様なら云ってくれるだろうに、ウチの奥方ときたら、大喜びでハシャいでるから困るよ」

　長谷川君も長嘆して腕を組んだ。

「なア〃にんじん〃、君はこれから、身の振り方を如何つける積りだ、オレ達の将来を思うにつけても、君の行末が案じられる。玄関子の方も、就職難は深刻だろうからなア」

　鷺山君が我身を忘れて、美しい同志愛を示すのを、〝にんじん〞はセセラ笑い、

「いや鷺山さん。あッしも何時までも玄関番をしちゃいられません。あの奥方の行状では、いずれこんな目に会うだろうと、早くから見切りをつけていましたから、秘かに就職運動をしていましたが、今度ウマク大会社の口がきまりました。皆さん、一寸（ちょっと）あッしの服装を見て下さい」

「なるほど。素晴らしい外套（がいとう）を着とるね。こりゃア驚いた。して、会社は何処だい。是非教えてくれ。オレ達も早速運動するから」

「さア、場合によっては、お教えしないこともありやせんがネ。しかし鷺山さん。大井家在勤の頃は、貴方は特別にあッしをコキ使いやしたからネ。貴方の拳闘の稽古台に使われて、あッしは何度鼻血を流したか知れやしません」

「イヤ、すまん、決して悪気でやったわけじゃないんだ」

「鷺山さんばかりじゃありませんよ、河口さんは毎日ニキビを潰してあげないと叱られるし、長谷川さんの御用で、絶版レコードを探しに東京中の蓄音機屋を歩いたこともあり……」

「むウ、悪かった、悪かった」

「あのウラミを考えると、すぐ会社の名を教えてあげる気になれないじゃありませんか、皆さん」

「そう云わんで、気前よく教えてくれ。就職は二年来の大願望なんだから」

「ほんとだよ、〝にんじん〟君」

「まったくだよ、〝にんじん〟さん」

敬称までつけて頼むのに、何処吹く風かと空嘯く〝にんじん〟の顔たるや、およそニクイものでありました。耐りかねておスミちゃん、ツカツカと彼等のテーブルへ走り寄って、

「皆さんッ。どうもおかしいと思ったら、すっかり様子がわかりました。この人スパイなんです。太原黒弁護士のテサキなんです。書生に化けて大井家へ住み込んで、今度の事件の口火をつけたんです。会社の話なんて嘘です。さっき妾にみんな話しました」

終りまで聞かず、ニョッキリ立ち上った鷺山君。恋と食物のウラミは恐ろしいと云うが、自分達を生活の危機に墜し入れた犯人と聞いて、怒気心頭に発した一撃。唸りを生じて〝にんじん〟の鼻へ飛ぶよと見るまに、河口君長谷川君の腕と拳固が、間髪を入れざる見事なリレー振りでした。

侘住居

「さアさア。皆さん。何をしてらっしゃるの。スピーディに働かなくちゃ駄目よ、勇敢に仕事に直面しなければいけません」

と、凛々しくも、千智子未亡人は叫びました。

見よや見よ。白カナキンのエプロンに手拭の姉さん被りの心意気でナイト・キャップを頂き、片手にハタキ、片手に座敷箒の柄を握って、霜近き晩秋の朝日を全身に浴びた彼女の姿。昨日までは有閑無比と謡われて、足袋のコハゼをはめるまで人手を借りた彼女が、自ら玉手を下して座敷の掃除をしようという。転向はア・ラ・モードとは云いながら、これはよほど水際立っています。金殿玉楼の大井本邸を後にして、原宿の盆地の古い貸家、湯殿付六間で四十五円の二階家へ、大井千智子の標札を出したのが、一週間ほど前のこと。数多の女中小間使には残らず暇を出して、以後の新生活には我が喰う糧、我が着る衣は、悉く我が手に依って作る自力更生の方針、一緒に新居へ連れてきたのは愛犬のキキ――これは主人が転向したからと云って、職業紹介所へ口を頼む智慧もないから、尾を振って後についてきた。キキはそれでいいが、かの三人の青年食客とはこの際断然縁を切ろうと思って、その旨を申し渡すと、あわれや三君、腕組みをしたっきり、ヒドク深刻な溜息をつきました。持って生まれた俠気というか、千智子未亡人はその顔を見ると、忽ち気の毒になって、

「いいわよ、そんなに心配しなくったって、当分今までどおり、一緒に暮しましょう。その代り、お小遣いと着物の方は勘弁してネ」

という言葉を聞いて、俄かに生色を呈した三人は、

「そんなもの要らんです。今後は世間並みのイソテキで結構です。いや、下男と思って使って下さい。ご飯ぐらい炊けますよ。飯盒で炊けば巧いもんです、キャムプで経験がありますから」

いい若い者が、世にもおサムいことを云うようであるが、これも就職地獄の時勢の罪、働きたい三人を働かせない社会の方が悪いんで――よく財界の名士なぞが、飯が食えなければ車を挽けなんて云うけれど、そんなバカな手はない。車を挽いてほんとに飯が食えるなら、各大学競って車力科というのを新設する筈。東京車力学士なんて、ハッピの襟に染め出したら、面白かろうぜ。とかく名士だの文部大臣だのって人は努力勤勉、ヒジキの煮たのでも食ってれば、誰にも生活難や就職難はないようなことを仰有る。そんなナマやさしいご時勢ではないですぞ。鷺山君等三人みたいに、音なしくイソテキに甘んじてる人達がいればこそ、危険な情勢が緩和されるというもの。諸君決して彼等を軽

蔑なさらんで、引き続き御愛読を願います。

いじらしくも彼等、ゴンスケ業を志願したものの、慣れぬ手業の是非もなく、毎日お茶碗を壊したり、鍋をヒックリ返したりしている。今も今とて鷺山君、懐手をしながら、アイス・スケートで鍛えた足首に雑巾を引っ掛け、甚だ不精な廊下の拭き掃除をやってると思うと、一方では長谷川君、窓硝子にツバを吐きかけて、ゴシゴシ擦っているのは、たぶん磨いている積りでありましょう。その有様を千智子未亡人に見られて、激励の辞をかけられたところです。

「マダム。労働は愉快ですナ」

「あんまり愉快そうな顔でもないわ。妾のように真剣に働かなけりゃ、ホントの愉快は味わえないことよ。妾、この頃ご飯のおいしいったらないの。ご覧なさい、あたしの腕を。自力更生の肉づきが、アリアリと見えるでしょう」

と、エプロンの袖を捲って見せたが、まだ一週間目のことで、肉眼に映ずる程度には達せんようで。しかし、スンナリと美しい雪白の二の腕かけて、水仕事のセイか春霞のような淡紅一抹、どうもエモいわれぬ造化の逸品、ミロのヴィナスの失った両腕は、かくやとばかり思われました。

「むウウ……。イヤナニ、だいぶお肥りになりました」

鷺山君、感嘆の内容をゴマかした。

「だから、働かなくちゃ駄目よ。水道の水はオレンジ・エードより旨く、沢庵はオランダ・チーズに優れり、という真理がわからなくちゃ駄目よ。さア——皆さん、ご一緒に働きましょう」

と、俄かにパンパンと障子の桟をハタキだす。音ばかり景気はいいが、あまり自慢のできない手つきです。やはり、これも女中サンという技術者を俟つべき仕事で、その証拠に、ヤッとばかり振り上げたハタキの一端、鏘然として声を発して、電気のシェードは微塵となって飛び散りました。

「大変！　鷺山さん来てエ」

素破とばかり鷺山君が駆け出だす。とたんにバケツを顚覆致して廊下一面の洪水。物音に驚いた長谷川君が、器用にカラカミを蹴倒して尻餅をついたから、お座敷の中は関西大風害の惨状——こんなお掃除ならしない方がよっぽど気が利いています。そこへもってきて、階下から河口君の大声。

「マダム！　ご飯がコーヒーのような臭いがしてきましたア。如何しますウ」

「あら大変。また焦がしちまったのネ」

「どうもそうらしいです」

「仕方がないから、天丼を頼んでいらっしゃい」

「また天丼ですか」

連日の天丼です。千智子未亡人引越しの晩に軽便安価なるこのテンヤモノの味を覚えてから、事あらばこれを用いる。ニュー・グランドで食べたフィレ・ド・ソールより、この方がよっぽど美味しいと仰有るんだが、さアどんなものですか。角のソバ屋で三十銭の代物で、さすがの三人の青年もオソレをなしてるが、彼女は愈ゝ以て生甲斐を感じ、「自力更生は天丼より」なぞとメモの隅に記しました。

問題はアニ天丼のみならんやで、新生活に入ってから彼女は、ガッチリ太郎に対する恋愛態度を、ガラリと改めました。燃える想いは弥益すばかり、聊かも心変りはありませんが、今までのように封建的或いは浪漫的手段を以てしては、高速度鋼で造ったようなガッチリ太郎の心の扉を、到底開くことができないと悟った。ヤイノ・ヤイノと取り縋られて、是非に及ばぬこの場の仕儀なんていう男ではない。考えてみると、好きなオトコを好きなようにしようとは、よくない思想で、頗る利己主義的な有閑夫人の消費的恋愛でシカありません。ガッチリ太郎を射落すには、精神物質、両面に亘って、生産の動機となるべき——イヤ笑いごとではありません。空中から窒素が採れる世の中に、恋愛のような貴重強大なエネルギーを日暮れになると泣けてくるのヨなぞと、空しく放流して如何しますか。早い話が間貫一氏の如き、明治時代に既にこの自覚を持って、金融企業に成功した。川島武雄氏だって、後に日銀総裁に出世している。久米正雄先生の文学的栄達は云うもおろか。ただ生産的失恋たる点に於て、如上の三先覚者には充分の近代的価値がありません。これは如何しても、生産的得恋でないと、昭和時代の要求にそわない次第。

　ガッチリ太郎の高遠な思想と人格を知るにつけ、千智子未亡人も戯(たわむ)れに恋はすまじと、深く感ずるところあってこそ、太原黒弁護士の奸計(かんけい)に態(わざ)と乗って、富と名の過去を清算し、一介の大井千智子として、生産的恋愛の第一歩を踏み出そうとしたわけである。だから、ガッチリ太郎が訪ねてきたって恋のコの字も語りません。この方面でも自力更生の大決心は烈々として胸中に燃えています。

　さて、「毎度有難う」の声も高く、裏口より運ばれた天丼で一同は朝とも昼ともつかない食事をしていると、

「ご免下さいませ」

と、庭から回って入ってきたのは、喫茶〝ラルジャン〟のおスミちゃんでありました。

「あら、いらッしゃい」

　晴々とした声で、千智子未亡人が迎える。引越しのお手伝い以来、おスミちゃんは度々この家を訪れます。勿論、ガッチリ太郎の命令で、彼氏の言葉とあらば、水火も辞せぬおスミちゃん。でも、最初の訪問は、身を切るよりも、辛(つら)かった。古来日本生粋(きっすい)の女性の血を流れる忍従の二字、それを金玉として守るおスミちゃんなればこそ、それに耐えた。しかし会って見ると千智子未亡人、鬼でもない蛇でもない――どころか、無双

の麗容に勝るとも劣るまじき心情の美しさ。こんな優しい、気高い姉さんが、もし自分にあったなら、今までの人生の艱難も知らずに済んだろうとまで、慕わしく思う傍から、いやいやこの人がいれば、とてもマスターの心は自分に傾く道理がない。不倶戴天の憎らしい、美しい、優しい、慕わしいお人メ……と、何が何だか判らなくなっちまうのが、不憫や、おスミちゃんの目下の心境。

　そんな苦労がありとも知らぬ千智子未亡人。ガッチリ太郎の声明で、自分の誤解と知ってから、おスミちゃんを我が妹の如く可愛がる。明朗玉の如き気持です。天人に偽りはなきものをと、謡曲の文句にあるとおり。さすがにウマレのいい人は違います。

「おスミちゃん。少し食べない？　とても美味しいのよ、天丼てものは」

おスミちゃん、天丼なんかよくご存知。しかし千万円未亡人と謡われた人が、あられもない物を召上ると、ホロリとしながら、バスケットの蓋を開き、

「あの、つまらないものを拵えて参りましたけれど」

と、取り出したパラフィン紙の包み、今朝お店でおスミちゃんが、腕によりをかけて作ってきたサンドウィッチが山の如し。おスミちゃん、訪問の度に、何かしら侘住居を賑わすお土産を忘れません。

「なんだい、おスミちゃん、早く出せばいいのに」

三人の青年忽ち天丼を捨てて、こちらへ蝟ってくる。

「二階へ持ってって、喧嘩しないで食べるのヨ」

と千智子未亡人は大きな餓鬼共を追払ってから、暖かい日向(ひなた)の縁側へ、おスミちゃんと差し向いになりました。

「奥様。さぞご不自由でいらっしゃいましょう。お察し致しますわ」

おスミちゃんは、シミジミ云いました。

「あら、そんなことはないわ。とても愉快で耐らないの」

「でも奥様……一体、これから先き、如何遊ばします。失礼なようですけれど、お貯えも充分でないように伺いました」

「だって、贅沢さえしなければ、人間は誰でもクラシに不自由しないんでしょう」

「そうは参りませんわ。お金がなければ、一日も暮して行けません。電気でも、瓦斯(ガス)でも、水道でも、みんなお金がかかります」

「あら驚いた。そんなの皆タダかと思った」

冗談じゃありません。おスミちゃん呆れて、眼を丸くしてます。大晦日も一月の間に迫ってるというのに、無一文で、三人の食客を抱えて、そんなノンキなことを仰有って、この奥様は一体如何遊ばすンだろうと、気が気ではありません。齢こそ十歳も若けれ、憂世の苦労にかけては、おスミちゃんは大先輩、千智子未亡人のすることは坊やのおイタのように危なッかしく見える。自然と、母性愛が発動せずにいられません。

「奥様。世の中という処は、ソレハ恐ろしい処なんでございますヨ。そんなお心掛けでは、とても世間を渡って参れません。うちのマスターにお話しになって、太原黒後見人から、充分に生活費を出させるように交渉なさったら如何でしょう」

「それは頼めばきっと出すでしょうが、あのキング・コングはその代償にきっとイヤらしいことを持ち出すから、御免だわ。それから、香槌さんには、妾そういうことを頼みたくないの、そんな考えを起したら、愈〻香槌さんから、消費的女性と思われるじゃないの、妾は自分の腕一本で、生活を切り拓いて行くわ。職業婦人になって働くわ。オフィス・ガールなんか如何でしょう」

「とても駄目でございます。中央職業紹介所の調べで、高女卒が二十五円から四十五円、お家賃にもなりません」

「看護婦は？」

「日給一円三十銭から二円でございます」

「幼稚園の先生なんか面白そうね」

「月給二十円でございますよ」

「じゃあ、マネキンは？」

「あれも出張十円、撮影三円で、ワリが良さそうでございますけど、会の方へ大部分割戻しをしますし、出銭が大変でやっと一人が食べるだけでございます」

「困ったわネ。では思い切って女給さんになっちまおうかしら」

「まア、奥様」

勿体ないともお気の毒とも、ナンテ情けないことを仰有るンだろうと、おスミちゃんは思わず明眸に露を宿したのです。

多忙恋心

このところ、日本中で最も暇のない男と云ったら、臨時議会工作の後藤内相を別にして、かの香槌利太郎を挙げねばなりますまい。

例のインテリ金融会社の計画は、図らずも金倉福七郎氏という力強い後援を得て、着々と進捗しつつあります。既に西銀座の阪東ビルに一室を借り受けて、まだ看板こそ掲げないが、書記一人タイピスト一人を雇って、創立準備事務所の実務を開始している。彼の目的は純正モリス・システムを基本とするのだから、そこらに転がってるインチキ・モリスみたいに、脱法的軽便な組織をとるわけに行かない。正々堂々と無尽法に依って、大蔵省の認可を求める積りである。本場のモリスは二〇億ドルの資金を擁してるそうだが、ガッチリ太郎の大望もオサオサそれに劣らず、従ってまず合法的な基礎を得なければ、他日に大を成す所以でない。ところが昨今インチキ流行の折柄、よほど確実な内容を示さなければ、認可になりません。その運動に毎日朝から官衙街、丸の内界隈、さては番町方面を飛び歩いている。

それだけでも、体がもう一つ欲しいという繁忙振りだが、まだほかに仕事というのは、太原黒一味の悪業を天に代って誅戮を加えたい計画。ガッチリ太郎が彼等の所業を憎むのは、千智子未亡人への友情は勿論だが、財産横領の目的が気に食わないんで、一事業起そうとでも云うんなら勘弁もできるが、党へ献金と駄々羅遊びの元手と、金の行先きはきまっている。目下の客観的情勢に於て、まったく経済的ナンセンスである。政党へ金を注ぎこむなんて、徒らにアナクロニズムの享楽機関に、一日の延命を与えるにすぎない。新橋や赤坂の大尽遊びに至っては、ガッチリ太郎、振られたわけではないが、芸妓や待合を好きません。しかし遊蕩に使う金なんぞ知れたもの、政党という底抜け井戸へ一千万円が落ちた日には、もう手の下しようがないから、そうならぬ前に太原黒弁護士の首ネッコを押えてしまわねばならない。

で、この間うちから留井探偵事務所から敏腕家を雇って、様子を探らせてみると、慾の深い太原黒弁護士、献金との交換条件で党とスッタモンダの最中とあるから、一安心したものの、疾風迅雷的に証拠物件を蒐めて準禁治産宣告取消申請を起さないと、臍を噛む惧れがある。私立探偵や弁護士との打合わせ、作戦なぞに寧日がありません。

そこへもってきて、また一つウルサイことが起きたんです。ガッチリ太郎にとって、最もニガ手なる事件。頭脳と精力の仕事なら、どれほど多忙でもビクともしたものではないが、心臓関係のイキサツとなると、とかく時間と空間を無視した働きをなすので困る。そもそもハートなんて臓器は、たぶん自分の体内になかろうと、彼氏ちと油断をしてたためもありましょうが、まことに不意打ちにドキンドキンと大きな鼓動を打ちだしたので、面食らった。

千智子未亡人のことが、忘れられなくなったんです。

かの初夏の海辺で、

(あア、世の中に美人もいるものだなア)

と、長い溜息をつき、帰りには危(あやう)く電車と人生と両方の乗越しをやるほど物想いに沈んだが、一旦恋愛の経済的価値に思い及べば、翻然として本来の面目に立ち帰った彼氏だったんです。軽井沢の秋の夜に、魂を掻きムシる琴の音を聞かされても、イッカナ心動かさなかった、彼氏なんです。それが如何なる心の迷いにや、家賃四十五円の侘住居(わびずまい)に、エプロンをかけてお台所をしたり、靴下の穴を繕(つくろ)ったりしてる千智子未亡人の姿を見ると、とたんにゾッと恋風が身に浸みてしまった。さらにこの頃、おスミちゃんの入(いれ)智慧(ちえ)で、今まで彼女が消閑の手弄(てすさ)びであった琴やピアノや清元(きよもと)を、看板を出して出稽古内稽古を始め、消費を生産と転ずる鮮かな手際を見せられてから、まったく頭からズブ濡れの恋の囚奴（やっこ）となり果てました。まことに突然の急変で、いまさら人間の心理の微妙さを嘆じさせますが、千智子未亡人の環境の急転直下に依って、このウマシ男とウマシ女の間に横たわった何者かの墻壁（しょうへき）が、ケシ飛んでしまったことは事実であります。少くともガッチリ太郎の眼から見ると、昨日までの彼女は造花の花環、それが忽然馥郁（ふくいく）たる生香を放つ、花も実もある姿に変りました。蓋し（けだし）果樹園の春景色で、美学と経済学の調和を志すガッチリ太郎の魂を、根こそぎ震駭（しんがい）した次第であります。

算盤（そろばん）と、奔走と、作戦と、指揮——内と外のビジネスに、冬の日の短きを嘆いてる折柄、チクリチクリと、キューピッドの矢で突ッつかれるので、さすがの彼氏も弱ったが、こればかりは執務中御断りというわけに行かない。今日も西銀座の事務所で、手には会社定款（ていかん）草稿のペンで、頭では太原黒事件対策、心臓で千智子未亡人への思慕というキワどい分業をやっていたので、留井探偵社の社員が彼のデスクの傍まできて、声をかけるのも知らなかった。

「香槌さん、香槌さん」

「わッ、驚いた。君ですか……。瞑想中で失礼しました。その後の状態は如何です？」

「そのことですが、実は、少し不思議な成り行きになって参りまして、御報告がてら御意見を伺いたいと思って上りました」

探偵氏は膝を進めて、語りだした。

「この間うちの太原黒弁護士ときたら、泥に酔った鮒みたいなもので、アップアップと連日連夜築地、赤坂あたりを泳ぎ回っていました。といっても、根がシミッタレな人物で、消費額はまだ一万を超えておりません。本部の方を探ってみても、あの通りカラ人望のない男で、いくら政党不遇の折柄でも、そう右から左に総務の椅子は貰えません。ヤッコさん業を煮やして、ソンなら出すものを出さんと、懐ろを押え始めたようで、これなら当分安心だと思っていました。するとです……。丁度この二、三日から、如何した加減か、ピタリと駄々羅遊びを止めてしまいました。遊びばかりではない、外出を一切しないで、一間に引き籠ったきり……しかも訪問客には居留守を使っています。こいつは臭いと思いましたから、早速調べてみますと、如何やら金を掻き集めて、何処かへ旅行する形跡があります。目的理由は少しも判然しませんが、俄かに大井家の不動産を勧銀へ抵当に入れたり、株券を売り払ったり、盛んに現金を拵えてる一方、駄々山迂平という男が三越でトランクを買入れて、秘かに邸内へ搬び込んだ様子を見ると……」

なるほど、聞き捨てにならない新事実で、或いは太原黒弁護士政界に見切りをつけて、南洋でゴム山でも経営する気になったのかも知れない。そうとなると、事甚だ面倒になって、仮令訴訟に勝ったとしても、大井家の財産は大半虫食いの栗になってしまう。これは如何しても、事前に太原黒弁護士の計画を阻止しなければならないが、さてその方策やいかん……俊敏類なきガッチリ太郎の頭脳も、恋の魔力にナマリましたか、即座によい智慧も浮かんできません。

「ともかく、油断のならない形勢と思うから、一層探査を進めて下さい。変ったことがあったら、夜半でも朝でも、すぐ電話して下さい。僕も早速これから、別方面を探ってみましょう」

と、慌しく立ち上ったガッチリ太郎、外套に袖を通すもモドかしく、外出の支度を始めたところへ、卓上の電話がジリジリ鳴りだした。

「モシモシ。貴方マスターですか。妾、ララ子です……」

なんだ、この忙がしいのに、ララ子なぞが……と、声を荒らげて叱ろうとすると、

「マスター！　すぐお店へ来て下さい。大変なんです。おスミちゃんが、行方不明になっちまいました。マスターに書置きを残して行きました。お客様がタテ込んで、妾一人で困ってるンですよ。早く来て下さい、もう二組食い逃げがありました……」

と、ララ子の上(うわ)ずった声です。さてこそ――また一つガッチリ太郎の用事が殖(ふ)えてしまいました。

ジック・ザック

新宿会の歳暮連合大売出しは、いつも銀座より数日早く始まるのが例です。今年はグッと装飾をモダンにして、宿場気分の汚名を一掃する計画で、駅前から追分にかけて、レヴィユーの舞台のような絢爛さです。しかし会員中足袋、モモヒキを商う固陋なる店舗もあって、屋根の上へジンタを乗せて、ブーカドンドンと統制を破るのは是非もない。でも、あのジンタの音と、駅前の救世軍の鍋、「ご同情を願いまアーす」を聞かないと、新宿に年の暮れが来ないことになっている。

まだ年内多くの余日を剰しているが、名物の雑沓は芋を洗う如き有様で、表通りは云うに及ばず、裏のキャフェ街まで師走のステップ急がしき人の往来。ドサクサ紛れに、学生サンのご遊興も、二、三お見受けしました。元来無理な新規則なのだから、それは大眼に見ると致して、ここに訝かしきは鷺山、河口、長谷川の三君、微醺に顔をホンノリ染めまして、昼日中、キャフェからキャフェと、梯子をかけるのは、まことに羨ましき景気です。千智子未亡人から貰うお小遣いが杜絶して、既に一月、煙草銭にも不自由してる筈の三人なんですが……。

「ワシャすこし酔ってきたよ」

「まだ酔うのは早いゾ、これからだ」

「そうとも、たった七、八軒しか歩いてやせんのだ」

スゴイことを仰有る。昨年度大井家支給の冬服は、まだ流行遅れに至らず、帽子と手袋やや汚れたりと雖も、遠目には誰が見ても結構なオミブンの青年紳士三人。今やM・Sシネマの角に立って、全新宿のキャフェや喫茶を征服する相談をしています。

すこし理窟に合わない風景ですが、話を聴いてみると、なるほどネ――彼等は実は、おスミちゃんの捜索隊なんで、田舎なら鉦や太鼓で山の中を探し回るのだが、迷子になったおスミちゃんの行方はまず新宿あたりのネオンの巷と、定石から云ってそうなる。河漁師は河で果てるとあれば、おスミちゃんもいずれ酒か珈琲を飲ませる家に潜んでるに相違ない。そう見当をつけて、今日が捜索隊最初の出動なんで、費用はガッチリ太郎の受持ち、命令は千智子未亡人から下された。

おスミちゃんの書置きは、まことに一篇の断腸詩でした。読んで泣かざる者は人でありません。近頃のマスターの心境の変化を、目敏くも彼女は看破していました。と同時に日に日に募る千智子未亡人への敬愛は、義理と人情のシガラミの法則に従って、彼女に自己引退の悲しい決意を起さしめたのです。何卒お二人様末長くお添い遂げ被下度、これのみがスミの最後のお願いにて候――古いなぞと云っちゃいけません。34年版のトーキーにだって、随分この手はある。古今易らぬ女性心理の美しさを知らぬ人は話にならん。だからこの書置きを読んで、誰よりも涙に咽んだのは千智子未亡人で、如何あってもおスミちゃんを呼び戻して下さい、それでなければ妾のフェミナリティが立たないと、やはり古式に則った挨拶です。ここらが人間のタノもしい処でもありましょうか。

で、千智子未亡人の激励によって、まだ日の高いうちから三人は新しい盛塩(もりじお)を蹴散らしながら、キャフェ歴訪を始めた次第で、これは適材適所の役回り、娯楽とビジネスを兼ねてるから、勇躍して職場に就きましたが、八軒目に至って、少しウダってきた。ビールと紅茶でダブダブの腹を抱えて、「君ン処におスミちゃんて人はいないかい」と訊いて回るのは、案外ラクな仕事でありません。早くおスミちゃんが見つかってくれないと、保健上の大問題だと気がついた。それにつけても、六月の早期避暑以来、オレ達は何故こう外観が気楽そうで、シンが疲れる仕事ばかり恵まれるンだろうと、さすがに呑気な三人も彼等の運命を省(かえり)みない訳に行きませんでした。

「これと云うのも、考えてみると、オレ達がいつまでもマダムの脛(すね)を齧(かじ)ッてるからだ」

「考えてみなくたって、その通りだ。あンまり意気地がなさすぎるヨ。如何だ、新年から料簡(りょうけん)を入れ替えて、金色青春譜の三枚目(クラウン)は廃業しようじゃないか」

「そうだ。この辺で一先ずオワカレとしよう。おスミちゃんさえ発見すれば、もう用のない体だ。三人揃って、マダムの家を出て、勇ましく1935年の危機と闘うとしよう」

と、いみじくも三人は、茲(ここ)に一念発起致しまして、力強い足取りで、さらに一軒のキャフェの中へ姿を没しました。

運の悪いことに、三人が入った家の一軒隣りのキャフェから、その時おスミちゃんがヒョックリ出てきたんです。風呂敷包みを胸に抱え、悄然と駅の方へ歩いて行きます。
捜索隊の想定どおり、彼女は新宿で働いていました。しかしたった一晩働いて、彼女は意地にも我慢ができなくなったんです。モノ凄いサービスの家でした。純喫茶出身のおスミちゃんなぞ、一耐りもありません。さなきだに世をハカなんでいる彼女、昨夜眠れずに考え明した結末は、カルモチンなんて物騒なものは用いないが、やはり現実逃避行——東京にオサラバを告げる決心をした。失意の人を迎えるのは、いつも故郷の山河で、農村はために愈々陰鬱となる。両親既に在わさぬ故郷ではあれど、信州の寒村の炉火が、絶望の彼女の眼に何より暖かく映ったのは当然でしょう。

新宿発二時三〇分、長野行

三等車の窓際に身を縮めて、発車のベルの鳴るのを待っているおスミちゃん、さすがに感慨無量でした。八年間の苦闘遂に何物をも齎さなかった東京、マスターと千智子未亡人の残る東京、折角繁昌しかけた喫茶〝ラルジャン〟の在る東京……まことに憎いような懐かしいような東京で、追分あたりの空に騰ったアドバルーンも、これが見納めかと思わず涙に暮れました。

その時です。プラットフォームを駆足で、ガッチリ太郎が私立探偵氏と共に飛んできた。彼氏持前の大きな眼玉を一段と剝いて、客車の窓から一々内部を覗いて歩いてる。おスミちゃん慌てて肩掛で、鼻のあたりまで覆面をしました。だが、彼の探してる人物はどうもおスミちゃんではなさそうで二等車を目標に右往左往しています。やがてジリジリン・ポーと、列車は動きだしました。残る煙は癪の種とは、電気機関車のことで、申上げられないが、いかにも残念そうなマスターの顔は、いつまでも列車を見送っていた。

思いがけなくも出発の瞬間に、他所ながらマスターの顔を見たのは、せめてもの心遣りではあったが、さて何用あってあの慌しき有様かと、おスミちゃんは小首を傾けて思案致しました。やがて列車が立川を過ぎる頃でしたろうか、

「イヤどうも危いところでゴワした」

「まったくヒヤリと致しやした」

と、座席の背中のあたりで、聞き覚えのある声がしました。おスミちゃん、そッと横目で後方を見ると、かの〝にんじん〟といつかの客駄々山迂平とが、田舎者の風体に変装して乗り込んでいる。二人の前に、やはり村長さんといった恰好で、帽子眉深かに黒眼鏡、世を忍ぶ姿なのであろうが、右の言葉を聞いて、ニヤリと気味の悪い笑を洩らした横顔は、かねて噂に聞いたキング・コングそっくりでありましたから、さてはコヤツ太原黒弁護士よナと、おスミちゃんの直覚が働きました。これには何か仔細があろうと、明敏な頭脳にピンときたので、まず肩掛を深くしてコチラの顔を包んでから、ジッと彼等の様子に目をつけたもんです。

オワカレ・行進曲

さて本年も、この小説も、愈〻押し詰って、今日は泣いても笑っても大晦日となりました。過ぎし日を回顧すれば、あの時はあアすればよかった、あの事件はこウ扱うんだッたと凡人や凡庸小説家が死児の齢を算える一年の大団円。その十二月三十一日は、朝来風厳しけれど、拭うが如き快晴で、二割減の車掌さんも勇ましく終夜運転を覚悟して職場に就き、米屋酒屋の掛取りは幸先よしと元気に溢れ、サッと巷へ散りました。

ここは丸の内帝国ホテルの一室です。バンケット・ルームに付属した小室に、暖房の温気、春の如くマントルピースに綻びた梅と葉牡丹は季節を嘲弄してます。暮るるにはまだ早いが、シャンデリヤ煌々として金屏風に輝き、ホテルお得意の和洋折衷の賑々しき効果が発揮されました。

卓を挟んで、盛装の男女二人。スモーキングの黒と白が、凛々しく男マエをあげて、一際ガッチリと見える香槌利太郎満面に笑を含んでいる——あまり笑わん男なのですが、それに劣らぬ上機嫌、朝日に匂う山桜哉とや云わん千智子未亡人の麗容も、白襟黒の裾模様の紋付で、気品愈〻高く見えます。

二人は相顧みて、ニッコリと笑った。合計四ッコリだなんて、野卑な洒落は云わんが、まことにお羨ましき風景です。さては愈〻、二人は嬉しい華燭の典をあげるのでしょうか……ワン・ミニット・プリーズ。

「こう万事話がうまく運ぼうとは、まったく夢のようですナ。まず太原黒退治の件にしましても、僕は飽くまでガッチリズムの建前から、訴訟闘争は第二段として、出来得べくンば、彼自身の作った罠によって、彼を捉えたく思ったんです。費用労力の点に於て、これが最も経済的で、且つその見込みは充分だったんです。しかし僕の予想に反して、彼が貴女の財産を皆現金に変えて、高飛びをしようとしたのは驚きましたね。新宿駅で彼を取り逃がした時の無念さはありませんでした。ところが、思いきや、それがナキモフ、キウリック号引揚げ事件[*12]の検挙を怖れた逃亡で、そのために反って市ケ谷行きを自分みずから早めたのは愉快な結末でした」

「妾はそんなことより、太原黒の潜伏地を教えてくれた無名電報の主が、おスミちゃんであったことが嬉しいのです。東京中のキャフェ喫茶店を残らず探しても判らなかったおスミちゃんの行方を、その手蔓でやっと突き止め、再び東京へ連れ帰ることができたのが何より嬉しいのです」

「そうです。そうしておスミちゃんの壮烈なる犠牲的精神が僕の貴方に対する恋愛の迷夢を覚まし、真に科学的近代的な〝コール結婚〟のアイデアを与えてくれたのは僕の最も欣ぶところです」

これは少し説明を要しますが、簡単に申しますと、銀行のコールローン制度に倣った恋愛の純理智的処理でありまして、一定の期間内に、何日たりとも解約の自由を保留する婚約形式で、〝試験〟〝友愛〟等の新結婚方法に似て、遥かに危険率が少い。第一期のプラトニック・ラヴ期間が六カ月で、これが満期となって双方合議の上、第二期の心身性能調査期間に入り……要するに生理的法律的結婚までは大分手間が掛かります。普通の人間なら大抵熱が冷めちまうが、ナニ冷めたらば冷めたでよろしい。結婚という人生の災厄に罹らずに済むじゃありませんか。それでもまだ熱が下らないというンだったら、こりゃア前世の因果というのか、理想の好縁というか、断然結婚するに如かずという妙案。互いに想いつ想われつの二人でありますが、ジッとそこを辛抱して、解決を未来に残したのは、天晴れな近代人の理智振りであります。というのも、ガッチリ太郎は目前に大事業を控え、千智子未亡人また後に述べるような無閑多忙の境遇となり、彼氏の物質主義勝つか、彼女の唯美精神敗れるか、それによって彼等の結婚も影響を蒙るわけですが、事は未来に属し、まったく予断を許しません。ただ〝コール結婚〟第一期の試錬を、ガッチリ太郎の外遊六カ月と一致させたのは、飽くまで無駄のない行き方で、彼は金倉氏の命令により、元旦出帆の竜田丸でモリス本社見学のため、渡米することになっています。

で、今夕の帝国ホテルの盛宴は、彼の送別のためニモ開かれる次第。ニモと申す仔細は、婚礼披露にしても松料理十八円が最高なのに、一人五十円というホテル近来の豪華バンケットを催すのですから、これは種々な名目がコミになっています。まず第一に、日本美人大学の創立の内披露。

太原黒弁護士の後見人失格と共に、千智子未亡人の手に戻った大井家の財産は、九百九十万円ばかり残っていましたが、天井の味を覚えた彼女は、既に昔日の彼女に非ず――生産的生活の憧憬燬くが如く、といって富の増加は固より迷惑至極なので、そこに思いついたのが、国家と人類に貢献すること多くして且つまた彼女の主義に一致する美人促成の事業です。換言すれば、世に埋れたる多くの美人素質者に、肉体と精神の両方面から完全なる教育を施し、真の美人として、世に送り出そうという、美の生産事業、化粧学から美的情操訓練に及ぶ遠大な組織で、いずれ別な機会に於てこの学校の内容と成績をお話しする考えですが、校長として一世の模範美人彼女自身が就任したのは、この大学の比類なき強味でありましょう。校長が教育の模範たらざる例を、吾人は余りに見過ぎてるではありませんか。

敷地は五番町大井本邸、日本美人大学が陽春四月を以て、新学期を開く際は、盛大な開校式が行われましょうが、今日は有力者や各社記者への創立披露です。ところが、お目出度い披露は、これのみでない。今度銀座へ出現する東洋第一の大喫茶〝茶館・スミ〃の宣伝招待がまた、この席で行われます。

既にバー、キャフェは東京に於ては飽和点に達して、投資興味を唆るのは大規模経営の喫茶のみでありますが、資金回収を急ぐために、未だ嘗て帝都の誇りたるべき設備を有する店が現われません。一杯の紅茶代で宮殿の如き室内に一時を過ごさせるのが、大喫茶のネライドコで、その欠陥に眼を着けたのは、いうまでもなくガッチリ太郎。しかし莫大な資本を拋って、その計画を実現させ、シガナイ郊外の小喫茶〃ラルジャン〃のおスミちゃんに、女支配人の大役を委ねたのは千智子未亡人の志であります。彼女にとっておスミちゃんは、今では掛替えのない同性の友です。無二の心友です。ガッチリ太郎に次ぐ貴重な存在で、〃茶館・スミ〃の如きは友情の一端を示す小さな贈物にすぎないでしょう。おスミちゃんを、千智子未亡人は大学の教材に使いたいと、心秘かに思っています。

最後に今日の祝宴の人物として、鷺山、河口、長谷川の三君が加わります。諸君お喜び下さい。やっと三君のクチが見つかりました。金倉組の商事、銀行、保険と三人三処に別れましたが、二カ年の永い悪夢もここに覚めて、新年匆々宿願の大会社へ勤務の運びとなりました。勿論ガッチリ太郎が福七郎氏へ推薦の結果です。

「妾も明日の元日は、ホガラカにお屠蘇が頂けますわ」

「僕は船の食堂で、景気よくシャンパンを抜きましょう」

ところへ、薔薇色サチンの光沢も淑やかに、珍らしく白粉の濃いおスミちゃん、ローブ・ド・ソワレの姿を現わしました。

「遅くなりまして……」

婉然と挨拶をする。イヤどうも見違えるほどのアデやかさ。この美しい支配人を見物にくる客だけでも、〝茶館・スミ〟は当分繁昌することでありましょう。相次いで入り来った鷺山、河口、長谷川の三青年。いずれもお揃いの紺背広に地味なネクタイをしてるのは、心既に勤務先きへ飛んでいるからで、

「マダム。香槌君。おスミちゃん。一寸これをご覧下さい」

と、三人は一斉に背広の襟を示しました。ボタン穴に燦然と輝いてるのは、今日貰いたての金倉組のバッジです。

「校長先生。今日はハヤ、実にお目出度いことでゴワス」

と、恭〻しく頭を下げて出て来た黒紋付の人物は、かの駄々山迂平氏でありました。彼氏も親分の失脚で、忽ち路頭に迷っていたのを、その罪を憎んで人を憎まざる千智子未亡人は、日本美人大学の小使サンに採用してやることになりました。従って、一党の〝にんじん〟君も、翻然と善心に立ち帰ったので、ガッチリ太郎がインテリ金融会社の信用調査外交員に使うことに致しました——蓋し彼の天才的スパイ性を活用する考えからで。

これで主人側の人員は、残らず集まりまして、和気靄々（あいあい）として堂に漲（みなぎ）り、年の内に春や来りしと疑わるばかりです。そこへ、給仕長（メートルドテル）が、千智子未亡人へ知らせにきました。

「金倉福七郎様始め来賓全部お揃いになりました。食堂の用意も整いましてございます」

折りから起る奏楽の音——千智子未亡人を先頭に、金色青春艦隊はズッシリと幸福を満載して、港へ進みました。少し話が目出度すぎますが、陰鬱な今年の厄払いの唄とおぼしめして、デハ皆様、よい年をお迎え遊ばせ。

浮世酒場

一

ビューッと一声(いっせい)、唸(うな)りを立てて、空(から)ッ風。銀座八丁は、大百貨店からヤキ鳥の屋台に至るまで、蒟蒻(こんにゃく)のようにブルブル慄(ふる)えました。

寒いッたら、ない。

こんな晩に、保険屋サンはひどく気を揉(も)みますが、酒の家「円酔」なぞには、どちらかと云うと、有難いお日和(ひより)。そりゃア勿論、ネオンの点(とも)った家で、ストーブの側(そば)で、湯気の立つアメリカン・グロッスでも飲んでいれば、暖かいには相違ない。女子従業員の体温というものも、馬鹿にはできん。ですが、それ、帰りがけに蟇口(がまぐち)を覗(のぞ)いてみると、とたんに猛烈な悪寒(おかん)を催して、シミジミ感冒の原因になったりするのが例。あまり冬向きと云えません。

そこへ行くと、祖先伝来のライス・ワイン、熱燗(あつかん)二本鮟鱇鍋(あんこうなべ)一人前金八十銭を以て、ええ工合(ぐあい)に暖まるです。満洲事変[*1]以来、国威隆々たるに連れて、日本酒党がメッキリ殖(ふ)えました。即ち到る処酒の家おでん屋乱立を見た次第で、これが漸く共倒れになりかかった昨年下半期、突如として現われた救世主は、云うまでもなく学生キャフェ立入禁止令です。あのクズレがドッと押し寄せてきて、茶碗酒丼酒の豪快なところを示してくれる。正宗とガンモドキで国粋気分が愈〻高潮してくると、トーキー主題歌というテはないんで、衣はカンに至り袖ワンに至るなどと、お古いところが復興してきます。何事も復興流行りの世の中、トタンに鉄道馬車[*2]がガラガラ走ってきたりするのも、遠い将来ではありません。

銀座は銀座ながら、西銀座裏銀座、その露路奥に紅提燈をさげた「円酔」。あまり学生大衆の眼にはつきませんが、妙なお客ばかり集まってくる。空ッ風に吹き寄せられた紙屑と云っては気の毒ですが、まア陽気も人生も寒いから一寸一パイという顔付きばかり。主人がまたヒゲを生やし、ロイドをかけお燗番をしているのは風変り。これで、以前は中学の教師なんで、一念発起して酒の家を始めました。だからどうも、理窟ッぽくていけない。円タク、円宿、円サイ[*3]に倣って、一円ストップで、いい気持にさせるタテマエで、「円酔」なぞとムリな家号をつけた。

「一石で四十円、一斗で四円、一升で四十銭、一合で四銭——一合四銭は大きいね。なるほど、こいつは驚いた」

「それを知らずに飲んでるから、呑気なものさね、貴方なぞは、これでもう十二銭国庫に献納した勘定ですよ」

主人は三本目のお銚子の尻を拭いてから、若いサラリー・マン風のお客の前へ置いた。

「こう見えて、所得税は免税点以下の収入だから、社会のミソッカスだと思って、小さくなってたんだがネ。それを聞いて、僕もすっかり肩身が広くなったよ。毎晩少くとも八銭は税金を払ってる。多額納税者ミタイなものだ」

「そう安心してくれちゃア困りますよ。一ト猪口四厘がたのミツギを取られてるンですぜ。まるで税を飲んでるようなもンだ。一体この酒税ぐらい、歴代の大蔵大臣からツケ狙われるものはありませんよ。財源枯渇とくると、すぐとこれへ色目を使うからやりきれない。今度なんかも、ハガキを五厘上げたところで、多寡が知れてる上に、大衆に恨まれちゃ割りが合わないから、また酒税二割値上げとくるかね」

主人は、さなきだに売上げの悪いところへ、増税ときては酒の家も上ったりだと頻りに気を揉んでいる。

「でも、大丈夫だろう。軍需工業に課税するだろうし、相続税も上げるという話だし」

と、若い会社員は弱々しく反対したが、内心、酒が値上げにでもなったら、心のウサの捨て処という唄の文句が、溜息ばかりになっちまうと心配してる。

「ヤ、如何して如何して。どの大蔵大臣も酒飲みを目の敵にするから、油断がならない。瘦せても男だなんて威張ってるが、さア出せ出せと、サーベルで脅かされれば、やっぱり例の手段で酒税に手を出しますヨ」

主人はよっぽど苦労性と見えて、八の字を寄せて首を振ってるのを、先程から壁寄り

のテーブルで、新海鼠腸(しんこのわた)を舐(な)め舐め独酌を娯(たの)しんでいた老人が、

「ナニ、ご主人、そう心配したもんでもありませんヨ」

と、慰めた。これも古い常連の一人で、芸妓家の亭主だとも云うし、昔の自由党の壮士上りだとも云うし、エタイの知れない老人だが、ただニコニコといつも面白そうな顔をしてるのが特徴。

「そうでしょうか、ご隠居」

「そうですとも。よく考えてご覧(ろ)うじ。ほかの増税はあっても、酒税だけは金輪際(こんりんざい)上りやせん」

「ハテね」

「お若い癖に、そう時勢が分らなくては困るね。何故と云って、グンブの方は皆さん酒好きじゃもの、ヘッヘヘヘ」

隠居はいい気持そうに、顎(あご)を撫(な)でて笑った。何の事やら、耄碌(もうろく)してるとみえて、論理が判然しません。主人も会社員も返事に困ってるのを、委細構わず、

「しかしまア、酒も随分高くなったもので、わしらが飲み始めの頃は、上白(じょうはく)が一升六、七銭でしたからな、思う存分飲めやした。尤(もっと)もその頃からして、酒に税は掛かりました。百石につき二十両で、知れたもんですが、税金なんて言葉はまだ無かった。一時冥加金(みょうがきん)を上納すると云いましてナ……」

と、年寄りはいつも昔話へもって行こうとする。若い会社員は、そんな話は面白くないから、

「大将。日米野球見たかい」

と、主人の方を向いた。魚屋サン、八百屋サンの愛好するスポーツを、酒の家主人が嫌いな筈はありません。忽ち相好を崩して、

「聞くだけ野暮だね。しかも内野ですぜ」

「よく切符があったね」

「そこは商売々々でね。メダカ正宗の問屋から、黙っていても、チャアンと届いてきまさア」

「あれは愛飲家招待というんで、一升壜の王冠を本舗に送れば、抽籤の上三千名に内野券をくれる筈なんだが、僕の友達は、一人も当らなかったよ。その代り、あの酒を飲んだ奴は残らず、翌日頭が痛かったり、腹を痢したりサンザンだった。君は商売柄、よっぽど沢山、王冠を送ったから、籤に当ったんだろう」

「なアに貴方、あんなもの幾つ送ったって、当りっこありませんよ。メダカ正宗に限らず、日の丸チョコレートやトケル石鹼も皆あの手なんで、つまり小売店優待法なんでさア。三千名と云って、二千五百は小売に、タダ呉れて、後の五百が貴方がたの処へ回るンだから、よっぽど運のいい人でなくちゃ、当る道理がありません。メダカなんぞ三万

いくらか王冠が集まったというから、ツミなことをするじゃありませんか」

「畜生！　もう一生メダカは飲んでやらねエから」

「おッと、これは飛んでもない事を喋った」

主人慌てて口を押さえました。

「だがしかし、あのベーブ・ルースという人なぞを見ると、まったく人間業じゃござんせんな」

と、横合いから老人が口を入れたので、一同驚いた。

「おや、ご隠居も野球へ行くんですか」

「へへへ。これでも古い不安ですヨ」

と、嘉兵衛、麗美優流の発音をしてから、

「わッしばかりじゃありやせん。スタンドへ行ってご覧うじ。世の中に用のない体をモテ扱っているお仲間が沢山来てますよ。質屋の後家サンだとか、華族の禁治産だとか、いろいろ居ます。競馬へ行くと財布が心配だし、国技館だとノボせていけないし、野球で日向ボッコして、若い学生サンの騒ぐのを見てるのが一番ですよ。一円で半日遊ばして貰って、不思議と野球へ行った晩は、夜半に小便に起きないから、世の中にこんな有難いものはござンせんよ。ハイ」

珍妙な野球ファンの出現に、主人も会社員も聊か毒気を抜かれていると、隠居は二人が謹聴してるものと勘違いをして得意になって語り続けます。

「だから、わッしの眼は相当肥(こ)えていますが、今度の日米野球ぐらい感じた事はありません。何がって、如何(どう)です、宮武[*4]がコドモのように見えるなンて、そんなバカな試合はござンせんよ。上には上があるもんで、ツクヅク驚きやしたが、これほど段が違うと云うのは、なにか深い仔細(しさい)のある事だろうと、一晩考え明しやした。先方は玄人(くろうと)、此方は素人(しろうと)と云っちまえば、それきりだが、水泳でもテニスでも、滅多に米国にヒケをとらないのに野球ばかりがこの有様とは情けないやら、不思議やら……そこでいろいろ考えてみると、これには如何(どう)しても満洲国[*5]の力を借りなければならんと、気がつきやした」

老人が息継ぎに一杯飲み干して、ベロンと唇を撫でた様子を見ると、もうだいぶオミキが循環した形跡がある。

「米国軍の投げる球、打つバットを見てると、あれがホントの野球で、六大学リーグなんぞのやってるのは、ベビー野球とでも云いやすかナ。千年万年待ったとて、これでは勝負になりやせん。もう貴方、早慶戦始まって三十年というのに、これほど進歩しないのだから、いい加減これはアキラメ物です。いっそスポンジボール専門ということに、宗旨を替えた方がいいんですが、それでは国辱だから、五カ年計画てエ奴で、シンキに選手を仕込むンですナ。それには、日本人の体格ではとても歯が立たないと、今度ハッキリ分ったから、同じヘッツイの飯を食う満洲国の手を借りるんですよ。なアに、満洲人を呼んだって如何にもならないが、ハルピンあたりへ行くと、白露系帰化人が沢山いやす。アメリカ人に負けない体格は、世界でロシヤ人だけだから、こいつを腰本サンに頼んでミッチリ仕込んで貰って、宮武を一枚入れて、日満聯合軍テエのを拵えて……」

隠居がトメドなく馬鹿げた野球国策を述べるので、主人は耐りかねて、

「もしご隠居。徳利が倒れて、先刻からだいぶお膝が濡れてるようですが」

と、注意すると、

「ホイ、これはシマった。帰ると、また婆サンに叱られます」

と慌てて着物を拭って、それきり静かになった。

そこへガラリと戸を開けて、威勢よく飛び込んできたのは、六尺豊かの大男、大島の揃いに黒紬の袴をはき、ブラシのような髭を生やしてるが、これは近頃景気のいい軍事小説家のK氏でした。

「おいッ、オヤジ。またメチールを飲みに来てやったゾ」

這入る匆々悪口を浴せかけたが、主人も負けてはいない。

「今日あたりKさんがお出でになると思って、いつもの倍だけ混合してあります。ご心配なく、沢山召上って下さい」

「では、いつものインチキ白鷹と、冷たい湯豆腐でも貰うとしようか」

「はい。冷たい湯豆腐一丁」

と、主人が怒鳴ると、奥で「おう」と牛の唸るような女の声が聞えました。

「なんだい、あれは」

と会社員が不思議に思って訊くと、

「イヤ、面白いノが来ましたよ。今にお目に掛けますがね」

と、主人は笑っている。Kさんは二、三杯熱いのを引ッ掛けてから、ご隠居に、

「ヤケに寒いですナ。今夜は朔風骨を刺すですよ」

「相変らずご盛んですナ。あまりお寒そうに見えやせんよ」

「ハッハハ。これで三軒目ですが、悪い癖で、最後は如何しても『円酔』の悪酒を飲まないと、家へ足が向きません」

「手前なぞも、年寄りらしく炬燵へでもモグっているとよろしいンですが、とかくこの店が懐かしくなって困りやす。ソレ、何とかいう流行唄がござンしたナ——日暮れになると、アクビが出るのヨ、ですか」

「あまり聞かん唄ですナ」

　軍事小説家がヒヤかしたので、一座爆笑。

「Kさん。新年号は随分書きましたね」

　若い会社員から話しかけられて、K氏は、

「七ツばかり書いたので、チッと草臥れたよ。その代り、久し振りで大晦日を自宅で過

ごしたがね。債鬼を逃げながら、除夜の鐘を聞き慣れているンで、今度はキブンが出なくて弱ったよ」

「タンマリお入りになったと見えますナ」

と、ご隠居が云えば、会社員も、

「羨ましいなア。僕なンぞボーナス一月で、新年を迎えたんです。ねエKさん、軍事小説ッて、やはり学校時代から専門の修業をしなければ、駄目でしょうか。文章が巧(うま)くて、人格が勇壮で、軍事科学の知識が無くちゃ書けないでしょうか。僕ツクヅク俸給生活者の前途を見限っちゃったンですが、今からでも遅くなかったら、Kさんの内弟子(うちでし)にしてくれませんか」

と、酒の上とも思われぬ真剣さである。するとK氏はケロリとした顔で、

「なアに君、軍事小説なんて、誰にだって書けるよ。文章はマズイ程いいんだ。巧く書けば、ウソだと思われちまうよ。用兵学や兵器学の知識は、筋や事件の発展上甚だ不都合な結果を及ぼすから、無きに如(し)かずだね。ただ軍隊と満洲の事は少し知っていないといかんが、僕は一年志願兵を勧めたし満洲ときたら人力車タイヤの売り込みで、苦闘八年に亘(わた)った思い出の地なんでね。これが断然僕の強味だよ」

「オヤ、貴方出征したンじゃないんですか」

「商戦では各地に転戦したがね。広東(カントン)ピイ[*6]と南京(ナンキン)バクチのお蔭で、百戦百敗さ。ちょう

ど柳条溝事件[*7]のドサクサ紛れに借金を踏み倒して、内地へ飛ンじまったんだが、それが君、その晩の実話を『オール講談』編輯の友人が買ってくれたのがそもそも僕のフリダシだよ。その後東亜の風雲急なると共に文名愈〻揚って、いつの間にやら、ヒトカドの軍事小説家になっちまって、少し狐にツマまれたような気持がしているンだ。決してそんなムズかしい仕事ではないから、君も大いにやり給え。『円酔』の盃友の誼みを以て、僕が原稿は世話するよ」

「是非願いますよ、Kさん。参考書は何かありませんか」

「三宅坂書房発行の『たたかい』という雑誌、同じ書店で続刊するパンフレットがいいね。此間政界財界に大騒ぎを起したパンフレットなんか、傑作だぜ。十二万部出たっていうから、『般若心経』や『にんじん』は顔負けさ。しかし君、断っとくが、この頃の世の中は猫の眼だから、日本で妥協派の勢力が盛んになってきて、幣腹外交[*8]でも復活することになると、翌日から失業の危険があるから、それだけは覚悟しとき給え。軍事小説家の転向だけは、世間でもモテ扱うだろうからな」

「すると、永久的な仕事という訳じゃないですか」

「当り前さ。今時ソンナ結構な仕事があるもンか。僕なんか和戦両様の準備に、目下高粱ウドンの製法を研究中なんだ。これなら君、どっちへ転んでも、食いハグれは無いよ。どうだい、ウドン屋の方へ弟子入りしないか」

「止めときましょう。考えてみると、やっぱりサラリー・マンが一番安全で、体裁もよさそうです」

彼氏の軍事小説家熱も、案外早く冷めたので、一同ヤレヤレと思ってるところへ、

「この湯豆腐サ、誰が食うだベカ」

と、強烈な牧歌的気分を横溢させて、「都に稀れなる」女性が、混炉と鍋を運んできた。流石の軍事小説家も、あまりに質朴剛健なその態度に、アッと声を揚げて、自分の註文だと云う事も忘れてしまった。

「その髭の旦那に差し上げなヨ」

主人に教えられて、ドシンと湯豆腐鍋を置いたまま、一語をも発せずして、牧歌嬢は去った。

「スゲー女給さんだね」

と若い会社員の嘆声に連れて、隠居も軍事小説家も口々に、

「これは驚きやした。何者ですか」

「国防婦人の典型みたいだ。何処から連れてきたね」

ワイワイ質問を始めたが、主人は一向騒がず、

「どうも酒の家の女中に白粉臭いのはいけません。此前いたおハルみたいに、ダンスのステップでお銚子を運ぶようなのは懲りましたから、今度はチト遠方から仕入れました。

これからあれを『円酔』の看板娘にしますから、皆さんお贔屓を願います。名はおゴンと云うんで」

「なるほど近県の産では無さそうだ。丹波の篠山あたりから呼んだのかネ」

「なアに、飯田橋の職業紹介所から連れてきたんですよ。例の東北から出てきた十六人の娘の一人なんです」

「あア、あの悪周旋屋の魔手を脱れた、凶作地の娘達か」

「そうです、おゴンの話を聞いてみると、凶作地の惨状はまったく想像以上で、涙が零れますね。私も人助けだと思って、おゴンの給金を半年分すぐ国へ送ってやりましたよ。まア話を聞いてご覧なさい、驚きますよ。おい、おゴンや、おゴン……」

主人に呼ばれて、彼女は再び質素な姿を現わしました。

「あンだ」

「あンだじゃない。この皆様はご常連でお前もこれからお馴染みにして頂くンだから、こちらへ来てよくご挨拶を申上げなヨ」

「イヤ姐さん、挨拶なんぞしなくてもいいんだよ。それより東北の飢饉の話を聞かしてくれ給え。ずいぶん酷いそうじゃないか。ほんとに蕨や木の皮を食っているのかね」

「食ッてるだ」

「やれやれ、お気の毒な。だがナ、姐さん、今度みたいな凶作はそう毎年あるもンじゃないから、気を落しなさんなヨ」

「あアに、オラが産まれてから毎年凶作ばかりだから、ちっとも驚かねエだ」

「そう云えば、東北の豊作というのは、あまり聞かんですねエ」

「さよう。東北と云えば、いつも飢饉か、海嘯(つなみ)か大演習が名物のようで」

「やはり気候が寒いから、米が穫(と)れないンですかね」

「イヤ寒いことは北海道の方が寒いが、あの通り天恵豊かです。東北の不作の原因は種々ありますが、グンブの調査に依りますと……」

軍事小説家は何処かで仕入れてきたらしいウンチクを、傾け始めた。

「つまり、日本古来の耕作法を軽蔑したのが一因ですナ。東北の地味は現在非常に瘦(や)せとるですが、その直接原因たるべきものは、金肥(きんぴ)過度、金肥中毒から来てるです。硫安だとか燐酸だとかの輸入肥料を使い過ぎて、土壌に西洋の惰弱(だじゃく)の風を浸み込ませてしまったのがイカンです。のみならず、肥料代の負担が生じます。税金と肥料代が農民の最大苦痛です。この二つが無ければ、何も飯米まで売らなくても済むンです。なア姐さん、そうだろう」

「そン通りだ」

軍事小説家はいよいよ得意で、

「なにも高価な金肥を用いなくても、伝来の優秀な肥料があるです。どこの家庭でも副業的に生産してるものであり、且つ絶対無代で……」

「ははア。アレでござンすか」

と、隠居はカンがいい。

「アレです。アレを用いるのが日本古来の耕作法で、東北地方の慢性的凶作を救うのに、唯一の方法だという意見なのですナ。なるほど、そうすれば肥料代も要らず、米も沢山穫れて、こんな結構な事はない。流石に眼の着け処が違うと、感心しましたヨ。おい姐さん、こういう風にすれば飢饉の心配はないンだから、君から国へ知らせてやってくれ給え」

「あアに、お前さん達が、そうガブガブ酒飲むから、米サ足りなくなるだヨ」

そのままミス東北は奥へ消えてしまったが、残る三人のお客様の器量の悪さったらありません。

二

「如何したンです、Oさん。今夜はひどくショげてるじゃアありませんか」

酒の家「円酔」の主人は、おでんの鍋下を火箸で突ッつきながら、そう云いました。

若いサラリー・マンのO君は、いつもの通り、「クサヤ　十五銭」「このわた　二十銭」「湯どうふ　十銭」「かに　時価」なぞと書き連らねたビラのうちで、このわたの真下に陣取って、しずかに盃を銜んでいる。どうもそのテンポたるや、向島作品という昔の活動写真みたいで、陰々滅々たるものです。見れば、皿の中の信田巻も、徒らにタンパク質を凝固させるのみで、箸痕がつかず、盃の酒はやがてシャアペットになりそうに、冷えちまってる。それをジット眺めて、時々肩で溜息をつく様子は、タダ事とも思われません。

生憎今夜は、日暮れから霙が降りだして、「円酔」のお客もO君一人きり。そのO君がいつもの駄弁を弄さず、この有様なので、店内火が消えたようです。主人は腹の中で、これはイケない、此間うちから、だいぶ樽へ焼酎と水を入れたが、そのためにOさん混合酒精中毒でも起したかしらんと、根が中学教師の出身だけに、心配も化学と倫理に関係しています。

「あア、クサッた、クサッた……」

突然、若い会社員が悲痛な叫喚をあげました。主人は驚いて、

「Oさん、シッカリして下さい。気分が悪ければ、医者を呼びましょうか」

「ヘン、医者で癒る病気かてンだ」

「すると……こりゃア驚いた。恋患いですか」

「ナグるぜ。この客観的情勢に於て、恋愛たア何事だよ。少しゃア考えて、ものを云うもンだぜ。われ等下級会社員が、女に惚れるような自由と活気を持ってると思うのか。おいオヤジ、君は何の恨みで僕にそんなインネンをつけるんだ。ケケッ、癪だぞ！」

　O君シンに酔いが沈澱してたとみえて、此の際、妙に主人にカランできた。しかしそこは商売柄、主人はカラミストには慣れてますから、受けたり流したり、宥めたりスカしたりして、酔いの捌け口へ、器用に持ってゆくと、彼氏の気概が一度にドッと溢れ出でました。

「そう云われると、オヤジ、君が親友みたいな気がして、僕ア何でも打ち明けたくなるンだ……。僕ア生まれてから、今日ほどイヤな気持を味わったことがないンだよ」

　と、若い会社員は一盃グイと干してから、

「思い出してもゾッとすると云えば、五月雨の宵みたいだが、あんな人を食った話じゃアない。実話も実話、僕の眼の前で起きた話なんだから、まア聞いてくれ給え。ウチの会社に『芋羊羹』氏という人がいて、学校の先輩ではあり、課長次席ではあり、僕が毎日顔を合わせる馴染みの深い人なンだ。顔色がへんにドス黄色くて、四角張ってるから、芋羊羹てアダ名なんだろうと、入社の時は誰しも思うンだが、実際はそうじゃなくて、この人が紅茶に酔うと……」

「モシ、Oさん、少しハッキリして下さい」

「いやオヤジ、真実（ほんとう）なんだよ。イモ・カン氏の享楽たるや、会社の傍（そば）の貧弱なソーダ・ファウンテンで、時々紅茶を一杯飲むのが精々なんだが、その紅茶で彼氏の脳神経中枢が、僕等が二、三合傾けた程度に昂奮するンだから、およそ不思議なイキモノに違いなかったンだ。で、イモ・カン氏が紅茶に酔うと、きまって僕等若い下僚を摑（つか）まえて、説教を始めるンだが、これがいつも紋切型で『いいか、君達。身を粉にするンだぜ。筋や皮を残しちゃいけないンだぜ。甘く見せるンだぜ。型にハマるンだぜ。それから自由に庖丁で切ッて貰うンだぜ』と、云うんだ。つまり芋羊羹の製法過程中に、サラリー・マン処世哲学を発見しろという説なんだ。芋羊羹のように芋の天真を失わなけりゃアいかん。ことに、芋羊羹のように安直で、気軽で、誰でも容易に手を出したがるような人物にならなけりゃアいかん――てなワケで、話のうちに芋羊羹が十や二十飛び出さないと納まらない人だから、イモ・カン氏の名の起る所以（ゆえん）なんだが、実際、彼氏イモ・カン哲学を人に説くばかりじゃない、自分でこれを実践してきた。まったく身を粉にして以下云々の箇条を、悉く遵奉（じゅんぽう）して今日に及んだ人なンだ。誰が見たって、イモ・カン氏ほど忠実な、真面目で、気取らなくて、腰の低い、云わば理想的サラリー・マンは少いンだ。上にも下にもいいという人物で、だから齢の割りに出世も早かったんだ。ウチのような大会社で、四十で課長次席と云えば、相当の躍進振りなんだぜ。だから僕等は、映画やレヴィユウも知らないイモ・カン氏を馬鹿にしていても、内心、あの人のようでなければ、資本主義機構下の勤労生活者の立身出世は覚束ないと、シミジミ此頃はイモ・カン哲学に共鳴してきたンだよ。すると君、そのイモ・カン氏がだ……」

Ｏ君は雑巾で顔を撫でられたような表情をして、俄かに主人の方へ向き直りました。

「聞いてくれよ、オヤジ……。此頃のイモ・カン氏の精勤振りときたら、まさに人力の限りを尽したもンで、今日なぞは七時出勤で、小使がまだお茶を沸かしてなかったという有様なんだ。僕等は自然、遅刻みたいなハメになって、恐縮してると、彼氏非常な好機嫌で、『諸君、喜んでくれ給え。僕も永年の修業が酬われて、仏家の所謂即身成仏の境界に達した。足の爪先きまでも芋羊羹になり切った。もうこうなりゃア〆たもンだ。僕は自信をもって、全国に放送できるよ』と、大威張りなんだ。その時僕等も少しヘンだとは思ったが、イモ・カン氏の口癖なんだから、たいして気に止めなかった。すると十時が鳴ると、『さア時間だ。ちょいとＪＯＡＫまで行ってきます』と立ち上って、ノコノコ窓際へ歩いて行ったと思うと、アッという間もないンだ。なにしろ君、あの大建築の四階の窓から飛ンだんだから、助かりッこないよ」

「あア、あの事件ですか。今日の夕刊に出ていた……」

「会社では掲載止めに奔走したンだが、デパートの飛び下りとちがって、こりゃアデカデカ書くよ。金融産業両資本の大本山の出来事だからね」

「しかしまア、如何してそんな短気を起したもンですかなア」

「如何してても、こうしてもあるもンか。イモ・カン氏遂に、本格的に身を粉にしちまッたのさ。ブルブルブル……いけねエ。思い出してもゾッとする風景だ。オヤジ、熱いのを一本、早く……」

可哀そうに、Oさん慄(ふる)えています。よほど骨身に応(こた)えたらしい。

「あアあ、イモ・カン哲学にしてなおかくの如く、モロに崩壊しちゃうとすれば、我等サラリー・マンはソモ何を以て頼まんやだ。とたんに世の中が真っ暗になッちまったよ。ああ、クサル、クサル……」

と、頭を抱えてしまった。こういうシンコクな銘酊は、下手に扱うと皿や小鉢が飛びかねないので、主人はヤンワリと、

「でもOさん。そう云ったもンでもありません。商船テナシチー流[*9]に、運は天にありと悟(さと)っちまうのが一番ですよ。それに、私の睨むところ、そのイモ・カンさんて方は、あまり酒の飲めない人だったと思いますね」

「一滴も飲まなかった。酒と芋羊羹は両立せんからね」

「ソレご覧なさい。だから、そんな運命になるンですよ。酒さえ飲んでれば、世の中マチガイありませんよ。早い話が、飲めない藤井さん[*10]が引っ込んで、飲める南大将[*11]は関東軍司令官さね」

「ナルホド。左党の岡田さん[*12]が総理、若槻(わかつき)さん[*13]は重臣か……わかッた、わかッた。では、

お代りをもう一本と、ガンモのよくシミたのをくんな」

「O・K。その調子」

主人巧みに誘導して、売上げを殖やしました。

そこへ、乱暴にガラリと格子を開けて、正月の獅子のような勢いで飛び込んできた一人の女性――傘をささずにきたと見えて、逆立った断髪から、人絹キラビヤかな肩へかけて、点々と白いものを乗せている。戸外は霙がいつしか雪と変ったとみえます。

「オジさん。いつものを、熱くして頂戴。あンまり愚図愚図しないでね」

と、傍若無人に両膝へ椅子用火鉢を抱え込んでしまった様子は、断じて良家の子女でありません。

「相変らず元気がいいですな、チャー子さん」

主人は菊正の呑口を緩めながら、話しかけると、

「何云ッてやがンだい。元気も天気もあるもンかよ、キミ。お客様の顔を見ざる事余りに久しきだから、さっきママとお客様ごッこを始めて、自前のアブサンで気分を出したのが、ウーイ、少し出過ぎたってわけなのサ」

あられもなく鼻の下をブルンと横撫でにしたが、言葉の荒い割合いに、眼鼻立ちの柔和な、腹の良さそうな女です。しかし地方出身にして、タンカの精神を弁えたような、かかるモダン伝法女子が、昨今激増の傾きがある。あまり天下泰平の兆とは、申されん

ようで。

「へえエ、お店あたりでも、そんなにシケてるんですか」

主人はお銚子とコップを、卓へ列べた——チャー子さんコップが常習らしい。

「お話ンならないんだよ、オジさん。バーも一時とちがって、むずかしい商売になっちまったよ。元々ウチなんか、ママが商売気がなくて、気立ての好いのが取柄みたいな人なんだ。七月に今の店を買った時に、バー・テンも一所に残って貰えばよかったんだが、都合でそう行かなくて、あんな若いのを引張ってきたのが悪かったンだね」

「前のバー・テンさんは、銀座でも評判の人でしたからな」

「外国の酒場まで歩いてきた人で、タイした古顔だからね。あの人のカクテールだと、大概のやかましいお客が、文句を云わないから不思議だ。その癖、妾達が見てると、ジンやビターの分量にしろ、シェーカーの振り方にしろ、今の若いバー・テンとちっとも違やしないンだよ。ウチのお客には、エラ方やウルサ方が随分多くてね、やれ酒が悪いの、分量が如何のッて、じきにインネンをつけたがるンだ。今度のバー・テンなんか、まだやっと二十一で、若いから無理ないんだけれど、筋がいいからって、カウンタに坐らしてみたンだが、やっぱり駄目だ。常連が寄ってタカッて苛めるんよ、可哀そうに。そうなると、当人はカッと上ッちまって、俺の腕が悪いンじゃない、お客様の口が間違ってるンだ、俺は信念によってカクテールを振る——なんて黄色い声を出すもンだから、お客様は面白がって、なお弥次らアね。あンまり苛められて、到頭病気になっちまったよ。慢性気管支カタル、肺気腫、側鼻孔蓄膿症なんて、ご丁寧な病気を起して、店をやめちまッたんだ。バー・テンにならなけりゃア、病気も起さなかったろうに、ホントに気の毒さ」

「イヤに同情しますね。やっぱり若い男に限りますな」

「そうじゃないけどサ、始めは若い者を抜擢して感心だなんて云ッときながら、後になって総掛かりでイビリ出すンだから、常連なんて、およそ不人情でエゲツナイよ。ボクは信念バー・テン氏のために、今夜大いに飲むよ。もう一本頂戴」

「ハイ只今。で、後のバー・テンさんはどんな人が来るんです」

「前の古顔氏を頼んで、当分ツナいで貰うのさ」

「しかし、あの人も齢のセイで、だいぶ弱ったという話ですぜ」

「それが、オジさん、不思議じゃないの。兵隊さんのオシッコで拵えた薬を服んで、すっかり若返ッちゃったンだッてさ。よう云わん薬を発明したもンだわ」

「どうも此頃の薬は、ロクなものから採りませんよ。ビールの搾り粕だの、ザコの骨だの、芥溜へ捨てるような代物ばかり、原料に使うじゃありませんか。廃物利用だから、発売元はさぞ儲かるでしょう。『ちゃかもと』の本舗なんてザッと三年の間に、百万以上握ったと云いますぜ。売薬ぐらいボロイものはありませんよ。酒は百薬の長というから、酒の家なぞもうちッと儲かりそうなもンだ」

主人は思わず愚痴を列べると、今まで黙っていた会社員のO君が、

「不景気になって、一層儲かるのは質屋と薬屋だというが、実際、この頃のような世の中だと、どうも薬を飲む機会が多いよ。横丁の食堂の飯ばかり食うもンだから、つい胃腸障害を起す人が多くなるし、それよりも、神経衰弱ときた日にゃア、およそ『生きとし生けるもの』みんな罹っていらアね。そこを狙って、あの『ほがらか』という薬を売出したンだそうだが、実は僕も広告に釣られて、早速一瓶買ってみたと思い給え」

O君は息継ぎに一盃咽喉を湿おして、

「なにしろ僕の愛読する大衆文学の諸先生が、『大変効いたような気がします』とか、『何となく非常に確実に、頭がハレバレした』とか、ひどく主観的な推薦文を書いておられるが、僕は文士の直感を信用するから、こりゃアもっといい薬に違いないと思って、服んでみたんだよ」

「ハハア、やっぱり騙されて、効目が無かッたんですな」

「イヤ、とてもよく効いたンだよ。服んだ翌日から、頭がイヤに明晰になって、モリモリ元気が出て、グウグウ眠れるようになって、会社へ出ても実に晴れやかな気分なんだ。さすがは文士が提燈をもつ薬はちがったもンだと、僕は霊薬『ほがらか』を礼讃したね。ところが、三瓶目を途中まで服んでるうちに、バッタリ効目が止まってしまった。忽然

として、また頭がボンヤリして、意気鎖沈して、不眠症が再発して、会社の事務が厭で耐らなくなってきた。つまり、完全に服用前に逆戻りをしたワケなんだ」

「奇妙なことがあるもンですねエ。霊薬でも余り続けて服むといけませんかな」

「そんな事もあるまいが、やはり多少の外的原因が無きにしもあらずだね。ちょうど三瓶目を半分まで服んだ朝、僕は電車の中で新聞を読んでると、わが愛用の『ほがらか』の訴訟事件というのが出ているじゃないか。見ると、文豪巻五間先生が憤然として芸術家としての名誉を傷つけられたと云って、広告文偽作の訴訟を起しておられるし、僕の大好きなヤサしい小仏先生までが、カンカンに怒って無断姓名利用の抗議を申込んでおられるンだ。その記事を読むと、とたんに頭がボンヤリし始めて、以後断然薬効が失くなったンだが、まったく不思議な薬があったもンだよ」

　O君は神経衰弱性の浮かない眼つきで、聴手の顔を眺めました。

「ホホホホ、まア、コチラお若いのに、ドーかと思うわ。そんなお薬より、妾の店のアブ・カクでも飲んでご覧なさい。憂鬱なんか一ぺんにスッ飛んじまうわよ」

「誰ですか、キミは」

　会社員氏驚いて、不作法な女客の顔を睨めると、主人が仲へ入って、

「イエ、Oさん。こちらはチャー子さんと云って、バー・ヒットラーの女子従業員さんで、やはりご常連なんですから、よろしくどうぞ」

と、紹介すると、そこはサケノミの事で、直ちに和議が成立して、マズ一献(いっこん)とO君から猪口(ちょこ)がゆく。

「お控えなさい。手前生国と申しまするは、コップ酒の方でござります。グーッと干して頂戴。さア」

と、チャー子も仁義を返す。戸外は雪の夜ながら、「円酔」の店内はまことに和気靄々(あいあい)たるもの。そこへ、ヨチヨチと足駄に雪を溜めて、ご隠居の姿が現われたので、一同ワッと歓声をあげました。

「今夜はこの天気ですから、早寝の積りでいましたが、どうもそれでは虫が承知しませんで」

と、誰も何とも云わんのに、しきりに弁解している。

「ご隠居さんいつもお元気で、ボクとても嬉しいな。まるでパパに会ったような気がするンだもの」

チャー子はガラにない事を云って、ご隠居へお酌をする。幾歳(いくつ)になっても、女の子は悪くないものと見えて、ご隠居はニヤニヤしながら、

「その積りで、タップリ孝行しなさいよ。なんなら、大森あたりへ出かけやすかな」

と、これもガラにない文句で、一同大笑いをした。

「しかし、まったくツヤツヤしてらッしゃいますな。一体、お幾歳なんです」

若い会社員は自分の神経衰弱と思い較べて、隠居の元気が真実羨ましそう。

「へへ。野暮なことを訊いちゃ、いけやせん。八十一の高橋さん[*14]が、議会であの通りの元気です。首相をオンブして、質問戦の陣頭に立って十人前ぐらいの働きをなさるンだから、タイしたもンでげすよ。荒木さん[*15]だとか、松岡さん[*16]だとか、一しきり人気男も出ましたが、どうも各方面でシンに人気のあるてエのは、高橋さんに限りやす。この人なら大丈夫、ソックリ任しちまえッて気になりやす。それに今度の就任振りがヒドクよかったンで、一段と人気を上げやした。どうもこう世の中がムズかしくなってくると、高橋さんのようなお方は日本の大黒柱みたいで、まったく国宝もンでげすよ。お蔭でどうやら、家の中がイビツにならないで済みやす。人間もあのくらいの歳になると、慾がなくなるから、ホントの働きができやす。どうです、老人の有難いことがおわかりですかな。ジツに人生は八十からでげすよ」

ご隠居はすっかり気を良くして、盃を口へ含みました。

「すると、僕の神経衰弱も、後五十二、三年待てば、全快するワケだな。これはよッぽど気を永くしないとイケないらしい」

O君が希望のあるような、無いような声を出すと、チャー子が傍から、

「ナニよ、Oさん、シッカリなさいよ。ご隠居もやっぱり、兵隊さんか中学生のアレのご厄介になってらッしゃるのよ」

と、青春の同伴者を激励すると、

「イヤなに、決して、ムニャムニャ」

と、隠居が俄かに狼狽えたのは、どうやら図星であったかもしれません。

そこへ、奥からミス・東北のおゴンちゃんが、おでんの追加材料を鉢へ入れて、店へ姿を現わしました。一月見ない間に、彼女もメッキリ都会風になって、女振りを上げましたが国訛だけはなかなか改まりません。格子を開けて、外を見ながら、

「ほホウ。えらくビャクマが降ったなア」

と、叫んだので、主人が不審に思った。

「おゴン、何が降ったって?」

「お前様知ンねえのか。今年の飢饉から雪のことを、ビャクマと云うだよ。新聞に書いてあるでねエか」

白魔だの、飢獄だのと、同情のあまり、近頃のジャーナリストの用語が、陳文漢文調を呈してきたので、こんな結果を生んだ——と判って、「円酔」の店内は笑声またしきり。都に降る雪は酒興と共に尽きない様子です。

三

「まア、一杯……」

「ありがとう。日本の酒も久し振りだよ」

と、相好(そうごう)を崩して猪口(ちょこ)を取り上げた男は、年の頃三十五、六でしょうか、屈強な体格を包んだ外套(がいとう)は、ロンドン型の渋さもなく、さりとてニューヨーク式の伊達(だて)好みでもない。ファッション・ブックのどこの頁(ページ)を開いたって、こんな外套は出ていない。と云って三越にも柳原にもブラ下っていそうもない、断然アチラノモノです。地質の厚いこと六十銭のトンカツに負けない上に、熊の皮だか狼の皮だか異様な毛皮の総裏ときているから、これはずいぶん暖かいでしょう。裾長袖長の不思議なカッチング、まず外套というより銚子の浜の大漁着に近い。貧弱な酒の家「円酔」の店内は、この雄大な外套に圧倒されて、一層見窄(みすぼ)らしく感じます。

節分立春は聞いたが、余寒凜冽にして熱燗益〻恋しきの頃、鮟鱇鍋(あんこうなべ)のデカダンチズムは些(いささ)か反軍国的とは申しながら、おかげで浮世酒場の客脚は絶えない。変態景気の波に乗った工場主や、月収五百円のお労働者なぞは、もとより「円酔」の暖簾(のれん)は潜らないが、常連は一人二人と殖えるばかりで、この頃は六号活字ぐらいの小さな黒字が出るようになった。

で、今夜は常連の一人、軍事小説家のK氏が宵のうちから巨軀を現わしたが、同伴の客というのが件（くだん）の外套氏、これもK氏に負けない大男で、二人の間に置かれた鮟鱇鍋が、子供のタノシミ焼みたいに、小さく見えます。

「シベリアは随分寒かったろう」

「なアに、寒さの方は慣れてるからいいが」

と、外套氏グッと旨（うま）そうに一杯干して、

「窮屈なんで弱った。ずっと支那人に化け通してきたんだが、板敷の三等車で一週間小さくなっとらにゃならん。満洲里（マンチューリ）[*17]へきて、ホッと息をついたよ」

「ほホウ。しかし、此頃ゲ・ペ・ウも廃止されたというから、それほど警戒の必要もなかろう」

「いや、決して油断はならん。チェッカ変じてゲ・ペ・ウとなった如く、ゲ・ペ・ウ変じてウン・カ・ピィというのが組織されとる。帝政時代から秘密警察の発達した国じゃから急には止まらんよ。それだけ技術も進歩しとる。北風の吹く日なぞに、本部の屋根の上にズラリと角袖が列んで、鼻をヒコつかせている。それで忽ち怪しい方面を、嗅（か）ぎ出すと云われているくらいだ」

「なるほど。その裏を掻くのでは、よほど骨が折れたろう。しかしまア、無事で帰れて結構だ。任務を果して、ラクラクしたろうから、今夜は大いに飲もう」

軍事小説家は改めて盃をさす。いかなる筋の友人かは知りませんが、このところ濫作で稍ネタ切れに堕入ったK氏は、この異風なる新帰朝者を捉えて、どうやら材料補給を仰ぐ魂胆らしく見えます。

「いろいろ面白い話もあるだろうが、まず国境方面の緊張の工合は？」

「そりゃア、物凄くやっとるよ。奴等は万里の長城のカケラみたいなやつを、到るところに建造して、いざと云えばブッ放す勢いだ。飛行機はブーブー、タンクはガラガラ、実に景気がいい。歩騎十一軍団空軍四百機が集中しとるのだ。しかし我が軍の方は如何かというと……」

外套氏はここまで云いかけて、俄かに「円酔」の店内を見回しました。眼光隼の如く鋭く光ったので、おでん鍋の前の主人が慌てて首を縮めました。

「いや、そんな話は止して、熱いのを一本貰おう」

と口を噤む。K氏の方では折角の話の緒を切られては大変なので、

「ははア、してみると、形勢は相当のもンじゃねえ、国境がそんな工合だと国内の緊張も想像に余るねえ。やはりアチラ流の臥薪嘗胆のような事を行ってるのだろう。少し聞かせ給え」

と、しきりに水を向けた。

「ところがだ。一、二年前までは、実際、食うや食わずの有様で、パンと云えば燕麦の黒いのに、キャベツの塩汁で、命を繋いでいたンだ。着物はツギだらけのルパシカ一枚で、それに観音様が蝟っていないと、プロレタリアの名誉に拘るくらいなものだった。雪晴れのクレムリンの前へくると、虱退治の風景で有名なものだったね。それが君、国際聯盟[*18]参加を機として、ガラリと変っちまったンだ……」

「ほホウ」

「この頃亜米利加からセーフティレザーが莫大に輸入されるんだが、何のためかと云うと、彼等が鬚を剃ることを覚えたンだ。剃ってみると気持がいいから、石鹸も使いたくなる、ポマードもつける。白いカラをつけて、ステッキを持って、散歩するのも悪くないという事になってきた。二、三年前にそんな事をすれば、ブチ殺される処だったんだがね」

意外な外套氏の話に、K氏は合槌を打つのも忘れて聞いている。

「衣食足って礼節を知るとは、よく云ったもんで、この頃は国民の挨拶の仕方まで変ってきた。以前は乱暴で、簡単な言葉が流行って、『やい、イワ公、手前まだクタバラねえか』というのが、朝の挨拶だったが、近頃は工場の入口で労働者が恭〻しく帽子を脱いで、『これはこれは、イワン・イワノヴィッチ・イワノスキー様、お早い御出勤で御苦労様に存じます。イザまずお先きへ職場へお着き下され』という風に丁寧になってきた。電車に乗れば女に席を譲るし、紙屑を往来へ捨てないし、手洟(てばな)なぞかもうものなら、すぐ交番で呼び止められる。『コラコラ、そんな非文明な事をしては困るね、日本の大工さんじゃあるまいし』と、説諭される」

「ほウ、あまり非常時らしくない風景だね」

「非常時どころか、ジャズで踊って、ウオッカで更(ふ)けて、明けりゃ闘士の涙雨という、モスコー行進曲が大流行だ。ダンスときたら、青年労働者は眼がないね。公園や広場へ電気蓄音機を据えつけて、若き男女が相擁して、毎晩踊り狂ってる」

「それは日本でも夏になるとよく行(や)るよ。レコード会社の宣伝だろう」、

「なアに、政府の指令なんだ。『プロレタリアよ、踊れや踊れ!』というスローガンが出たもんで、踊らない奴は反動思想として睨まれる」

「大変な騒ぎだねエ。でも、ダンスなんてブルジョア臭味の真似をしていいのかい」

「そんな、小児病的な事を云うと、笑われるぜ。ジャズやダンスは元来なかなかエーもんである、エーものはエーのであると、唯物論弁証法的に正しく批判されたのさ。それに、歴史家によって、一八七四年にマルクスとエンゲルスが巴里(パリ)に於てワルツを踊った事実が確められたから、俄然ダンス熱が昂(たか)まったね」

「なるほどね。考えてみれば、ダンスも一種の筋肉労働だから、本来プロレタリアの専

有物かもしれん」

「そうさ。日本のダンス・ホールでは一回踊る度に一枚切符をとられたり、ダンサーとお茶を飲んで叱られるそうだが、非文明極まるね。そこへ行くと、モスコーあたりでは、政府が奨励してるのだから、一回踊るとダンサーの方からチケットを呉れる。それを十枚溜めるとキャラメルが一函当る」

「日本のダンス・ファンに聞かしたら、涎(よだれ)を流すだろう。しかし踊るのは大衆だけで、党の幹部達はまさかやるまい」

「処が、さにあらず、先ず隗(かい)より始めよというので、スターリンからして、ダンスの稽古をしてる。彼氏不器用で碌々ワン・ステップも出来ないが、タンゴが踊れるまで五カ年計画でやるそうだ。以前と違ってこれからは、聯盟加入国と交際をせねばならぬのに、大国の首脳者達がスモーキングの着方も知らんでは困るではないか。昨年の十一月七日、つまり大革命記念日は例年の通りクレムリン宮殿で大宴会が開かれたが、今度から音楽はジャズバンドになって、赤軍司令官ヴォロシロフ始め、二千人の来会者がステップ軽く踊り狂ったと、モスコー特電があったのを、君も見たろう。ダンスが大学の必習科目になったとか、西欧ダンス専門学校というのが出来たというあの記事はヨタのようだが、実はホントなのだ。モスコーは目下全都を挙げて、ダンスに熱中しているよ。考えてみりゃア、プロレタリアだからって、なにも面白い事に指を銜(くわ)えて引っ込む理窟はない。

ブルジョア諸国にヒケを取るなとばかり、ジャンジャン踊りだしたわけだ」

「しかし、そんなに国民が踊ってばかりいるようだと、東亜の風雲も俄かに急を告げる事は無さそうだね」

と、軍事小説家は、もっと勇ましい話が聞けると思いの外ジャズだのダンスだのと軟派の材料ばかりなので、些か落胆の態でありました。すると外套氏はケラケラと笑って、

「なるほど君も少年諸君を対手の小説を書くだけあって、無邪気な観察をするねエ。彼等が白いカラをつけて、ダンスが上達するに従って、5・6年の危機が愈〻濃厚となる理由がわからんのかい」

　謎のような言葉に、K氏も両腕を組んで沈思黙考したが、残念ながら解答が浮かんできません。

「わからん」

「わからんとは心細いね。軍人で、ダンスができなかったのは、世界広しと雖も、我が国と赤軍だけだったのだ。欧米の士官と云えば、白皮の手袋とダンスは着き物だよ。そこに着眼して、彼等は此際ダンスを習得して、一挙にして日本を、国際的孤立に陥し入れようとする工作なのだ。我が軍部のダンス嫌いを、彼等はよく知っているのだよ。やがて一旦緩急あらば、ダンス友達の誼みを以て、各国が自分達の尻押しをするだろうと、見透しをつけてるのだ。こう考えれば、彼等のダンスがただのダンスでないという想像

がつくだろう。如何だ安閑としてる場合でない事がわかったか」

炯々たる眼を開いて、外套氏はテーブルの上をドンと叩いた。K氏はわかったような、わからんような曖昧な顔で、

「だいぶ複雑な陰謀らしいが、他にもっと勇壮な君の体験談はないか」

「無きにしもあらずだが、こんな貧弱な御馳走で、小説のネタを揚げようなんて、少し図々しいや」

「うわッ。この新帰朝者ガッチリしとるぞ。では築地方面へ席を改めるから、出し惜しみをしないで、気前よく材料を供給しろ」

と、二人は勘定を払って、外へ出て行きました。

入れ交いに、黒いソフト、黒外套、黒眼鏡という黒ずくめの人物、ガラリと格子戸を開けて、店の中を一瞥してから、用慎深く椅子につきました。どうも今日は、眼付きの変ったお客ばかり来る日です。但しこの男は、さっきの外套氏と違って、隼のような眼光なぞとは、およそ縁遠い。どちらかと云うと餌を探しに人里へ降りてきた狸と云った表情をしている。

「お酒を一本と、鮪の刺身の脂っこいところを下さい」

なぜかこの男は、ヒソヒソと物を云います。ことに鮪のサシミは、念入りに小声で喋りました。

「はいッ。トロのオサシ一丁ッ」

と、主人が大きな声で呶鳴ると、奥でおゴンちゃんが、例に依って、

「おおうッ」

と、雄大な反響を起すので、黒眼鏡氏キマリ悪そうに、四辺を見回しました。

やがて、酒肴が運ばれたのを、お客は旨そうにチビリチビリやってる姿を見て、「円酔」の主人は何か頻りに考えていたが、

「失礼ですが、貴方は多能木先生じゃありませんかね」

「ひえッ。僕は多能木ですが、貴方は……オヤオヤ、君ですか。これは意外の処で」

と、頭を掻いた多能木先生は、「円酔」の主人と顔を見合わせあまりの奇遇に暫時話もありませんでした。同じ中学校で「円酔」の主人は数学、多能木先生は倫理と、仲よく教鞭をとっていた間柄ですが、久しく相見ざる間に、一人は志を立てて酒の家の主人と化し、一人はさて何に転向したか、まだ判然しないけれど、身既に教壇を去った事は風体を見ても明らかです。

「イヤどうも、よく似てるとは思ったが、まさか君が酒の家を開業しようとは……」

「そういう君も、禁酒禁煙の倫理の先生だから、よもやこの店に現われる筈はないと思って、ついご挨拶が遅れたわけで」

二人は同じような事を並べてから、今度は異口同音に、

「イヤ、お互いに変りましたな、アハッハハ」

と、笑った。

「時に、君は目下何をおやりで？」

主人に訊かれて、多能木先生はまた頭を掻きながら、

「それが一寸お話し悪(にく)いのですが……実は宗教の方をやっています」

「倫理から宗教なら、竿頭(かんとう)更に一歩を進めたものではありませんか。君はやはり高尚な事業がお好きですなア。僕なぞは根が数学だから、銭勘定が好きで、ツイこんな商売を始めましたが……」

「そう仰有(おつしや)らないで下さい。宗教にもいろいろありましてな。例えば宗教家というのと、宗教屋というのは、発音は似ていますが、だいぶ内容が違うんです。僕のやってるのは、屋の方なんで」

と、多能木先生はいよいよ恐縮する。

「なアに、多能木君。ヤ印もカ印もあるもんですか。金の儲かる仕事が、当今一番ですよ」

「御説の通り。僕も大いに共鳴します。実はその目的で宗教屋を開業したのですが」

「儲かりますか」

「それが、儲かったり、儲からなかったり……実は最近一寸縮尻(しくじ)りました」

多能木先生、刺身をペロリと食って、塩ッぱい顔をした。

「はア。それはまた如何して？」

「ご承知かも知れませんが、此間うち浦賀でお猫様というのがありまして、東京の花柳界の信仰を集めて、頗る繁昌しました。あの正体は実は猫のミイラなんですが、僕も一つこの手で当ててやろうと思って、食用蛙を一匹買ってきて、これを陰干しにしました。つまり、蛙様というのを拵える目論見です」

「なるほど。それは新案ですな」

「宣伝費も相当使って、新橋、赤坂、牛込方面へ霊験イヤチコだと、吹聴したンですが、如何いうものか、少しも参詣に来ません。これは不思議だと思って、よく調査してみると、千慮の一失を犯していました」

「なぜです」

「お猫様の繁昌したのは、猫が招くという縁起で、つまり客を呼ぶ事になりますが、蛙様ならみんな帰っちまうだろうと云うので――せめて鼠にでもして置けばよかったんですが」

「下らん縁起を担ぐものですな」

「オットその迷信を、悪く云っては困ります。ハッハハ」

多能木先生久し振りに旧友に逢って、打明け話をしたので、だいぶ酒の回転率がよくなって、ご機嫌の態。

「しかし、こういう商売をやってると、公然と酒や腥い物が食えんのが閉口です。僕も家へ帰れば白い着物に白袴をはいて、袈裟を掛けます。神仏混淆式なので」

「飲みたくなったらいつでも家へ入らっしゃい。勘定さえ頂けば、絶対に秘密は漏洩しませんよ。ハッハッハ」

丁度他にお客のないのを幸いに、主人もいい気になって自前のコップ酒を傾け、旧友に述懐を洩らし始めた。

「宗教とは多能木君もいい処へ眼をつけましたねエ。僕が酒の家を始めたのも、決して偶然じゃアないです。実際この頃の世の中は、誰も彼も不満だらけで、何方を向いても八方塞がりで、面白い事は一つもありません。老若男女いずれも昔と違って、大きな苦労を背負っています。従って、誰も彼も慰安を求めているが、ドンチャン騒ぎの金はなし、映画ぐらい見たのでは虫が収まらない。一番手近で、安直で、効果覿面の慰安というと、どうしてもアルコールに依る脳神経中枢の軽度麻痺です。いつかの流行唄に、酒は涙か溜息か、心の憂さの捨てドーコーロってのがありましたが、ありゃア傑作ですな。あの唄のヒントで、酒の家を開業する気になりました。こんな時勢に適した商売は他に無かろう。ジワリジワリ儲けながら、大衆に慰安を与えるなんて、悪くない思い付きだと、我ながら感心して開業してみたんですが……」

「ははア。儲かりませんか」

「毎晩五、六人の大衆に慰安を与えるのが、関の山で」

多能木先生はそれを聞いて、何処にもいい商売はないものだと慨嘆したが、突然何か思いついて、

「そういうけれど、君、世の中には悧巧な連中がいますよ。僕等の着眼点は決して悪くはないのだが、どうも機先を制する事を知らないから、空しく他人の後塵を拝するのですな。君の酒の家にしても、一昨年あたりに開業してれば、ずいぶん儲かったでしょう。僕の宗教屋だって、もうちっと早くなにか新機軸な方法を考えつけば、蛙様で失敗するような事はなかったんです。早い話が、ラジオ宗教講義です。あれなぞ、少し頭を捻くれば、出ない智慧でもなかったのに……チェッ、いまでも残念です」

「ははア。あれはそんなに儲かるですか」

「ボロイですなア。放送料なぞは知れたものですがなにしろ何百万という聴取者の全部が、先刻もお話の通り、精神的慰安に飢えてるから、三十分の講義では満足しないです。もう一度有難いお話が伺いたいと云うので、『法句経』でも『心経』でも、筆記の出版が飛ぶように売れます。印税も五十版百版となると、大きいですよ。そればかりではない。名前が全国へ広まるので、八方から講演会や座談会の引張り凧で、講演料一回百円が相場ですから、午前一回、午後二回で三ボンの日当は凄いでしょう。それからあの人

達が『光明運動』というのを起すと、或る実業家がポンと一万円投げ出したのを最初に、アチラでもコチラでも、五千円三千円と大口の寄付金が降ってくること、まったく二大新聞の東北義捐係りに聞かしてやりたいくらいで……」

「凄いもンですなア。では宗教復興というのはホンモノなんですか。僕はまた文芸復興や、おでん復興みたいに他愛のないものだと思っていました」

「僕でも如何やら飯が食って行けるから、たぶんホンモノでしょう」

「一体その先生達どんな事を喋るのですか。商売柄朝寝をするんで、ついラジオを聞かんです」

「流行僧たちの説教振りですか。そりゃア巧いもンです。実に急所を知ってますよ。旧式な坊さんだと、『コレ皆の衆、煩悩の犬を追わざれば、極楽へ行けにゃーぞ、南無阿弥陀仏南無阿弥陀仏』と、不思議な声を出しますが、流行僧のは声からして違います。パンテージ・ショー[*19]の司会者みたいな、ハナやかな音声を発して、『ですから諸君、われわれはこの近代的苦悩をアウフヘーベンしまして、涙ぐましい天地の法悦に浸って、釈尊の偉業に熱きベーゼを送りたいと存じまアす』なぞと云うから、聴衆はブルブルと感激しますよ。なにしろ流行僧は皆大学を出て、洋行をして、坊さんには惜しいほどの尖端人なのですからね」

「何をやるにしても、頭が新しくないと駄目ですなア。酒の家にしても、おでんと小皿物を並べただけでは、もう駄目ですよ。キャバレ・おでんというのをやりたいのですが、警察で許しません」

と、主人は酒が回るにつれ、次第に愚痴を列べるのは、泣き上戸の組かも知れない。

「なアに君、そう悲観したもンじゃない。非常時はそう早く解消しそうもないし、人間の苦労はこれから増そうとも減る気遣いはないのだから、慰安の要求は益〻高まる一方でしょう。してみれば、酒の家や宗教屋は当然繁昌しなくちゃアならない。お互いの将来は頗る有望じゃアありませんか。クヨクヨしなさんなッてことさ。さア、一杯行こう。ついでに酢蛸のブッ切りをくれ給え」

と、宗教屋サンすっかりいい気持になって、それから二人はサシツオサエツ——主人も充分酩酊して、まだ十時にならないのに、奥へ向って叫びました。

「おい、おゴン……。今日はもうカンバンにしな」

四

春が来た、春が来た
どこに来た

山に来た、里に来た
野にもクたア……

東北不毛の地から、はるばる大東京の心臓、銀座八丁の一隅「円酔」で、接客業に従事するおゴンちゃん。

月日の経つのは早いもので、料理屋で皿小鉢の洗い物、お店の雑巾掛けが、ツクヅク辛かったのは、もはや昨日の夢です。それにしても、水道の水はよほど冷たかったンで東京の人は冬でもアイスクリームを食べるから、たぶん飲水も水道局で手間を掛けて冷やしてるに違いないと、おゴンちゃん妙にヒガんだ事もあった。その水道の水が、次第に温かくなってきて、懐かしき故郷の掘抜き井戸を思い出したトタンに、彼女の声帯が訝かしきヴァイブレーションを起して、料理屋の窓から、星影朧なる宵空へ放送したのが「春がクた、春がクた……」のリード。げに雲雀啼かず、ツクシンボ生えず、帝都の春はおよそインチキに違いないが、おゴンちゃんも娘十八の恋ごころ、モゾモゾと魂の襞を蚤が這うような気持がする。だが、見渡したところ「円酔」の常連のうちで、彼女のメガネに叶う騎士氏ありやなしや。若いサラリー・マンのOさんは丁度適齢だが、職業性神経衰弱ときては是非に及ばず、軍事小説家K氏の収入多しと雖も、モモ色よりカーキ色の方が似合いましょう。と云って、宗教屋の多能木先生は抹香臭いし、いかにモダン爺さんでも七十歳のご隠居は、通用せんし……。

どうもこの方面となると「円酔」も人材払底です。とは云いながら止むに止まれぬ大和心の八重一重、弥生の空にパッと咲こうという青春の蕾が、それで萎むというテはない。ここに於てかおゴンちゃん、一夜突然姿を昏ましたのであるが、彼女の選んだ騎士というのは、ソモ誰でありましょうや。連載探偵小説ナミに、懸賞で犯人を当てて貰ってもよろしい。

さて、今夜は久し振りに、古い常連の顔が揃いました。O君、K氏、ご隠居の三名、いずれもお銚子S（つまり複数ですナ）を前に列べて、いい気持そうです。壁の献立ビラに、墨痕新しく木の芽和えが追加され、三人申し合わせたようにこれを註文して、春の夜の酒を娯しんでいる。

「やっと役に立つようになったと思うと、すぐこんな真似をしやがって、まったくヤリキレませんよ」

主人は不平満々たる様子です。

「牧歌嬢なかなかヤルねエ。見かけに依らないところが、野砲の擬装みたいだ」

軍事小説家は愚にもつかんことを云って、悦に入ってる。若い会社員はしきりに首を振って、

「いくらおゴンちゃんだって、宵闇迫ればナヤミは深いでしょう。東北の君恋しというので、国へ帰っちまったのに違いない。実際、東京の生活は索寞だからなア」

と、同情するのを、ご隠居は、

「でも、此家のご主人に拾われた恩がありやす。それを忘れてはコンニチサマに済みやせん。黙って飛び出すという法はない」

と、昔気質の固さを見せる。

「イエ、満更黙って出たわけでもないンで。実はカキオキがありました」

主人に云われて、一同ビックリ。

「ヘッ、これは驚いた。一体どんなカキオキですか。カキオキとは容易ならん」

と、一同は主人の顔を覗き込む。

「それがどうも、あんまり簡単で、意味深長で、私にはよく分らないンですが、ひとつ皆さんに読んで頂きましょうか」

と、持ってきたのを見ると、レターペーパーに鉛筆で、ヒジキの踊る如く、

朗らかな道をさえぎるのでニャーです。

ゴン子より

旦那さまへ

と、ある。

「ハテ、何処かで聞いたような文句だが」

と、まずO君が考え込む。続いてK氏が重々しく、

「朗らかな道とは、軍民一致の坦々たる大道の他にない。するとこれは今議会に於ける政党の不埒な態度を、諷したものであろうか」

「野暮なことを仰有っちゃいけやせん。妙齢の女のミチなら恋の道か血の道ときまっていやすよ」

ご隠居も一緒になって、諸説頗る区々となった。

「何にしても、陽気がポカポカしてきた所為か、家出や自殺が多くなりましたから、万一バカな真似でもしなければいいがと、それが心配で」

と、主人は声を曇らせる。それに釣り込まれてO君が、

「そう云えば、三原山がまた近頃復興してきたようですね」

「毎日二、三人はきっとあるそうですな。大島の人に聞くと、夜はとても凄いそうです。御神火の真ッ赤な焔の中に、青い人魂がポンポン飛び上るそうで」

「冗談でしょう、川開きじゃあるまいし。でも、なぜ三原山ばかり繁昌するのですかね」

「やはりあれも時代思想の現われでしょう。自殺の合理化だからね。よく算盤（そろばん）を弾（はじ）いてみると、大島行き片道の船賃は、催眠剤の大函よりズッと安いそうだ。その上、火葬場の費用が省（はぶ）ける。イサギよく無料火葬を引受けてくれるのは、三原山だけです」

「なるほどね。死亡広告も新聞がロハでやってくれますよ。自殺する人も、相当アタマを使ってるンですな。しかし此間のお嬢さんみたいに、途中で引っ掛かっちまったりすると、引揚げの費用やら入院費やら、少くとも帰りの船賃は払わなければならんから、あまり合理的とも云えんでしょう」

「イヤ、それがです。あのお嬢さんは目下和泉橋病院へ入ってますが、それが実はタイしたもの——病室は菓子箱や花環で埋れンばかりの有様です。誰がそんなに見舞品を贈るかと云うンですか？　君もカンが悪いねえ。あのお嬢さんは火口二百尺の探検家だ。先年の『呼売』の石田記者の下降レコードには及ばないが、あれは万という字のつく金を使って大騒ぎしたのに、お嬢さんの方は、一チ二ノ三と、極く無造作に飛び込んじまったのだから、えらいもんだ。齢は十七、顔は新聞美人——彼女の実験談なら誰しも耳を持って行きたくなるでしょう。しかもこれを助けた大島差木地村の穴森青年の武勇伝というオマケまでついている。これを黙って捨てといては、ジャーナリズムの神様に対して冥利（みょうり）が尽きるだろうじゃないか」

「だから如何なンですか」

「だから君、わかッとるじゃないか。婦人雑誌や風俗雑誌の大競争が始まったわけです。彼女の手記なら一枚五十円出しても欲しいだろう。そこで掲載予約の争奪戦で、花環と菓子折を二度も三度も病室へ担ぎ込む。掲載条件は次第にセリ上るというわけで、僕の睨むところ、四月号の雑誌には彼女の手記なるものが、まず十篇は現われるだろうが、この稿料は相当大きいでしょう。勿論、その一篇は映画化されて『地下に結ぶ恋』という主題歌が満天下を熱狂させるね。何と云っても、この春のヒロインは、あのお嬢さんですよ」

「なるほど。一緒に飛び込んだシゲちゃんという都会青年との恋、それから命の親の穴森ターザン青年との愛、その蔭に泣く島のアンコの失恋とくると、すっかり筋が通りますね。それに海は青く、椿は赤く、御神火の煙は悠久と、カキワリが素晴らしいや。こりゃア、ハー節の二ツや三ツ出ずにはいますまい」

「どうも大島という島は、レコード会社と映画会社と雑誌社の宝島ですな。地理の本に大島の産物は椿油と、バタとあるが、その他に大衆芸術を産すると加えてほしい」

一同いい気持になって、途方もないお饒舌りをして、肝心のおゴンちゃんの行方不明問題なぞ、すっかり忘れちまった様子。

　そこへ、ガラリと入口の戸を開けて、鳥打帽を横ッチョに被り、あまり仕立てのよくないスプリング・コートを着て、しかも白足袋に下駄履きという不思議な姿のアンチャンがノッソリと店へ入ってきた。

「らッしゃい！」

と、主人は景気のいい声を出したものの、エタイの知れぬお客の様子に、もしやウルサ型ではあるまいか、また一円包ませられるのかなぞと、腹の底で世相を慨嘆してる折柄、右のアンチャンは敢然と主人の前へ立ち、帽子を脱いで、

「只今（タデーマ）」

と挨拶をしたンで、一同腰を抜かさンばかりに驚いた。実にその声たるや「円酔」の名物と謡（うた）われた、おゴンちゃんのドラ声であったからです。

「やれやれ、おゴン……一体お前は如何（どう）したというンだ。あんな遺書を残して、そんなバカな服装をして、まさかお前」

陽気のセイで精神に異常を来たしたのではないかと、主人はマジマジと彼女の顔を眺めました。

「ハア、ちょッくら遊んで来ましただ、悪く思うでねエだ」

おゴンちゃんは一向騒がず、ヤレヤレ草臥（くたび）れたとばかりに店の椅子へ坐った。一同毒気を抜かれて、暫時（しばらく）言葉も無かったが、そこは年嵩（としかさ）のご隠居がまず口を切って、

「コレ、おゴンちゃんや、お前さんが急に居なくなったンで、ご主人もわし達も、そりゃア気を揉（も）んでいたんだよ。まアまア無事で帰ってよかった。お前さんの声がしないと、

どうも『円酔』らしくなくていけないよ。して、一体どこへ行って来たンだい。フラフラと霊岸島で切符を買って、大島へ行く気になったのではないかい。何でもわしが相談に乗ってやるから、隠さずに云いなさい」

と、ヤンワリ探りを入れた。するとおゴンちゃんはカラカラと笑って、

「大島なんて、もう古いだよ。オラ、ちょッくら流線型をやって来ただ」

「コレおゴン、気障（きざ）なことを云うなよ。流線型とは何の事だ」

主人はニガニガしげに舌打ちをする。

「アレお前様知ンねえか。流行言葉（はやりことば）でねえか。流線型ちゅうのは、四角四面のヤグラの上に、ちょっと出ました三角野郎（かくやろ）の反対の事だべサ」

おゴンちゃんの言（ことば）はいよいよ幽玄にして、捕捉しがたいので、一同狐にツマまれたような顔をしてます。

「Oさん。貴方はお若いから、そういう流行語をご存じでしょう」

「さア。自動車や機関車の流線型なら、知らない事もありませんが、おゴンちゃんの云うのは少し意味が違うようです」

「なアに君、流線型はつまり甘藷型（かんしょけい）で、腹一杯おサツを食って旨かったというのを、彼女は些（いささ）か洒落（しゃれ）た表現を用いたのですよ。どうだ、おゴン君、その通りだろう」

K氏が一流の拙速主義でカタづけようとすると、おゴンちゃん憤然として、

「馬鹿ア云わッせえ。芋なんか東北で飽きるほど食ッてるだ。お前様達ア東京者の癖に、新しい事を何にも知ンねえだネ。そンだら、オラ教えるから、よく覚えて置かッせえよ。流線型ちゅうのは、エーか、女同士でカケオチする事だべサ」

この奇答を聞いて、一同口アングリ、やがて三鞭酒の栓を抜いたように笑声一時に沸騰する。

「なるほど。三角野郎をオミットして曲線美同士の恋とくれば、流線型の極致みたいだ。こいつア蓋し近来傑作の流行語だネ」

と、皆々大喜びで騒いでいるが、主人だけは「円酔」の綱紀粛正の上から云っても、一応調べをしないと、五十万元問題同様の疑惑を招くと考えたか、

「コレおゴン。詰らない事をベラベラ喋らないで、誰と何処をウロついていたのか、早く云いなさい」

「ハア駆落ちの対手かネ。オラもやっぱり映画女優にすべエと思ったが、オラの好きな栗島シミ子は亭主持ちだし、川崎ヒル子はまだ乱童が思い切れんちゅうこンだから、手近で間に合わせて置いただ」

「この近所に女優サンなんかいないぞ。一体誰だ」

「誰だか当てて見ンさろ。女優サンはいなくとも、女給サンはいるだべサ」

おゴンちゃん大得意で、主人を煙に巻いてるところへ、

「妾の男装の麗人は、もう帰ってきて？」と、威勢よく飛び込んできたのは、常連の一人、バー・ヒットラーのチャー子さんでありました。

「やア、さてはさては。おゴンちゃんの同性愛の対手は、君の事だッたかい」と、一同は茲に始めて謎が解けたと共に、またしてもドッとばかりに、笑い崩れました。

「まア失礼ね、笑ったりして。おゴンちゃんや妾のような尖端女性の心意気は、諸君のようなヒナタ臭い人種にはわからンでしょう。オンナがオトコに惚れるなんて、およそ意味ないじゃないの。アダムイヴ以来の古い習慣を、そう何時までも飽きずに、守っていられますかッてんだ。妾が断然転向のトップを切ろうと思ってたのに、大阪の令嬢相場師に先手を打たれちゃッて、いささか悄気たわ。でも、改むるに憚る勿れだから、同志おゴンちゃんを語らって、春酣なる伊豆地方をハイキングして来たのよ。ねえおゴンちゃん、とても面白かッたわねエ」

「フントに面白かッただよ。熱海の温泉饅頭を、オラ二十一食ったから、よッぽど面白かッただ」

とんだ男装の麗人の言草で、せっかく流線型恋愛も、少しツヤ消しとなりました。

「チャー子さん、男嫌いは如何でもよござンすが、酒嫌いになってくれちゃ困りますヨ」

と、主人が心配そうに話しかけると、

「そこは大丈夫。おゴンちゃんには済まないけど、妾の真の恋人は正宗氏さ。早く恋人の顔を拝ませて頂戴」

「オッ承知。彼氏もお待ち兼ねです」

主人は早速、呑口を緩める。正宗氏ドクドクと歓びの音を立てて、樽を流れ出る。それを見ておゴンちゃんも、

「オラも、チャー子さんには済まねエけンど、フントの恋人に逢ってくべエかな」

と、腰を上げて、料理場へ入って行きました。どうやら、お鉢の蓋を開けて、晩飯を食べ始めた様です。

「ヤレヤレ。流石に『円酔』の店で起きた同性愛事件は、サバサバしていやすナ」

と、ご隠居がニヤニヤする。

「大金を持ち出したり、アダリンを飲んだりして世間を騒がせないだけでも褒めてやってよろしい。一体あんな事を新聞が問題にするからいかんです。タカが女の子の夫婦ゴッコじゃありませんか。その癖、ハルハ廟の激戦の記事はチョンピリしか書いてくれん」

軍事小説家が憤慨すると、ご隠居も額に八の字を寄せて、

「何にしても、悪い事が流行(はや)りだしたもンです。昨年から度々あんな事件を聞きますが、牝牡(めすおす)の区別がコンガラかるようでは困りやすよ。震災此方(このかた)どうもご婦人の気が荒くなったようで、あれはつまり断髪とアッパッパーの祟(たた)りではござンすまいか」

「言葉を聞いてもキミだのボクだのと云うし、腕捲(うでまく)りの洋服を着て、啣(くわ)え煙草で闊歩するンだから、この野郎と怒鳴りたくなるです。このアマとは義理にも云えンです。どうも銃後の花があれでは困ったもンですな」

時代遅れの老人と中年男が頻りに近代女性の悪口を云うのは当然でしょうが、若いサラリー・マンのO君がこれに荷担(かたん)し始めたから不思議です。

「僕もその点に就いては、兼々頭を悩ましているのです」

と、O君はモットモらしく煙草の灰を落し、

「婦人が男性化しても貴方がたはまアいいですが、直接の被害を蒙(こうむ)るのは僕等だからヤリ切れません。会社のタイピストを苦心惨憺してお茶を飲むところまで漕ぎつけ、さらに一緒にレヴィユウへ行くまでの仲となりましたが、さて幕が開いてみると如何でしょう。『ターキーッ』[*20]とか『オリエッ』とか物凄い声をあげて眼の色を変え、てんで僕の存在は忘れたようです。その時僕は、男性の魅力はかくまで無力になったかと、名状し難い寂しさに襲われまして……」

と、O君の声が湿ッぽくなってきたので、一座黯然(あんぜん)。

「それはいいとしましても、さらに絶大な不安が僕等の身辺に迫っているンです。新聞でご承知でしょうが、今度資本金百万円で『関東ラジュウム株式会社』というのが創立されました。この会社の社長、重役、社員、小使に至るまで、全部が女ばかり、しかも着々と好成績を挙げているという事です。なるほど女の方が給料は安いし、小マメに働くし、勘定はコマカイし、万事サラリー・マン向きで、到底我々は競争しても敵うわけはありません。近い将来に於て、会社事業は、悉く女性の手に落ちるでしょう。そうなると、僕等は如何したらいいですか。既に恋愛を彼女等に奪われ、今またパンを脅やかされンとするに於ては……」

　O君の訴えは、聴く者の肺腑を貫き、さすがのK氏も、

「イヤ、ご尤もです。それにつけても、ナチスやファッショの綱領は、学ぶに足るですよ。家庭以外の婦人の労働を認めず、というのですからな」

「何だか知りやせんが、女は女らしく、隅ッこで中将湯でも飲んでる方が、艶ッぽくてようがすナ」

　と、ご隠居まで共鳴する。すると、今まで黙って聞いていたチャー子が、折釘のような眉を逆立て、

「ほんとにオカアしくて、聞いちゃいられないわよ。そりゃアね、女だって何もムリに働きたいッてわけじゃないわ。家で寝ながら、チョコレートでも齧ッてる方が、よッぽ

ど気楽に違いないさ。だけどオヤジだとか、アニキだとかアミだとか——つまりオール男性諸君が、あンまり意気地がなさすぎて、三度のライスを保証してくれなけりゃア、仕方がないのでしょう。憚ンながら、女性だって腹が空くンだよ、キミ」

成程聞いてみると、これも尤もな話。チャー子はいよいよ勢いに乗って、

「まったくこの頃の男性諸君ときたら、お金は無いし、意気地は無いし、その上臆面が無いンだから、まったく無い物尽しの標本みたいな存在だわよ。こんな頼りの無いイキモノを対手にしたって、到底行末見込みがないと見透しがついたから、ワレワレはワレワレの手ですべてを生産しましょうと、申し合わせをしたのよ。科学方面に女理学博士あり、交通方面にバスの車掌さんあり、実業方面に女社長あり、女文士や女画家ならクサルほどあるし。男の手を借りる事は一つもありゃアしない。恋愛にしたって、何も男性諸君から輸入を仰がなくたって、自給自足で行こうという、強い覚悟で生まれたのよ。だから『男装の麗人』事件なんかも、つまり女性王国の恋愛国産奨励の趣旨に依るンだから、悪く思わないでね」

と、滔々と述べ立てて、チャー子は例のコップ酒を一息に呷りつける。その時奥の料理場に声あって、

「チャー子さん、頑張ってくンろ。男なんてオラが打ッ挫いてやンべ」

と、応援したので、新興女性王国の国威隆々たるものであったが、

「おゴン、生意気な口を利くと承知しないゾ」

と、主人に叱られてペシャンコとなり、結局無勝負のドロン・ゲーム……それから「円酔」の春の夜は、ただ笑いと酒に更けゆくばかり。

五

「おゴンや、どうも困ったな」

「フントだ。おらも困った」

「お前が困ることは無かろう。お前は手が空いて、仕事がラクになって、却って結構なくらいだ」

「そうでねエ。この有様だと、サキは知れてるだよ。明日は麦飯、明後日は稗飯という事になるだべサ。おらは去年の飢饉で修行ができてるだが、旦那は気の毒だから、今のうちに葛の根でも掘ッとくべえか」

「東京の飢饉は、仲々そンな事じゃ凌ぎはつかないンだ。フーウ」

　酒の店「円酔」の主人は、ロイド眼鏡を曇らせて、溜息をつきました。主の憂いは即ち臣の愁いなりと、女中のおゴンちゃんも、太い腕を組んで考え込む。

どうも、この新緑の候という奴、酒の店やおでん屋にとって、落胆の候なんで。花がパッと咲くと客足が鈍り、青葉が出て更に悪化し、カンカン帽華やかなる頃ともなれば、店内寂として声なしという惨状を呈する。おまけに、一両年来、スタンド・バーという強敵が出現し、十銭でウイスキーを飲ませる。一杯六十銭のウイスキーと、どこが違うかと云えば、少しばかりキナ臭くて、少しばかり水ッぽくて、少しばかり後で頭痛があるだけだ。それくらいの我慢ができなくては、非常時国民と云われんから、皆々勇を鼓してコップを重ねる。すると、一杯目には南京豆、三杯目にはノシイカ、五杯目には菠薐草のオシタシなぞと、賞品を出して呉れる。いくらオマケが付いても、冬の立飲みは、裾から風が這入って閉口ですが、ポカポカしてくると、反対にこれに限るという事になる。

今年は陽気が早くて、猫も一月繰り上げてラヴを行ったくらいで、「円酔」の苦境も意外に早く到来しました。フリのお客は勿論の事、常連さえも姿を見せなくなったので、主人やおゴンちゃんの心配は一通りでない。

しかし、友達は持つべきもの——或る日、例の宗教屋の多能木先生がやってきて、

「昔から、冬の焼芋屋は夏の氷屋と、相場が定まったもンで、この陽気に、おでんと熱燗というテはありません。そんなものは直ちにアウフヘーベンして、生ビールにソーセージとお出でなさい」

「でも、多能木君。灘の生一本と江戸前小料理で、折角これまで国粋趣味を涵養してきたのですから、いまさら転向しては、僕の職業的良心が許しません」

「ナーンですか、良心とは。そんな小乗的精神では、到底宗教屋も酒の店も繁昌しません。僕なぞは朝にお経を読み、夕に祝詞を上げ、神仏の両刀使いをやっとるですよ。大悟徹底すれば、ビールも酒もこれ即ちアルコール。落つれば同じW・Cの泡とこそ消ゆれ……」

と、多能木先生の説教がよほど効いたと見えて、翌日から「円酔」の表に「生ビールと独逸式おつまみ物イロイロ」という看板が出ました。

すると、妙なもんで、その晩から、若い会社員のO君が、

「やア主人、ビールを始めたのか。そいつア話せら」

と、飛び込んできた。

白いコック帽子とリンネルの上着に、姿を改めた主人は、慣れぬ手付きでポンプを押しながら、

「どうも勝手が違っていけません。ついジョッキをお燗したくなって困ります」

「おッと、そんなにアブクばかり入れちゃいけない。静かに注ぎ給え」

とお客に教わって、商売をしてる。

「これからはビールに限るが、落ち着いて飲ましてくれる家がないので、困るよ。ビ

ア・ホールもビールの新しいのはいいが、あのワンワンいう人声を聞くと、とても僕のような神経衰弱患者は耐えられない。放歌乱舞してるのがいるからね。ビールで泥酔するテはないな。ミュンヘンの国立ビア・ホールなどへ行くと、労働者も沢山来ているが、実に静粛に飲んでいるな」

「おや、Oさん。貴方はまだお若いのに、もう外国勤務を済ませたンですか」

「いや、七、八年前に実写映画で見たンだがね」

「七、八年前と云えば、まだトーキーにならぬ時分でしょう」

「そうだ」

「それじゃア、貴方、静粛に飲ンでるわけですよ」

二人は大笑いをしてると、そこへぬッと、軍事小説家K氏の姿が現われ、

「独逸式おつまみ物とは、どんな物だ。早く食わせろ」

と、号令のような声を発した。

「おやKさん。貴方もビールを始めると、すぐ入らっしゃるのは、ドーかと思いますよ。おまけに、西洋のつまみ物を召上るなんて、平常のお言葉にも似合いません」

主人はこの処、K氏の足が遠退（とお）いたので、少しイヤミを並べました。

「なアに、西洋でも独逸（ドイツ）と伊太利（イタリア）なら構わん。ナチスとファッショは、毛唐と雖（いえど）も話せるからな。従って我輩、ソーセージとマカロニは食うよ。ウオッカはいかん。ありゃア

毒酒だ。輸入を禁止すべしだ」

「なるほど。少し飲んでも、じきに顔が赤化しますな。しかし、ウイスキーならいいでしょう。立憲君主国英吉利(イギリス)の酒ですから」

「それがいかンのだ。君等はまるで大学教授のように、黒白(こくびゃく)を弁(わきま)えンから困るよ。そもそも君主国とは民主国に対する相対的な法律術語であって……」

と、K氏は滔々(とうとう)と最近の重大な問題に触れて論じようとしたが、

「へい、お待ち遠さま」

と、おゴンちゃんが、お誂(あつら)え物を持ってきたので、話の腰を折られました。

「なアんだい。これが独逸式おつまみ物かい」

と、K氏は眼を丸くして、皿の中を覗き込む。

「この赤蕪(あかかぶ)に塩をつけて食うのが、独逸では一番オツなビールの肴(さかな)なんだそうです」

主人は大得意で、説明する。

「冗談じゃない。こんな兎の餌みたいなものは、アヤまるよ。つまみ物もやはり日本に限る。新蚕豆(しんそらまめ)でもくれ給え」

と、K氏忽ちカブトを脱いだので、一同また笑いの花を咲かせていると、

「これは皆さんお揃いで」

と、ニコニコしながら、ご隠居が這入(はい)ってきた。

「熱いのを一本と、鰹のサシミでも頂きやすかな」

「もし御隠居。熱燗はお諦めになった方がいいですな。『円酔』も今日からビールを始めたンだそうです」

「えッ。ビールしか飲ませないんですッて？　それは……」

怪しからんというかと思ったら、

「結構ですな」

「おや、ご隠居はビール党ですか」

「これからは、冷たいヤツに限りやす」

と、さすがはモダン隠居だけある。

「わッしがビールを飲み始めたのは、日清戦争の凱旋祝いの時からだから、随分古いもンでげすよ」

「へえ、その時分からビールがあったンですか」

「ありやしたな。東京ビールとか、鶏ビールなんて、貴方がたの知らないビールがあったもンです。なにしろアブクの出る苦い酒だから、誰も気味悪がって飲みやせん。ビール会社でも、これには困って、社長サンが先きに立って、ガブガブ飲んでみせ、社員はお茶代りに毎日ムリに飲まされたものです」

「羨ましい会社があったもンですな」

と、O君が眼を細くする。

「もッと羨ましい話がありやすよ。その社長サン、毎晩宣伝のために、社員を連れて新柳二橋(にきょう)を豪遊して、ビールを飲んで歩きやした。社員の役目は、ビールを飲んで、芸妓を揚げて、ドドイツを唄えばいいんで、その代りそのドドイツというのが——エビス顔してサッポロ飲ませ、アサヒの出るまでエ、帰しゃあアセーぬッと……ツンツン」

一同ビールの泡を吹き飛ばして哄笑。

「もしもし御隠居。まだ酔うのは早いですよ」

「宣伝と云えば、『港まつり』というのを、蓄音器屋がだいぶ身を入れてるようですが、去年の『さくら音頭』のように行きますかな」

と、主人が首を捻(ひ)ねる。

「また大和心の八重一重なんて、不埒(ふらち)な唄を作らンようにして貰いたい。日本精神がそう幾種もあって耐るものか。八重桜とはハナよりハが先きへ出ると云って、反歯(そっぱ)のシンボルなんである」

と、K氏が妙なことを力説する。するとご隠居が、

「その『港まつり』というのは今度の横浜の博覧会をアテ込んだのでげすな」

「なアに、東京港ですよ。東京へ船が着くようになったンですよ」

「へえエ。一体何処へそんなものが出来ました」

「さア。何処だっけな。O君知っていますか」

「なんでも、大東京の中らしいです」

心細い市民ばかり集まったものです。こんな様子では、「港まつり」の唄も、レコード屋さんの思惑どおりに、行くかどうか。

「時に、ハチ公も惜しい事をしましたな」

と、お替りのジョッキを充たしながら、主人が話題を変える。

「まったく残念な事をした。我輩、新聞で彼の死を知った時、滂沱として止まるところを知らなかったね。滔々たる浮薄な世態の中にあって、かの渋谷駅頭の可憐な姿は、実に万斛の清泉を飲む感を抱かしめた。さすがに日本の犬だ。あれがシェパードかなんかなら、決して忠義の心は弁えンのだが、純国産の秋田犬だから、ああいう事になった」

K氏が忠犬の追悼の情を新たにすれば、ご隠居も、

「わッしも一晩泣きやしたよ。ハチも感心な犬だが、あれが死んだと聞いて、ハチの落胤のクマというのが名乗って出て、父親の死骸に縋りついて、ワンワン歎いたという記事……あれには泣かされやしたよ」

「そうそう。それから、ハチ第二世の南千住のベル公というのが、ハチの霊前へ弔詞を供えたと云いますね。『老先生よ。私も老先きが短いと思うから、近く冥途でお目に掛

かりましょう』って……文句です。感心なもンじゃありませんか。よほど学問のある犬らしい」

と、主人も感激の仲間へ入る。だが、遅れ馳せに口を出したO君は、

「僕は下宿が渋谷ですから、ハチ公の訃報も夕刊に出るより早く知ったし、お通夜にも一寸顔を出して、万事詳しいもンです。いや、まったく近来の盛儀でしたよ。弔電弔詞が、五百余通、花環や菓子果物のお供物は山のようです。中にも眼に立ったのは、トンボ正宗の菰被りで、四斗樽の大きいのが断然幅を利かせたです。さてはハチ公も生前酒を嗜んだのかと、僕もツクヅク感に耐えたですが、その写真が新聞に出ると、俄かに酒樽の供物が殺到しましたね。酒ばかりではない、ビール、サイダー、醬油味醂と、各本舗が競って持ち込んだから、渋谷駅はまるで酒屋の開業式みたいな光景でした。なにしろ倖せな犬で、生きてるうちから銅像は立つし、重態になると、N獣医学博士以下五人の主治医がつくし、死ねば一坪百円の青山墓地に葬られようというンですからね。僕の方の課長が此間死んだのですが、ハチ公の葬式と比べると、実にチャチなものでした。噫、僕もなぜ犬に生まれて来なかったかと、その晩すっかり考え込んでしまいましてね……」

O君は残念そうに、ビールを一口。なるほど、O君勤続五十年に及んでも、銅像の立つ資格は無さそうだ。その代り、「円酔」でトグロを巻くのが関の山で、百万円持ち逃

げする勇気なぞミジンも無いから、安心なもの。

「ハチ公の葬式で思い出しやすが、どうも近頃、涙の滾(こぼ)れるような人情のコモッた話ばかり聞くじゃありませんか。ランドセルが買えない子があると、その兄貴というのが夕刊を売って金を拵(こしら)えようとする。すると学校の先生が薄給を割(さ)いて、ランドセルを買ってやる。それを聞いて、世間の人達がソレとばかり、ランドセルを買って贈る。なんでも十幾つとかランドセルが集まったそうですが、これは一つあれば結構でしたな」

「それから、十七になる少年靴屋の話——痩腕(やせうで)で弟妹四人を養ってるというのですが、これにも同情が雨の如く集まって、金や菓子の慰問が大変なものだという事です。あれで見ると、不幸な人達も世間に多いが、同情家というものの数はこれに輪を掛けて多いらしい」

「渡る世間に鬼はないと、昔からよく云いやすが、まったくでげすよ。ただ昨今になって、急にああいう事が盛ンになってきたのは、如何(どう)いうもンですかな。やはり人情復興とでも云いやすかな」

「さア。今年の暖気と何か関係があるかも知れません。そのせいか国際的にも不思議と平和と協調の現象が多いです。日支親善も如何やらホン物らしくなってきたし、北鉄譲渡の調印が成立するし、急転直下の変化で、些か狐にツマまれたような気がしますな。これで日米提携の新条約でも始まろうもンなら、我輩もそろそろ商売変えをせンと……

ムニャムニャ」

と、軍事小説家は急いでコップを口へ持ってゆく。そこへO君が口を出して、

「人情美談なら、まだ一つ残っていますぜ。例の紅毛情史のヒロイン、吉原の十六夜オイランのおでん屋開業の話」

「そうそう。深川のアンちゃん達が、異人の親切をムにしちゃア、土地ッ子の恥だというンで、皆で金を集めて、店を出させてやったと云う話でしょう。あれも涙ぐましい方じゃヒケを取らなかった」

「いえね、私も実は蔭ながら案じていたンです。深川の兄哥の義俠心は嬉しいですが、夏向きおでん屋を始めるのは如何かと思って、商売柄それが心配でね」

と、主人まで話に割り込んでくる。

「わッしも、同じ始めるなら、氷屋か喫茶の方がよかろうと思いやしたよ」

と、隠居もなかなか熱心です。事オイランに関してきたので、一座の空気は俄然活気を呈してきた。

「あの外人が如何して十六夜オイランに惚れたかというと、なんでも始めて遊んで帰る時、外国習慣に従って、彼女にチップを五円やろうとしたンだそうです。ところが、近頃のお客とくると、銅貨のおツリまで持って帰るのが多いから、十六夜オイランも少し怪しく思って、ワチキはそんなもの要りません、後がコワイと、云ったンだそうです。

すると異人さん、なんて慾の無いマドモワゼルであることよと、とたんに惚れちまったンだそうですが、その五円が二千円の落籍の原因になったのだから大きい」

と、K氏が感心する傍ら、ご隠居が、

「わッしはあの異人さんが、金持の観光団かなんかなら、それほどにも思いやせんが、無けなしの財布をハタいて二千円投げ出した心意気が嬉しいね。自分は船も二等にして、女を落籍して、スーッと国へ帰っちまうなんて、野暮にはできない芸当でげすよ。近頃そんなキレイな遊びの話を、トンと聞いた事がありやせん。してみると、江戸ッ子の本場は、オランダに移ったらしい」

「なにしろ、十六夜の家では、西の方へ足を向けて寝ないというくらいですからな」

と、紅毛粋人の評判のいい事夥しい。O君が口を出して、

「そこまでのお話は新聞にも出て、誰方もご存じだから、あまり珍らしくありませんが、あの情話の結末があるンです。これは世間へは未発表で、僕も通信社の友人から聞かして貰ったナマのニュースなんですがね」

と、勿体をつけたので、

「へえ、それは聞き物だ」

「是非話して下さい」

と、一同コップを傍へ除けて、前へ乗り出す。

「あのオランダ人は、アムステルダムの青年実業家で、Y・O・フォック氏という人で、当人は固く身を包んでいたのですが、敏腕な記者氏が船客名簿で本名を突き止めてしまったんです。いくら美談でもお女郎買いの話なんだから、それは仮名で書いてやるのがホントだったかも知れませんね。それはともかく、フォック氏は十六夜オイランから貰った紅い扱帯（しごき）は肌身離さず、アメリカへ暫時滞在、やがて大西洋を渡って、故郷アムステルダムへ着いたのが、極く最近のお話なんです。桟橋へ船が着くと第一番に駆け上ってきたのが、長い留守を待ち兼ねていたミセス・フォックで、矢庭に良人に縋（すが）りついたから、熱烈な接吻を交わすかと思いの外、隠し持った麵麭（パン）捏（ね）り棒でポカリと一撃を加えたのだそうです」

「ははア。マギー[*21]を地で行きましたな」

「東京通信がフォック氏の先回りをして、アムステルダムの新聞に、麗々と掲載された結果、かような珍事を惹起（じゃっき）したらしいです。彼氏、細君もあり、子供は二人もある男だったのです。それ以来、フォック氏は日本の新聞記者を怨むこと非常だそうで」

「なるほど。それは尤も」

「しかし、日本では人道の鏡と讃えられ、オランダでは道楽亭主の標本と譏（そし）られるのは、少し相場が違いすぎるですね」

「処変れば品変るとは、この事でしょう」

と一同ビールが波紋を起すほど笑い崩れる。この調子なら「円酔」も如何やら景気を持ち直すかもしれません。

六

——人生はさびしいデス。

と、こう大辻司郎がオレンジ色の声で喋ったのを、いつ何所で聞いたものやらまるで記憶がないが、如何しても、此際、思い出さざるをえないのです。

あの声が耳についてしようがない。

いみじくも、彼が説破したとおり、人生——とくるとあまり、陽気なる音響とならんです。遠寺の鐘ではないが、インに籠(こも)ります。従って、これはモダニズムの禁句となりました。アメリカでも、ロシヤでも、イタリアでも、人生は、サッパリ流行(はや)らん。人生が流行るというテはないですが、その昔藤村操[*22]（映画俳優じゃないです）売出しの頃なぞは、今から考えてみると、もッぱら自然と人生がハバを利かしていた。空に囀(さえず)る鳥の声、峰より落つる滝の音——というジンタが、ひどく魅力があったので、日光華厳(けごん)の滝へドブン、ドブンと、人生の音が絶えなかったです。

目下、社会的関心と能動的精神が、猖獗を極めていますが、人生よ、悲観する勿れ。またそのうちには君のモテる時代が回ってくる。なぜと云って、それが人生じゃからネ。

要するに、雨がビショ、ビショと都会に降る晩のことなので、かの裏銀座のそのまた裏の酒亭「円酔」に於ては、まことに電燈も湿るばかりの雰囲気です。しかもこの雨たるや、昨日や今日降りだした雨ではないンで、岡本代議士に依って声価を高めた五月雨だから、始末が悪い。霖雨、淫雨、久雨俗にツユという雨で、今年は六月二日を以て入梅となすと、伊勢大神宮御暦発行所から長期予報が出ています。気象台の方では、南の風晴当分よい天気が続きましょう、という発表だったが、六月二日の午前零時からキチンと降りだした。近頃の雨は抜目がないンで、藤原咲平博士の顔はツブしても、お伊勢様を支持する方が安全だと、よく客観的情勢を認識しているらしい。

なんにしてもこう雨が続いては、折角ビールで一息盛り返した「円酔」も、まったく青息吐息の有様です。と云って、一ぺん仕舞い込んだおでん鍋をまた引張り出すわけにも行かず、徒らに気の抜けてゆくビール樽を睨みながら、主人は長嘆これ久しゅうしていました。見るに見兼ねた多能木先生が、

「ねえ君、そう溜息ばかり吐いていても仕方がない。いっそ秋風が立って、熱燗恋しきの候になるまで、一時閉店したら如何です」

と勧告すると、

「店を閉めるのもいいですが、その間如何して食って行くか、それが大問題で」

と、弱気の主人はまた考え込む。

「なアに君、世の中は広いですよ。一奮発すれば、生活費ぐらいすぐ稼げるのです。如何です、昔取った杵柄(きねづか)で、また暫らく教師をやってみませんか」

「酒の店の亭主が、教壇に上るというのは、チトどうも」

「そンな遠慮は今時流行らンですよ。万事僕に任して置き給え。実はね、毎年暑中は宗教屋の霜枯れ時なンで、僕も今年は小遣銭稼ぎに、夏期講習会を起そうと思っているンです。数学は君にお願いして英語は僕が受持ちましょう」

「でも、多能木君は資格は倫理じゃありませんでしたか」

「なアに、会期までにまだ半月あるから、斎藤英文法でも読んでおけばいいです。それに、夏期講習会というやつはあまり真剣に教えると、生徒が喜びませんよ」

「へエ。それはまた如何いうわけで」

「彼等、全部が春の入学試験の落第生で、その罰で避暑にも行けず、親への申訳に通学してくるのですから、その心理に同情して、なるべく気持よく居睡り(いねむ)のできるように取り計らってやらなければいけません。リーダーを読む時に、お経の節なぞを用いると、大変効果があります」

呆れた先生があったものだが、学生のご機嫌取りは、豈(あに)夏期講習会講師のみに限らない。

とにかく「円酔」の主人も、茲に勇猛心を奮起しまして、夏場三カ月間休業の上、再び左褄ならぬ教鞭をとることと相成ったが、さて問題というのは、仕入れ立てのビール一樽。だいぶ気が抜けかかってはいるが、この儘腐らせてしまうのも勿体ない話で、なんとか利用厚生の路はなかろうかと、サンザ頭を捻った挙句、フト思いついたのが、謝恩デーの催しである。開店以来永々ご愛顧を願った常連一同を招待して、財布の心配なく歓を尽して頂こうという――これで持て剰しビールの処分もできれば、新秋開店の時の縁繫ぎにもなろう道理で、まことにチャッカリした謝恩振りです。

その当日の今宵は、連日の梅雨いよいよ降り増さって、羽織が欲しいくらいの冷気を催し、どう考えてもビールを飲もうという陽気ではない。定刻に集まったのは、情けなや、ご隠居と多能木先生と二人きり。

「さア、充分に召上って下さい」

と、主人が差しだすジョッキを見て、ご隠居は寒そうに両袖を合わせながら、

「お構い下さるな。決して遠慮はしやせん。ビールの本統の味は冬だと云いやすから、今夜なぞは格別でげしょう。ハクショイ……ほい、これは少し風邪気味だ」

ご隠居が鼻水を啜れば、多能木先生も狸のような眼をショボショボさせて、

「静かで湿ッぽくて、信仰心を唆る晩ですな。まるでお通夜のように、気が落ち着きま

す」

　これでは一向キブンが出ません。コップの麦酒（ビール）は少しも減らず、話題は自然陰気な方向へ進みます。

「本願寺もいよいよ落成したようで」

と、ご隠居も今夜は年寄らしくお寺の話。多能木先生は抹香（まっこう）臭い方なら専門ですから、

「はい。お蔭様で、立派な建物が出来上りました。あれは古代印度の寺院建築にヒントを得て、さらに西洋近代レヴィユウ劇場や大キャフェの様式を参考にしたのですから、まことに至れり尽せりで」

「何だか知りませんが、わッし共が見ると、博覧会の台湾館みたいな気がしやす」

「従来の木造建築では、到底新時代の仏様は浮かばれますまい。寺院は亡魂のアパートですから、やはり耐震耐火の本建築でないといけません。しかし、何事にも世と共に進歩しようとする西本願寺――お西様（にしさま）の態度は、見上げたものですな。此間の落成祝賀の時に、お西様の輪番が飛行機に乗って、空中から二十五万枚の散華（さんげ）をしたのをご存じでしょう」

「売薬のチラシだと思ったら、蓮（はす）の花が降ってきたので驚きやした」

「あれも新案でしたが、感心したのは『本願寺音頭』ですな。作詞、作曲、振付のいずれを見ても、断然諸〻（もろもろ）の既成音頭を抜いて、遥かに大衆的です。

花の東京名所が殖えて
陸の竜宮、ヤットセ
お西築地の本願寺
ソージャ、ソジャナイカ
ナンマイダ
ソレ、ナンマイダ

これを若手の坊さん総出で、檀家粒選りの美しい令嬢と共に手に手を取って踊ります。坊主の踊りだから、向う鉢巻で章魚（たこ）の手振りだろうなぞと思うと大違い、ルンバを知ってる近代僧侶がザラにいるんですよ。銀座ホールが近いですからね」

「実にヒラけたもンでげすな。しかし、何故また今度に限って、そんな大騒ぎをするのでげしょう」

「それが何商売も同じ事ですが、森永と明治、松竹と東宝と云ったように、競争の結果なンですな」

「ほう対手は池上本門寺でげすか」

「なアに、例のラジオでお馴染みの円亭さん一派の『光明運動』なのです。あれが極楽機関説を称えてインテリ間に重大な反響を起し、本願寺の信者層を荒し始めたのですな。驚いて、円亭さんを破門したり、極楽現真説を立てたりしたが、効果が現われンです。そこで、豊富な財力を頼んで宣伝戦となったのですが、第一が三月の歌舞伎座の『本願寺大変』の上演で、作者のクチキ・カン氏に、一万円払ったというから、タイしたものです。第二が今度の本願寺音頭と飛行機宣伝、第三が……これはまだ秘密ですが、新築の大伽藍の屋根の上に、赤ネオンで南無阿弥陀仏の六字を輝かす計画だそうで」

と、多能木先生は自分の貧弱な宗教業に較べて、本願寺の偉大さがよほど羨ましいらしい。料理場ではおゴンちゃんがこんな話は一向面白くないので、鼻唄をうたいだしたのを聞くと、

——坊さん、坊さん、どこ行くの……。

話が途切れたので、軒端に落ちる雨滴の音が耳について、謝恩デーの景気はまことに陰々滅々。ご隠居も里心がついて、そろそろ帰りかけようとすると、ズブ濡れのバーバリの襟を立ててO君が這入ってきました。

「やあ、オジさん。君は店を閉めるンだそうだね。そいつは実に残念だ。ご隠居さん、貴方の顔も見れなくなるのは、まったく寂しいですよ」

と、O君既に何処かでワン・ラウンド済ませてきたとみえて、酔態声に現われ、云う事がひどくセンチです。

「都合上、当分休店しますが、また秋になったら、ご贔屓を願います」

「その秋まで、とても待てないンだよ、君。秋をも待たで逝く虫の、だ。あア、一年たって逢われるか、二年たって逢われるか、見定めのつかねエ旅の空……」

「どうしました、Oさんバカに悲しい声をお出しなさるじゃありやせンか」

「それがね、ご隠居、僕も毎晩酒ばかり飲んで、とかく勤務を疎そかにするもンだから、遂に課長のお怒りに触れちゃッて今日島流しの辞令を貰ったンです。来月一日から、北海道釧路出張所詰を命じられちゃイまして」

「おやおや。それは飛ンだ遠方で」

「痩せたりと雖も、裏銀座『円酔』の常連たる者が、今後はシャケや熊を友として、配所の月を眺めるかとおもえば、ケケ……」

「あア。お察ししやす。だが、泣く子と課長には勝たれぬと云いやすから、貴方もここは胸を擦すって辛抱なさいやし」

と、ご隠居も永い間の盃友のことですから、今宵かぎり袂を別つとなればまことに、万感胸に迫って、声も震えンばかり。尤も二人共、お医者が見れば酒客譫妄症の初期状態を示しているかも知れません。

O君の愁嘆で、一座はいよいよ陰気なことになって、これは何時まで経っても廃物ビールの捌口はないと、主人もすっかり気を腐らせていると、ガラリと入口が開いて、いつも元気のいい軍事小説家K氏が、いつかの外套氏を伴なって、姿を現わしました。外套氏と云っても、季節が季節だから、例の大漁着外套はサッパリと脱ぎ捨てて、今日は軽快なギャバルジンのオーヴァーを一着に及んでいる。

「謝恩デーとは如何なる催しじゃ。永い事メチールを飲ませおッたのだから、謝罪デーというのが至当じゃね」

と、K氏は相変らず口が悪い。

「いっそ『円酔祭』と行こうかと思ったんですが、一時閉店に際して、お祭りも如何かと考えましてね」

主人が正直に説明すると、K氏は眉を顰めて、

「祭りはいかんよ。祭りは祀りであって、日本八百万の神祇に対して用うべき文字じゃ。酒の店なぞが軽々しく行ってはならん。どうも近頃は下らン事を祭りと云う。ねエご隠居、港祭りだの、橋祭りだのというのは、昔はありませンでしょう」

「左様。お祭りと云えば神田祭りが明神様、深川祭りが八幡様、品川祭りが荒神様で」

「巴里祭がキリスト様ですか」

と、O君がマゼ返す。

「だが、銀座の柳祭り、菓子屋の菓子祭り、請負業者の建築祭り、まったく、最近少し鼻につきますな」

多能木先生がそう憤慨するのは、自分の畑を荒された恨みかもしれない。

「その他に、インク祭りというのがあるのをご存じですか」

「大衆作家が罪滅しに、インクの供養でもやるのでしょう」

「いや、そんな非科学的な祭りじゃありません。現在我々が使用してるインク――つまりブリュー・ブラックなるものは硫酸第一鉄、タンニン酸、殁食子酸等の化合物ですが、あれが発明されてから今年でちょうど百年です。ブリュー・ブラックとくると、試験の答案からラヴ・レター、今は会社の帳簿記入に至るまで、永い事お世話になっていますからね。

この祭りだけは懐かしいですよ。しかし、外国では百年祭をやっているが、日本ではやっと此頃一、二の文房具屋が気がついただけで」

と、O君が怪しげな博識を示すと、K氏が傍から、

「なんだい。ブリュー・ブラックはたった百年の歴史かい。墨は八百年以上だから、やはり東洋文明の方が上だ。第一インク消しで消えないから、証文や質札はみな墨で書く」

とつまらない自慢をすれば、主人は、

「そう云えば、此間の北鉄譲渡の時に、露国側へ半額支払いをした小切手の写真を見ましたが、驚きましたね。興業銀行振出し、日本銀行支払いのタダの小切手ですが、二千

三百三十万円也はスゴいじゃありませんか。横文字で、￥2330000とは、近来の小切手ですな。あの紙ッ切れ一つで、酒の店が二百万軒からして建つンだから、実にどうも……」

　金のために、再び教壇に恥を晒す主人は、感慨無量の顔をする。

「それで北満の平和を購うと思えば、安いものですよ」

と、外套氏が沈痛な声を発して、ビールを一口やったが、忽ち小首を傾げ、

「おや、このビールはおかしいぞ。まるで外国の無酒精ビールの味がする」

炯眼隼の如き特務機関の外套氏に掛っては、耐りません。感謝デーの正体が曝露しかかったが、K氏がこの時携帯の紙包みを解いて、一本の国産ウイスキーを取り出し、

「オヤジに御馳走になるばかりが能ではないから、こんなものを買ってきました。諸君、どうぞ召上って下さい。実は僕も今回、満洲タイムス社の客員に招聘されまして、暫時東京を離れる事になりました。将来軍事小説を続けるか、恋愛小説に転向するか、それは東亜の風雲如何に依りますが、何卒相変らず御厚誼を願います。どうぞ、別盃の積りで、一献お干し下さい」

　と、いつもに似合わぬシンミリした挨拶。

「やれやれ、それはお名残り惜しい事になりやした。Oさんは北海道、Kさんは満洲と、別れ別れに旅へ出なさるのでげすか。江戸へ残るのはわッし一人でげすが、もうこの齢

ですから、いつ十万億土へ行くやら知れやせん。するとこれが今生のお別れでげすか……」

と、ご隠居は、またしても鼻水を啜りあげる。どうも五月雨の晩のことで、話がとかく人生にカランんで困ります。

「なあンですか、ご隠居。景気が悪いですよ。さア、大いに飲りましょう」

と、K氏が平常の調子を取り戻して、一同に国産ウイスキーを薦めると、気の抜けたビールと違って、多少の昂奮作用を及ぼす力なきにしもあらず。

「Kさん、恋愛小説に転向するかも知れぬとは、話せますね。その方なら、僕も大いに愛読しますよ。ひとつ発禁になるようなスゴイのを書いて下さい」

と、O君がエロな事を云い出すのは、酔った証拠です。

「発売禁止の本なら、僕の秘蔵のがあるから、二、三冊貸しましょうか」

多能木先生、怪しからん事を云う。O君忽ち乗り出して、

「是非貸して下さい。何という本です」

「頭が少し長いですよ。『日本憲法の基本主義』『逐条憲法精義』『憲法撮要』――」

見事な肩スカシを食って、O君ベソを掻いて、一同大笑い。やっと少しばかり「円酔」らしい空気が出てきました。

その時、カタカタと高下駄の音も喧しく駆け込んできたのは、バー・ヒットラーの酒

豪女給チャー子さんです。

「まア、『円酔』さん、店を閉めるの、情けない事になったもンねえ。妾、皆さんの顔が見たいから、一刻も早く来ようと思ったンだけれど、珍らしく今夜はお客があって――」

と、遠慮なく人を掻き除けて、テーブルの中央に陣取る。

「さア、チャー子君、まず一盃。君が来ないと、座が沈んでいかん」

と、K氏がコップを差し出すと、これは意外チャー子嬢手を振って、

「駄目、断然禁酒しちまッたの」

「冗談じゃない。君が禁酒するなんて、チャンチャラおかしい」

「妾、少し考える処あって、今度『みどり会』へ加入したのよ」

「なんじゃね、『みどり会』とは?」

「あら、知らないの。東京の女給三千名の品性向上のために此間、軍人会館で盛大な発会式を挙げたじゃないの。女給も今までのようでは、帝都女性の体面に拘るから、今後は高潔な淑女サービスをする申し合わせをしたのよ。第一に客席で酒を飲まざる事、という規約があるの。妾はさらに一歩を進めて店外でも飲まざる事と、決心したのよ。つまり、絶対禁酒よ。ねエKさん、妾も二十六だわよ。そう何時までも、呑ンだくれちゃいられないいじゃないの」

と、別人の如き殊勝な言葉に一同思わず感歎の声を発したが、この時奥から親友のおゴンちゃんが走り出て、

「チャー子さん、それを聞いて、オラも安心しただよ。お前さんが酒を止めてくれれば、オラも心置きなく国へ帰れるだよ」

聞けば、おゴンちゃんも、今年は東北も豊作の見込みなので、フィアンセと結婚のために、帰国するという目出度い話でした。

楽天公子

元旦

中央がトマトのような朱の朝日、左右が蚊絣のように細かく描いた千鶴万亀——かなり変った三幅対[*1]で、岸駒の筆、正月には必ず戸羽家の書院の床を飾ることになっている。水甕ほどある大きな青銅の鉢に苔のついた太い松へ梅を配らった活花は、何流というのか知らぬが、バカバカしく勇ましく、巨きなものだ。それきりで、お鏡餅も、橙も、昆布も海老もない。あれはシモジモでやる事だそうだ。

　床の前に、黒羽二重の紋付を着て、仙台平を穿いて、綸子の座布団の上に青年が坐っている。これが戸羽家の当主、伯爵[*2]安綱（三十二）だ。鼻筋がとおって、眼がおおきくて、好男子には相違ないけれど、歌舞伎役者にしては色気がないし、映画俳優にしては神経質味が足りないし、ちょっと持って行きどころのないイロ男だ。紋付を着てる姿は大いに似合うが、スモーキングか燕尾服を着せても調子の合いそうな、これまた日本人として妙に融通の利いた体格をしていた。

　これでもう三時間以上、伯爵は坐ったままだ。痺れが切れてやりきれないのだが、苦痛を顔に現わさない。というと大人物のように聴えるが、伯爵の顔は生まれつき歪がんだり皺を寄せたりするのが、よほど億劫のようで、わるく云えば正月面――今日のような快晴の元旦に、おあつらえ向きにできてる。

「新年の御慶を申上げます」

また、新しいノが入ってきた。旧の家老の倅で、官吏でモーニングを着てるのだから、こんな虚礼は廃せばいいのに、やはり膝行なぞして、這入ってくる。

「おめでとう」

こちらの挨拶は簡単なものだ。昔はただ《めでたい》と云ったものだそうだからヒドい。すると、三太夫の河瀬老人が三宝の上に白磁の平べったい盃を乗せて、恭しく屠蘇を勧める。これは殿様から盃を下さるという儀式だから、注ぐ方も、貰う方も、ひどく勿体ぶってる。そこへ、島田に結った小間使いが、大きな黒塗りの膳を捧げてくる。膳にも、椀にも、ピカピカと定紋がついて立派だが、鴨雑煮とゴマメと黒豆とカズノコしか乗ってないのだから、インチキみたいなものである。でも戸羽家などはまだよい方で、H侯爵家ではお屠蘇だけ、T公爵家なぞはお辞儀だけだ。

家老の倅が帰ると、入れ違いに五位鷺のような老人がやってきた。これは部屋へ入らずに敷居際で、両手を突いて平伏する。

「こちらへ」

河瀬三太夫が声をかけると、初めて、

「ご免」

と、袴の裾を払って、室の中程でまた坐り直して頭を下げ、

「年頭の御祝詞を申上げまする」

なんだかウソみたいな風景だが、大東京本年の実写である。しかし、時勢の流れは争われぬもので、この老人、お屠蘇が済んで年賀の礼が了ると、ガラリと豹変した。急に賤しい表情をして、三太夫の顔を窺い、

「吉例の三つ組を頂戴しやしょうか、へへへ」

と、催促をした。河瀬三太夫あまりいい顔はしないながらも、用意の七五三盃を持って来させる。一番小さいので三合入る朱の燻んだ大盃——これにも由緒があるがマア略して、それへ銀瓶の熱燗をナミナミと灌いだやつを、

「昔は一息で頂いたものですが」

と、老人残念そうに、半分で下に置く。

そのうちに酔いが回ってくると、老人の眼つきと舌つきが怪しくなってきて、

「ねエ御前……爺イの背中で、ションベン垂れたの覚えておいでですかイ」

なんて、失礼なことを云い出す。旧藩士中、酒癖の悪い方ではナンバーワンだから、伯爵もあまり驚かない。

「だが、御先代は偉かったねエ。あれくらい算盤の明るい殿様も珍らしかったでがす。

そもそも蛤御門の戦いに官軍に寝返りを打ったというのも……」

老人は吉例のクダを捲き始めたが、実際、先代忠綱公という人は、華族ながら実業家の才能があって、お手当次第でどんなインチキ会社にも名を連ねた、兼任二十幾つの重役業、その間ずいぶん殿様放れのした芸を演じたお蔭で、伯爵仲間でも指折りの資産家に算えられていた。

「太ッ腹な、眼先きの見える、まったくえらい殿様だったが、玉に瑕と申すのが、襤褸ッ買いとシミッタレでがしたよ」

歯にキヌを着せな過ぎるが、これも老人の云うとおり、忠綱公、よく小間使いや看護婦にお手をつけたが、芸妓買いなど一度もしたことがない。その質素倹約にはモノ凄いものがあって、戸羽伯の一日二食主義というのはまだ人聞きがよかったが、履物不買主義となると、宴会の帰りに新しいノと履き替えるという、とんだ噂を蒔いたくらい。

「そうまでしてお溜めになった身代でがす。戸羽十五万石、決してこんな財産家ではござんせんでしたよ。それを湯水のように費っちゃア、御先代に申訳がありやせん。いいですか若様、いや御前……ウーイ」

これは老人の言、半分しか当っていない。当主の伯爵が呆れた濫費家たる事は世間周知の如くだが、戸羽家は昭和二年来、もはや金満家と云い難いのである。日本貴族にとって古今未曾有の大厄年、昭和二年の十五銀行破綻[*3]で、今だにあの時を思い出して、ハラハラと落涙に及ばれる奥方や殿様が、何人あるか知れないが、戸羽家は預金額が巨きかった上に、新株をシコタマ持っていたので、払込み追徴と両方で、救うべからざる創痍を受けてしまった。剛気な忠綱公もそのためにボンヤリして、やがて病を発して一昨年死んでしまった。その後、財政状態は少しも良くならず、辛うじて今までの屋台骨を張ってることを、知らぬは時世に疎いこの老人か、或いは平気で濫費を続ける安綱伯自身ぐらいのものであろう。

　酔っ払いの爺やは、大久保彦左衛門を気取って、なおもクドクド戸羽家の歴史のお復習いをやっていたが、そのうち前後不覚になって、家扶部屋へ担ぎこまれる――これも毎年の吉例である。

「もうそろそろ立ってもよかろう」

　伯爵は既に数十人の賀客を受けて、だいぶウンザリした様子。しかし河瀬三太夫はちょっと腕時計を見て、

「まだ十五分ほどご辛抱を」

　元日の一時から四時まで、旧藩士の年賀を受ける例になっている。果して、また中廊下にモーニングの黒い人影が現われたが、どういうものかマゴマゴして、中へ這入って来ない。旧藩士にこんな不慣れな客はない筈なので、河瀬三太夫が立って行ったが、客と顔を見合わせると、

「ヤッ、これはようこそ……サ、サ、どうぞこちらへ。どうぞ、サ、ササ」

下へも置かぬ、大変な歓待振りで、書院へ案内してくる。

客は伯爵の前へきて、普通のお辞儀をしてから、懇意そうに笑いかけて、ジロジロ顔を眺める。おかしな奴だと思って伯爵も負けずに先方の顔を眺めると、これは断じて華族の顔でも、士族の顔でもない。こんな、沢田屋の蟹のような、赤くて、角張って、ヘンに内容充実した精力的な顔は、今日まだこの座敷に現われなかった。

「春日井レイヨンの春日井様でいらっしゃいます」

河瀬家扶がアンダ・ラインを引くように、丁寧に姓名を発表する。

「あア、そう」

と、云ったものの、伯爵は、今を時めく春日井レイヨン株式会社の存在も、社長の春日井伝造の名も、一向ご存じないから情けない。どうも実業界だの、学界だのということは、お馴染みが薄いのだ。尤も、伯爵はあまり新聞を読まない男だけれど。

実業家は頻りに書院の普請や、床の三幅対を褒めたてていたが、急に思い出したように、

「新年匆々、とんだ長座をしまして」

と、腰の低い挨拶をして、帰って行った。

「なんだい、ありゃア。家中の者じゃないぜ」

伯爵は不審に思って云った。だが、河瀬家扶は紋付の袖を腕組みにして、小頸を傾けながら、独言を云ってる最中である。

「ウム、先方から年始にやって来るようなら、こりゃア有望だな」

「おい、河瀬」

「は、ヘイ」

「もう僕は、勝手へ入ってもいいだろう」

勝手というのは居間のことだそうで、台ドコだと思うと、勝手が違うというシャレになる。伯爵は家扶の独言の穿鑿なぞより、早く自分の部屋へ帰って手足を伸ばす方が目下の急務なのだ。

「はい。もうお入り遊ばしてよろしゅうございます」

許しが出たので、やれやれと立ち上ろうとすると、ステンとうしろへ尻餅をついてしまった。憐れや伯爵、シビレを切らして、裏返しの亀の子の如く、脚を藻掻いてる。襲爵後、まだ二度目の新年だから、無理もないのだ。

今日も遊ばん

「若様、十時でございます」

お老女——つまり、女中頭のゴマ塩の小さな丸髷(まるまげ)が、ドアをノックしてから、そう云った。彼女はいまだに伯爵をつかまえて、若様と呼ぶ。

「わかッとる」

眠そうな声だ。

「はい」

そのまま、廊下へスリッパを引き擦って、帰ってゆく。

「若様。もはや十時十五分でございます」

再び、お老女はドアの外に立った。

「わかッてらアな」

今度は少し怒気を含んだ、伝法調だ。

「はい」

あの口調が出るようなら、若様はたしかにお眼覚めだと、ゴマ塩の丸髷は安心した。

今日はどうあっても、いつものお寝坊を遊ばされては困ると、家令と家扶からの厳命なのである。

「うおーッ……眠いなア」

伯爵はスリー・クォウターのベッドを弾ませて、大きな欠伸をした。繻子のパジャマが肉付きのいい肌を包み兼ねて、臍を覗かすほどの大欠伸だ。

眠気覚ましに一服喫ろうと思って、ナイト・テーブルへ手をやると、いつも揃えてある喫煙セットの代りに、銀のカクテール・シェーカーと飲みかけのグラス――底にオリイブの実が、味気なくフヤけている。さらに眼を転ずれば、部屋の其処此処に、ジンだの仏蘭西ベルモットだの、デュボネだの、キルシュだの、ビタアの壜まで、秩序なく林立して、何のことはない、カンバン直後の銀座裏のバー風景。

とたんに伯爵は昨夜の事を思い出して、髪の毛をボリボリ掻いた。

(また河瀬のご諫言がうるさいぞ)

昨夜帰ったのが二時――それもただの二時なら、敢えて伯爵のノレンに拘るわけもないのだが、昨夜は少しよろしくなかった。伯爵の乗ったパッカードがお邸の車寄せに着くと、キャア・キャアと怪しからぬ嬌声を発して立ち現われた婀娜者――お力、梅千代、勝丸、一竜、二幸、三福に、半玉の豆太郎を入れて同勢七人、いくらパッカードは広いと云ってもよく積んだものだが、築地方面から伯爵に引具されてきた。そうして一同、伯爵家に奥方も御母堂も無いことをよく知ってるものだから、ズカズカと上りこんで、御前をお寝巻にお着換え申上げて、お臥かし遊ばしちまってから帰ろうなぞと、余計な世話を焼いた。それを伯爵が断りもしないで、コリャ・コリャと大浮かれで、あろうことか、寝室でカクテール・パーティーを開いた。尤も伯爵にシェーカーを振らせたら相当のもので、帝国ホテルのバア・マンと品目較べをして勝ったという歴史をもってる。学問や金儲けの方は、さらにダメだが遊ぶ方にかけては伯爵、何事によらず、衆人に絶した技倆がある。

で、金魚のような女達が帰ったのは、三時を過ぎていたろうか。今朝、伯爵の眠いのも道理だが、驚いたのは家令や家扶——殊に忠臣河瀬老人だ。昨夜はマンジリともしないで、今暁直ちに庭内の御先祖神社に参拝して、何事か一心に御加護を祈った。

実は今日は伯爵の芽出度い見合いの日である。しかしお芽出度い以上に戸羽家にとって、重大な運命の日なるに於ておや——と云うのは、もうよほど以前から、戸羽家の資産内容は世間の想像以上に悪化してるので、親族会議や重臣会議が何度開かれたかわからないが、華族様の親類交際ほど世に頼みにならぬものはなく、また重臣の名士達も顧問料が満足に貰えなくなると、とたんに冷淡になる世の慣い、財政の立て直しどころか、日増しに高利の利子が殖えるばかりで、昨年の大晦日なぞは、戸羽サマもわれわれとあまり違わぬヤリクリを遊ばされた。この中に進んでお家の安危を一身に担ったのは河瀬家扶で、ニッチもサッチも行かなくなった窮状を打開すべく、ふと思い付いたのが、昔から貧乏公卿の用いた手段――金縁結婚だ。昨年の秋から金満家の令嬢で適齢のはないかと婦人雑誌の口絵写真を手垢でまッ黒にしていたが、遂に白羽の矢は春日井伝造令嬢園子の君に立ったのである。親の財産と云い、令嬢の容貌と云い、これなら申し分ないので、準備工作を始めてみると、先方が案外の大乗気で、持参金の額まで初めから云い出すくらい――話はトントン進んで、今日の見合いという処まで漕ぎつけたのだが、その前夜に於て放蕩もいいけれど、邸内へ賤しき女を引き入れるなんて、あまりなるお仕打ちだと、河瀬家扶が嘆くのも無理ではない。

だが、当人の伯爵は至って平気なもの。

「金持の娘を貰えというから、貰うサ。だが、そう急いだって仕様がない。芸妓にしても、電話をかけてすぐ来るようなのには、ロクなのはおらん」

放蕩と縁談を一緒クタにしてるからひどい。実際を云うと伯爵はどうもこの縁談に気が向かないのだ。いくら呑気な伯爵でも、金持の我儘娘を貰って、塗炭の苦しみを嘗めてる同族の誰彼の話を知らないでもない。それに伯爵は芸妓、ダンサー、女給というような女性なら、該博な経験をもっているから、大いに親しみを感じるけれど、シロートなるものには未だ曾て一指も触れたことがない。この点、まさに父親の忠綱公と正反対で、まことにキレイなもの。どうもシロートとくると、不憫なような、不景気なような、未完成交響楽みたいなシロモノで、ちっとも興味がない。その上何かというと、婦人相談へ持ち出したがる危険性をもってるので、なお虫が好かない。いくら金持の娘でも、令嬢ならシロートに相違なかろうから、それだけでも、今日の見合いに一向気が乗らないというわけなのだ。

だから、折角眼は覚ましたが、なかなか起き上るという処まで行かない。十時半……十時四十五分……いたずらに時刻が移るので、河瀬家扶も気が気ではない。見合いの会合は午餐で、十二時の約束である。

そこへ、なんと不運なるかな、馬小路子爵のご入来だ。河瀬家扶がワッと絶望の声を揚げたのも道理で、これなん伯爵の悪友の随一と聞えた人物である。

「やア、いい処へ来てくれたなア。どこか、新しいウマイモノ屋はないか。昼飯を食いに行こう」

伯爵、俄かに生気を吹き返した。

「なきにしも非ずだね、三十間堀に《万国》という家ができた。なかなか変ったものを食わせる」

馬小路子爵は、遠慮なくお先き煙草のキリアージを一本とってフカしながら、「まず前菜が京都風で、お吸物が仏蘭西料理のポタージュ・カルジナルで、揚物が支那料理の炸吐糸蝦仁、焼物が英国風の鶉のロースト、最後がまた日本で、関東風の味噌椀……という国際親善料理だ」

と、しきりに通を列べるが、実はまだ行ったことがない。馬小路子爵は公卿華族[*4]で、世襲財産が無い上に、とかく見栄を張りたがる性分なので、年中ピイ・ピイしている。従っていつも戸羽伯にオンブで、飲んだり遊んだりしているわけだが、伯爵は生まれつき人にものをオゴることを無上の快楽とする男で、子爵はまた人にものをオゴられるのを絶対の幸福とするのだから甚だ好都合にできてる。性格趣味はまるでアベコベなのに、二人は楽習院初等科以来、落第も一緒にするほどの仲の好さ。影の形に添う如き親友、悪友、盃友、猟友、碁友、ゴルフ友、ダンス友その他いろいろ兼ねてる。

「なるほど。それは面白い趣向だ。早速食いに行ってみよう」

正直なもので、伯爵は忽ちベッドを飛び出して、身支度にかかった。

「だが君、玄関で車がエンジンをかけて待っていたぜ、何処かへ出掛けるのじゃアないのかね」

「なに、タイした用でもないンだ」

「誰かの告別式かい」

「いや、僕の見合いがあるンだそうだ」

これには馬小路子爵も少し驚いた。そこで一伍一什を訊いてみると、爾々云々――

「ははア、家扶共の策動だね。どうも近頃の用人は、主人を傀儡視していかん。ところで、君は如何いう考えだ。気に入ったら、その平民の娘を貰う気かね」

「平民は一向関わないが、令嬢というやつは余り好かんな。なるべく結婚は延ばしたいのだが、見合いをスッポかせば、先方も諦めるだろう」

「さア、そう簡単にも行くまい。第一、約束をスッポかすなんて、貴族らしくない行為だ。それより素見という手を用いた方がいい。見るだけで、買わンのだ」

「なるほど。だが、そうすると、君と昼飯が食いに行けなくなるな」

「一体、何処で会う約束なんだ」

「貴族会館だよ。あすこのマズい飯を無味乾燥のシロートと一緒に食わねばならんのだから。実際参るよ」

「会館なら都合がいい。ぼくはその間球でも撞いてるから、君は形式だけ食事をして、後で三十間堀へ回って、口直しをするさ。なアに君、成金の娘の上品振ったところを見物するのも一興だぜ。どんなツラをしてるか、どうせ生まれが悪いから、縹緻も悪いだろう」

「いよいよ参るなア」と、伯爵はその時サミュエルの商標のついたタイを結び終って、「そういう令嬢を一度で撃退する有効な方法を知らんか」

「さア、君は男ッ振りがよくて、人好きがするから、相当むずかしいな。まず、なるべく怖い顔をして、食事の時のマナーを、できるッたけ粗野にするンだな。この頃の令嬢は、テーブル・マナーの悪いのを、ひどく嫌うそうだから」

「それくらいの芸当なら、わけはない。フィンガー・ボールの水でも飲んでみようか」

「ハッハッハ」

と、二人が呑気な笑い声を揚げてるところへ、河瀬家扶が決死の色を浮かべて部屋の外から叫んだ。

「御前。もはや十一時四十五分でござりますぞッ」

誘引者被誘引者

人絹界の飛将軍、春日井伝造は、今日の正午(ひる)に、工業クラブの常例午餐会と、星ケ岡のデパート仕入主任招待会と、中央会館のザリガニ試食会と、三つの約束をもっていた。中でも星ケ岡の会は自社の催しだから是非顔を出さねばならぬし、またザリガニも一度は食って置かないと紳士の体面に係るのだが、どれもこれも思い切りよく欠席して、貴族会館へ娘や細君のお供をすることにした。いや、お供ではあるまい。彼自身がお先棒を振ると云った方が適当であろう。

彼は元日に戸羽家へ年始に行って、一目伯爵の顔を見てから、属魂(ぞっこん)惚れ込んでしまった。彼のように多くの人に接し、多く世間を見てきてる男が、戸羽伯のような無能そのものの青年に惚れ込むというのはオカしな次第であるが、女が男に惚れると同様、男が男に惚れるのも、理窟というものは無いらしい。

尤も春日井伝造は、多くの実業家のおタブンに洩れず、金ができると趣味向上して、同じピカピカするものでも、造幣局より賞勲局製造のモノの方が有難くなってる男で、長女の春子を黒部男爵のところに嫁入らせたのも、華族様[*5]を親類にもちたい積りに相違なかった。だが、親子の縁を結んでみると、黒部男爵なるもの、根が新華族だけあって、商売にかけては舅を凌ぐほど達者で、鳥禽学研究の権威なぞと上品な名を謳われながら、セキセー・インコで四、五万円儲けてみたりするので、どうも春日井伝造の気に入らない。それくらいなら、社員のガッチリ氏を婿に向上させた方がよほどマシだったと後悔している。

で、華族様には一度懲りたのだけれど、戸羽伯爵家と云えば由緒ある大名華族[*6]、ことによったらホンモノであるかも知れないと思って、次女の園子の縁談を受けてみたのだが、サテ会ってみると想像以上のノンビリ加減——黙って紋付着て坐っただけで、十五万石ネットの価値ありと、彼は踏んだ。こんな鷹揚な、悠長な、いかにも金の欲しく無さそうな顔を、春日井伝造は生まれてまだ見たことがなかったのである。

「掘り出しだ！　掘り出しだ！」

彼は元旦以来、有頂天になって、細君や娘に戸羽伯爵のことを、吹聴している。良人の掘出し物は、雪舟[*7]や趙子昂（ちょうすごう）[*8]で度々失敗を見せられてるから、細君もあまり信用はしないけれど、伯爵は男爵よりもエライから、長女の婿よりマシだろうと思っている。ただ肝心の令嬢園子は、二十一の結婚適齢で名花満開の美をもちながら、如何いうものか、あまりこの縁談に進んでいない。

そんな事はお関（かま）いなしに、春日井伝造は吉日の十五日に見合いの約束を定め、場所も帝国ホテルはいけない、錦水みたいな家でも失礼だ、華族の見合いはやはり貴族会館に限ると、頭から其処に決めてしまった。

だが、貴族会館はイコジな倶楽部（クラブ）。いくらロータリーや東京クラブの入会資格が厳重と云っても、此処とは較べものにならない。入会費や会費が高いかというと、これが人を食ったもので、タダである。会費はタダだが、華族でなけニャ入れてやらンという仕掛けになってる。そんなイコジな事を云ってるものだから、十五銀行騒動の時に、会館を五十万円の担保に入れねばならぬ羽目になったりする。これ偏（ひと）えに会員になれぬ平民の怨念（おんねん）の致（いた）すところだ。

だから、春日井伝造の自家用車が、夫婦と令嬢と小間使いのお雪さんまで乗せて、虎の門の貴族会館へ到着したけれども、そのまま大手を振って中へ這入（はい）って行くわけにいかない。

「ちょっと、黒部男爵を呼んで下さい」

春日井伝造はレヴィユウ小屋へ無料入場する与太文士みたいな、外聞の悪い呼出しを掛けねばならなかった。

やがて待ち合わせた黒部夫妻の顔が現われて、

「やア、失礼致しました。どうぞ」

「まア、随分早く入らっしたのねえ」

と、一同を出迎えてくれたので、やれやれと奥へ通ろうとすると、男爵は「一寸待って下さい」と云って、お役所の受付のような処へ行って、黒い大きな帳面へ筆を走らせた。

誘引者という欄の下に、黒部厚麿、黒部春子。

被誘引者という欄の下に、春日井伝造、春日井とみ、春日井園子……。

こういう宿帳をつけてからでないと、入館できない。だがそれにも増して気になるのは、誘引者被誘引者の言外の意味だ。会員と非会員の区別だけならいいが、華族と平民の戸籍が、とたんにハッキリしちまうのである。

「さア、まだ時間がありますから、内部をご案内しましょう。これが会館の名物になっているルーベンス[*9]の油絵なんですがね」

と、黒部男爵は些(いささ)か得意で、まず大サロンへ被誘引者を連れてきて、壁間の真っ黒に古びた巨大な人物画を指した。

「ほホウ。これはタイした額縁で」

春日井伝造は洋画はわからないので、額縁を褒(ほ)めた。上り竜に下り竜の模様を刻んだオソるべき額縁で、明治初年製だそうだが、まさにルーベンスに不調和の極致みたい。

「この椅子は鹿鳴館(ろくめいかん)時代*10のものですよ」

と、男爵は指を転じて壁際に列(なら)んだ家具に就いて説明すると今度は、おとみ夫人が感歎の声を揚げた。

「へえエ。まるで重箱のような、お椅子ですねエ」

蓋(けだ)し適評で——竹を曲げて黒漆(くろうるし)を塗り、それへ金蒔絵(まきえ)で梅花を描いた世にも変った椅子である。この椅子も明治初年製で、会館がまだ内幸町にあった頃の遺物を未だに使用してるのだから、華族様なんてモノモチがいい。

「いやだわねエ、あんなもンに感心して。妾(あたし)、こんな窮屈なところ大嫌いだわ」

令嬢の園子さんは、紺鼠(グリマリン)のアフタ・ヌーンの引き締った体をクルリと両親達に背を向けて、小間使いのユキに囁(ささや)いた。

「なんですか、博物館みたいな処でございますね」

ユキも小さな声で返事した。ユキは園子さんの股肱(ここう)の臣で多くの召使いのうちで、彼女だけを特別に可愛がって、時にはいろんな相談相手にさえする。ユキも同じ齢のせいか、どうもこのお嬢様が好きで、好きな上に尊敬の念莫大なので、度々親許から嫁の話が出ても、いッかなお屋敷を去る気にならない。

「あーア。見合いなんて、およそ意味ないなア。妾、そーっと帰っちまおうかしら」

園子さんの額に、可愛らしい八の字が現われる。

「でもお嬢様。折角此処までお出でになったのですから、見るだけでも、ご覧遊ばした方が、おトクですわ。殿様の顔なんて、時代映画でないと滅多に見られないではございませんか」

ユキの口吻は、どうやら馬小路子爵が伯爵に云った言葉と似てるから面白い。

「まア、園ちゃんたら、なに？　お見合いだっていうのに、お白粉もつけないで」

姉の春子夫人が、傍へ寄って来た。園子さんに負けない美人だが、惜しいことに鼻がツンと高過ぎて、黒い羽織が似合い過ぎて、ちっとばかりコワイような男爵夫人である。

「いいことよ。余計な世話焼かないで頂戴」

「あら、なにを怒ってるの。フクれた顔してると伯爵様に嫌われてよ」

「ザッツ、O・K[*11]」

「そんな下品なクチ利くもんじゃなくてよ。まるで銀座の不良女学生みたいざアますよ」

「どうせ妾は被誘引者の娘ざアますからね。お姉様みたいな特権階級のレディではございませんの、ハイ」

「何云ってるの、貴方だって、未来の伯爵夫人じゃないの」

「失礼しちゃウわね。妾、伯爵だの子爵だのって、言葉からしてシャクに障って……」

と、シャレ交りの憤慨を始めたとたんに、噂すれば影の伯爵と子爵が、入口に姿を現わした。

「さア、お出でになった……」

と、春日井伝造が真っ先きに飛んで行く後から、黒部夫妻、おとみ夫人と続いてゆく。

紹介——紹介——紹介。

尤も黒部男爵は馬小路子爵や戸羽伯爵を、まんざら識らぬ仲でもないから、会話の緒はその辺を中心に拡がり始める。やがて、潮時を見て、春日井伝造がヨソイキの声を出して、呼んだ。

「園子や」

サロンの一番隅の窓から、ユキと二人で庭の能楽堂の屋根を眺めるフリをしていたが、こう公然と呼ばれちゃア仕方がない。園子さんはユキに、

「ユキや。サイレンが鳴ったよ、如何しよう」

「こうなったら仕方がございません。昨晩申上げたように、なるたけ可怖い顔をして、お出で遊ばせ」

園子さんは諾きながら靴音荒く、大勢のいる方へ進んだ。

「娘です、ハッハハ」

父親は要もないのに笑って紹介する。

「やア」

伯爵はモチマエの寡言を一層倹約して、ただそれっきりの挨拶——勿論令嬢の顔を見る気なぞ毛頭なく、宙を睨んでムッソリーニ[*12]のような表情をしている。園子さんとても同じ事、誰がそんな放蕩貴族の顔を見てやるもンかと、ヒットラー[*13]のような可怖い顔をして横を向いたのだが、交通事故によくあるヤツで、外らした視線と視線が反って衝突してしまった。狼狽てて眼を避けたが、もう遅い。二人は文字通り、お見合いを済ませてしまった。その瞬間に二人とも、

「オヤ？」

と、蓮の花がポンと云ったような云わないような、微妙な疑問の色を浮かべたが、それも柄の間、忽ち元どおりのムッソリーニとヒットラーに帰ってしまった。

「甚だ粗飯で恐縮ですが」と、春日井伝造は伯爵に会釈してから、「馬小路子爵もお会食願えませんか」

「はア。有難う」

どうせこのブンでは、時間も掛かりそうだから、万国料理は晩にタカることにしよう

と、馬小路子爵も諦めた。

そこで、マスター・オブ・セレモニーの黒部男爵が、ユキを除いた一同を《小食堂》へ案内した。これがまた《小さい食堂》とは世を忍ぶ仮りの名で、会員が被誘引者を連れた場合——早く云えば、華族が平民とコミで飯を食う時の食堂になっている。実に貴族会館とは筆者の註解を要するところ。

だが、今日の金主は春日井伝造だから、小食堂のテーブル・デコレーションも献立も、到底お隣りの食堂の及ぶところではない。なにぶん彼方は一円の定食で、華族様が、水入らずで、ツマらぬものを召上って入らッしゃる。

「園子。お前はそこにお坐り」

とみ子夫人は中央の伯爵に向き合って、園子さんの席を設けた。彼女はもはや観念したのか、それとも内心期するところあるのか、泰然として椅子に就いた。

「伯爵はゴルフがたいしたお腕前だそうですが」

と、春日井伝造は音のしないようにスープを啜ってから、話しかけた。

「ゴルフばかりじゃアありません。ヨッティング、スキー、鉄砲、投網……何でもやります。楽習院時代には野球の選手でした」

と、横から馬小路子爵が口を出す。当人の伯爵は知らン顔をして、ジュウ・ジュウと熱鉄を水に入れたような音を立てて、スープを啜ってる。それを見て春日井伝造は、

（行儀の悪い殿様だナ。しかしモノ事に拘泥しないところがやっぱり十五万石の価値だろう。イヤ感服、感服）

と、悦に入った。

魚が出た時に、黒部男爵夫人は英国流の慎ましやかな手つきで、フォークを扱いながら、

「戸羽様は大変ご趣味の広い方だと、黒部から伺っておりますンざアますが、きっと、音楽や絵なぞもお好きざアましょうね」

と、話しかけると、また馬小路子爵が、

「音楽とくると、セロを弾きますし、サキソフォンを吹きますし、こんな器用な男も珍らしいです。西洋音楽ばかりではない。清元、常磐津、長唄、小唄、端唄――みんなやりますが、尤もこれはキレイな姐さんが三味線を弾かないと……」

と、云いかけて、慌てて口を抑えた。黒部男爵夫人は巧みにバツを合わせて、

「音楽のご趣味は、ほんとに結構ざアますねえ。妹もピアノを甲田さんに、声楽をヤボールト夫人にお稽古を願っておりますの。下手でございますけれど、一度、戸羽様にご批評をして頂いて……ねえ、園ちゃん」

と、妹の方を見ると、これは大変、園子さんはフォークの尖へ鰆のボイルを突き刺して、おでんの横食いという恰好で口の端へ持って行くところ――叱りたいにも場所が場

所なので、テーブルの下で園子さんの足をソッと突くと、アベコベに靴の爪先きで、したたか踏み返された。

おかしな午餐会になったものだ。

今度は伯爵が合鴨（キャナール）のグリエを、手で摑（つか）んでボリボリ食ったその上、嚙んだ骨を皿にホキ出して見せた。さすがの春日井伝造も、この殿様の鷹揚さは底が知れぬと、少し気味が悪くなりかけてる時に、デザート・コースに入った。

ボーイが温室物の葡萄（ぶどう）や加州林檎（りんご）を載せた皿を持ち回った。

「むウ、先手を打たれたッ！」

伯爵は危（あやう）く声を出しかけた。園子さんがフィンガー・ボールの水をガブガブ飲み始めたのである。

南縁の日向で

「では、お前に意中の人でもあるというのか」

と、父親はニガニガしそうに、ハヴァナの灰を落した。

「まさか、お前、瓜田（うりた）の次郎さんに、気があるンじゃあるまいね」

母親はお里の知れるような口の利き方をして、座布団を乗り出した。

すると、娘はサッと顔に紅葉を散らしたから、サテはと思われたが、どうもこれは羞かしいための充血ではなかったらしい。

「よしてよ、ママ」と、園子さんは苦しそうに、キュウキュウ笑って、「誰が……あんな……トースミ・トンボ……」

燈心蜻蛉こと瓜田次郎君というのは、春日井家の親戚中その人ありと知られたノラクラ息子で、舞踊評論家で、主観的好男子で、シゲシゲと園子さんのところへ遊びにくる青年である。つねづね男装の麗人みたいな服装に及んでるから、さぞお嬢さん達にモテそうなものであるが、やはりあれは女が男装したのでないとイケないそうだ。園子さんなぞは、次郎君を異性と思わぬばかりか、昆虫の部に入れてるのだから、まことに安全第一であるのに、妙な心配をするのも、やはり親ごころというもの。

「では、誰だ」

春日井伝造は、いよいよ苦い顔をする。

「さア、それが……」

と、令嬢は口籠る。

「云えないような人なのかい」

と、おとみ夫人が追究する。

「こればかりは云えないわ。だッて……」

と、身をクネらしたから、両親は俄かに緊張して、

「だッて何だ。早く云いなさい」

「だッて……誰でもないンですもの」

見事な肩透かしを食わせといて、ディートリヒ[*14]が煙草を輪に吹く時のような表情をする——どうも近頃のお嬢さんは人が悪くていけない。

（なーンだ）

と、馬鹿にされて安心したチャンリン・パパ氏は、ここで問題を元に戻して、

「そンなら、べつに戸羽伯爵のところへ嫁くのを、嫌がる理由はないじゃないか」

「ほんとに、こんないいご縁ッて、滅多にあるもンじゃないよ」

母親も口を揃える。

かの貴族会館の見合いが済んでから、もう十日も経っているのだが、園子さんはなかなかこの縁談にウンと云わないのである。両親も、姉の黒部男爵夫人も、総掛かりで説き伏せようとするが、一向埒が明かない。

園子さんの方では、べつに両親をジラせるなぞと、悪い料簡があるわけではない。彼女は内心期するところあって、戸羽伯爵の方から、縁談を断ってくるだろうとタノシミにしていたのである。彼女自身が結婚はいやだと云っても、なかなかオイソレと承知す

るような両親ではない。強意見(こわいけん)か泣き落しか、いずれにしても煩(うるさ)いことだ。しかし戸羽家の方から解消を申込んでくれれば、まことに無いご縁で残念ながら——と、綺麗サランパンになること請合(うけあ)い。

　さればこそ、見合いの前夜に、腹心の小間使いユキやと智謀を回(めぐ)らし、貴族会館の午餐では、あらゆる不作法をヤッてのけ、ひたすら伯爵に嫌われるように仕向けた。

　だが、世の中は思うようには行かない。待てど暮せど戸羽家から謝絶の使者はやって来ない。反対に、両親の追求はいよいよ以て、急なるものがある。今日も父親の出勤前——と云っても、社長さんの事だから、正午(ひる)に近いのだけれど、両親の居間に呼びつけられて、お説教を食ってるところ。一枚の大きな硝子戸を透して、冬の陽がポカポカと暖かい畳廊下に、園子さんはマロンの絹靴下の両脚を、遠慮なく投げ出しながら、背中で両親の叱言を受け止めてる。

「地位と云い、風采と云い、実に立派なものだ。このお婿さんに文句を云っては、罰が当るぞ」

　と、また父親が始める。

「パパ、そンなの無いと思うわ。いかに春日井家がプロレタリア出身だって、そンなに自分を卑下することはないわよ」と、園子さんは些かムキになって、「なんでエ、華族なんか」

「なんでエとは、なんだ。華族とはハナゾクと書いて、社会の花だ。結婚すれば、お前は直ちにハナゾクの一員となれる」

「ハナゾクなら花泥棒よ。封建時代に盛ンに他人の花園を荒したゾクにきまってるわ。ねえパパ、後生だから、華族のところだけは、嫁にやるの止して頂戴。妾、金持の子も嫌(きら)いだけれど、華族はなお嫌(いや)なの。華族とカスタード・プディングときたら、実際ニガ手なンだから」

「ただ虫が好かンなんて、要するにお前の我儘(わがまま)だ」

「いいえ、趣味の問題じゃないわ。妾(あたし)の世界観から云って、特権階級の存在を容認できないの」

「おい、園子……お前、赤じゃあるまいな」

「失礼しちゃうわ、パパ。そんな時代遅れじゃないことよ。今頃赤くなるようなら、苦労してその月のファッション・ブックを巴里(パリ)から取り寄せやしないわよ。妾が華族ッてモノを嫌いになったのは、少しイワレがあるの。話は一九三〇年の夏でありました……」

「弁士[*15]の真似なぞ、お止(や)めなさい。あンまり活動[*15]を見るからだよ」

「ママ、お生憎(あいにく)さま。世はトーキーとなって久しいわよ。ねえソラ、妾が女子部二年生の夏に、家中で静浦の保養荘へ行ったわね。あの時に、妾は華族から終生の侮辱を与えられたンだわ」

「あの旅館は華族専門みたいな家で、わしはお前達を高尚にするために、避暑にやったのだが、一体何事があったというのだ」

「W・Cに於て、忘れられない侮辱を受けたのよ」

「W・Cに於て、それは容易ならん」

「妾が入ろうとしたら、松平様御専用ッて札が下ってたンですものッ！」

「ハッハッハ。大方そンな事だろうと思った」と、春日井伝造は大きく笑って、「まア、あまりパパに手数をかけさせセンでくれ。決して悪いようには、取り計らわンから」

葉巻を灰に突っ込んで、立ち上ろうとする父親に、園子さんはキッパリと、

「真面目な話、この縁談、妾断るわ。いくら云っても駄目よ。華族が嫌いな上に、もう一つ絶対に妥協できない点があるの」

「他にも文句があるッて？」

と、父親はシブシブ腰を卸す。

「ええ。あの人、大変な道楽者なンですわ。妾、《噂》に掲載された実話を読んで、呆れちまッたの。芸妓の情婦が何人もあるンですッて」

「多少遊ぶという話は聞いてるが、それはあの伯爵に限ったことはない。知名の士は交際上やむをえず、茶屋へあがるものだ」

「あンまり、やむをえずでも無いでしょう。エヘン」

と、おとみ夫人が咳払いをした。春日井伝造、聴えない顔で、

「勿論、品行はいいのに越したことはないが、他所の女に騒がれるような男なら、良人としても持ち甲斐があるンだぞ。人絹だって、男だって、市場価値はまったく公平にできてる」

「ええ、その点、パパの意見に賛成よ。妾、石部金吉氏なんか真っ平だわ。理想の彼氏は人間が鷹揚で、女性に対するタクチックを充分心得ていて、酒も飲めて、夜更かしが好きで、ダンスができて、サキソフォン[*16]ぐらいは吹けて……」

「待て、待て。それなら、戸羽伯爵はお誂向きではないか」

「ワン・セコンド・プリーズ……。それくらい該博の趣味と経験があって、しかもなお童貞の彼氏でなければならないのよ。わかッて？」

「おい園子、そンな無理云うな」

「妾、最後の意思表示するわ」と、園子さんは立ち上って、

「戸羽伯爵が平民になって、それから童貞に返って、妾の前に現われたら、きッと結婚してよ。まずそれまでは、バイ・バイ」

「こら園子。おいおい」

「園子。お待ちなさい」

両親が呼び止めるのを、後をも見ずに、令嬢は颯爽と廊下をハイクして、わが部屋に入ってしまった。

「仕方のない奴だ」

と、春日井伝造は舌打ちしたが、母親はさすがに、

「でも、あれほど嫌がるのですから、無理に嫁るのも如何でしょうかね」

と、優しいことを云う。尤も、おとみ夫人は根が花柳界の出身で、華族様の親になる窮屈さは、既に黒部男爵の場合で知らぬこともない。戸羽伯爵のダンディズムも、馬鹿殿様と云った方が手ッ取り早いので、どうも良人の半分も、買う気になれない。だから、娘がかくも強硬に拒絶すると、ちと腰がフラつくことになる。

「莫迦を云いなさい。いまさらこの縁談を断れると思ッとるのか」

春日井伝造、口をへの字に結んだ。

「でも、ただお見合いをしただけですから、断れないこともありますまい」

「それが、そう行かンのだ。実は昨日俺は河瀬家扶に会って、こちらに異存はありません、娘も大喜びでございますと、返事をしちまッたのだ」

「まア、随分気の早い方ですね」

「吉事と儲け仕事は、早いほどよろしい。先方も園子が気に入ったとみえて、家扶がひどく話を急いでいた。なアに、園子なぞにはまだ人生はわからん。わしが気に入った婿

なら、必ず彼女にとっても幸福な良人になる筈なンだ。結局、園子の利益なのだから、お前も是非努力して、彼女(あれ)を口説き落してくれ」

「でも、あア見えて、云い出したら、なかなかきかない娘ですからねエ」

「困るよ、そんな事を云っては。レイヨンの春日井伝造たる者が、一旦口外した事を後から取消しができるか。わしの信用が失墜(しっつい)すれば、会社の株価に影響するぞ。頼むから、ウンと云わせてくれ」

「困りましたねエ」

と、夫婦が額を集めて嘆いているのを、次ぎの間で、片付け物をしながら、小間使いのユキが聞いていた。

浴泉遊記

「いや、あのお嬢さんには驚いたよ」

と、馬小路子爵は額を叩いて、大袈裟(おおげさ)に笑った。

「フム」

と、脇息(きょうそく)へ肘杖(ひじづえ)をついて、悠揚迫らざる含み笑いをしたのは、勿論、伯爵戸羽安綱でである。

二人とも結城お召の丹前に浴衣を重ねて、酒肴を列べた広い食卓の前に、大胡坐を掻いている。テラテラと、お揃いで顔を火照らせているのは、湯上りに一パイ始めた為めであろう。

ここは伊豆伊東の暗香園の離れ座敷で、階下が専属の温泉と化粧室、二階が三間続きの貸切りになっている。松の多い庭を越して海が見え、大寒が明けたか明けぬかというのに、満開の梅花が窓の下に咲き誇っているのだが、晩餐の始まる前に女中が戸を閉めてしまったので、今はわからない。

伯爵は春日井家との縁談を、毎日家令や家扶から攻め立てられるのが蒼蠅くて、東京を逃げ出してきたのだ。いやしくも旧十五万石の城主が、自分の気に染まぬ縁談を一蹴できないなぞとは、理窟の合わぬ話であるけれども、それはシモジモの考えで、殿様というものは昔も今も、案外不自由な商売である。湯が熱いからと云って、《ウメろ》なんて怒鳴るわけには行かない。《この湯はヌルくない》と独言を宣うと、近侍の者が聞きつけて水を入れる仕組みになってる。ご飯に蠅が入っていても、それを云うと御料理方が切腹しなければならないから、そッと取り除けて封筒に入れて、蠅取りデーの時に出す——なんてのは嘘だが、明君でなくても、万事臣下にキズをつけぬようにするのが、殿様の常識となっている。これは主君の権威があまり高くなり過ぎたので、ウカウカものを云って、綸言汗の如くヒッコミがつかなくなるのを惧れた結果なのだが、今もってこの習性が大名華族の家に残っていないことはない。当主はなるべく家令や家扶——つまり事務所の人間のいう事に従うという原則がある。殊に結婚なぞの問題は、殿様個人よりお家の方の重大事で、我々のように《気に入らねエから貰わねエ》と、簡単に行かない。迂闊にNOと云えば、災害及ぶところを知らざる結果を招くのは、今度の戸羽家の羽目が正にそれだが、と云って、殿様にも虫があるから、そうオトなしくYESとも云えない場合、ご旅行というテがあるわけである。

で、伯爵も四、五日前に東京を出発、相棒の馬小路子爵を連れて、この温泉場に来た。これが他のシーズンなら、中産階級向きの伊東を選ぶ伯爵でもないが、雉子猟と、それから、川奈のゴルフ・リンクスあるがために、断然逃避行を此処と決めたのである。

着くと匆々、伊東でピカ一のクライスラー新車を借り切って、天城の麓へ飛ばして、鉄砲を打ったり、川奈へ四里の山路を通ったり、その合間にお湯に入って、酒を飲んで、温泉芸妓を聘んで……という駄々羅遊びを続けて、殿様は毎日フヤけているけれど、江戸に残った勘定奉行、河瀬家扶のヤリクリは既に万策尽きなンとする時で、その苦衷察するにあまりある——

「生まれの悪いというのは、仕方のないものだ」と、馬小路子爵はチョボ髭を撫ぜながら、「あれほどの財産家の娘で、洋食の食い方もロクに知らんとは驚いたね」

「フム」

と伯爵は盃を含む。

「君が折角あのお嬢さんに嫌われようと思って、テーブル・マナーを乱しても、先方があれでは骨折損みたいだッたよ」

「フム」

「だがね。案外に、美人だッたので驚いたよ。君はシロートが嫌いだから、気に入らンか知らんが、あのテもまた悪しからずではないか。金のない時に、僕は喫茶という処へ行くが、あのテの美人が沢山おる。しかし、あれほどの美人は滅多におらん」

「フム」

「芸妓や女給もいいが、時にマンネリズムを感じて、鼻につくよ。そういう時に、あのテの美人の無技巧、無軌道振りが忽然として魅力を発揮するわけだ……それに、君」と、子爵は声を落して「ありゃア、たしかにヴァージンじゃぞ」

「フム。あたりまえではないか」

伯爵は興味がなさそうに云う。

「いや、そうでない。金持の娘でモガ[*17]ときたら、大概虫がついとる。持参金が莫迦に多いのは、まずその組だ。春日井の娘も、或いはそれではないかと思ったが、見込み違いだった」

「君、そンな事が一眼見てわかるのか」

「処女非処女の鑑定かね？　それはチャーンとわかる。参考書を持ッとるから」

馬小路子爵、イヤな笑い方をする。

「僕はそンな事は如何でもいい」

「おや、君はヴァージンでなくても、夫人にする気かね」

「そンな事はつまらン事だ」

「これは驚いた。それ程、貞操を問題にしない君が、どうしていつも平遊びばかりするのだ」

「それは話が違うよ。まア一杯飲み給え」

と、伯爵は盃をさした。すると子爵は、

「時に、例の梅千代だがね。どうも会う度に、トーさんと一度でいいから首尾させてくれと、コンコン頼まれるのだが、何とかしてやッてくれ。実際、僕もやりきれんよ。如何して、君はそう女にモテるのかね。梅千代ばかりじゃアない。既に今まで何人から周旋を頼まれたか知れん。我輩あまり面白くないよ」

「そういうけれど、僕をシンから嫌い抜いてる女がいるぜ」

「ハテ。どこの女だ」

「春日井園子」

「あの令嬢か？　そンな事はあるまい。君を嫌う女なんてない筈だ」

「いや、嫌ッとる」

さすが当事者だけあって、呑気な伯爵も、なにか思い当る点があったと見える。だが、女に嫌われて、ニコニコと眼尻に皺を寄せてるところは、やはり伯爵の伯爵たる所以であろう。

「不思議なもンだ」と、伯爵は伊豆鮪の刺身をモグモグ食いながら、「僕は依然として、あの令嬢と結婚する気にはならん。事務所の奴等を喜ばしてやりたいが、どうもその気にならん。しかしだ、あの見合い以来僕は、シロートに対する認識を改めたよ。シロートだッて馬鹿にはできん。僕はあの時、初めて女と真剣勝負をしたような気になったよ。不思議なもンだ。実に不思議なもンだ」

「サテは、君もそろそろ喫茶に転向する組かな」

「ソフト・ドリンクは叶わん。君のように両刀は使えンからな。だが、世の中にはいろンな酒があり、いろんな女がいるものだな。あの令嬢にも、もう一生逢う時はなかろうが……」

と、伯爵は夢で飲んだ珍らしい酒の味を、追想するような気持だった。

「すると君は断然拒絶にきめたのかね」

「こうやって逃げてる間に、ウヤムヤになるだろう。それでも家扶達が諦めなかッたら、また旅行に出るさ。今月は雲仙がほんとはシーズンなのだ」

と、呑気なことを云い出すので、馬小路子爵も少し呆れ、

「しかし、だいぶ財政逼迫のような話を聞いたが、そンな事をしていいのか」

「決して心配する事はない。今度の旅行でも、河瀬はたッた五十円しか渡してくれンの

だが、こうして面白く遊べるじゃアないか」

「？　？　？」

「旅館や料理屋でその場で勘定を払うのは、あれはシモジモですることだ。僕が払うと云ッても先方で取りはせん。大変都合よく出来てるよ」

「なアる」

貧乏公卿の馬小路子爵は、さすがは大家は違うと感心し、また伯爵の度胸のいいのに感服して、再び額を叩いた。

そこへ、静かに襖を開けて、新しいお銚子を捧げてきた女中が一礼して、

「あの、只今東京からお客様がお着きになりましてございます」

「お客様？　ハテ、誰だろう」

子爵は伯爵の顔を窺うと、

「フム。誰かな」

と、落ち着き払って、笑っている。

やがて、廊下に賑やかな足音が聞えて、

「ア、ラ、マ、ご前」

と、頓嬌（とんきょう）な声を立てて入ってきたのは、老妓のお力。

「ありがとう存じます」

と、淑（しと）やかに挨拶したのは、美しい梅千代姐さんである。

「君、東京から呼んだのかい」

と、馬小路子爵が驚くと、

「あア。少し退屈だから、今日電話をかけてみたのだよ。晩飯のお酌の間に合ってよかった」

と、ニコニコ。しかし、根が気の小さい馬小路子爵は、頼みに思う伯爵の懐中金五十円と知ってしまったので、こんな豪遊をして、末路果して奈何（いかん）と、ソロソロ気が揉めてきた。

そんな事はお関いなしの伯爵、酌人が揃ったので、元気いよいよ旺盛となって、飲むほどに、騒ぐほどに、まるで他愛なくへベレケてしまった。

夜も十二時近くなって、やっと酒宴が終ろうとする時、馬小路子爵は階下のご不浄へ降りて、また座敷へ帰ろうとすると、廊下に美しい幽霊が立っていたので、ワッと驚いた。

「なンだい、梅千代か。驚かすじゃないか」

と、云っても、幽霊は無言のままで、両掌を合わせ、何事かしきりに子爵をオガむのである。

「うム、その事か。実は僕も先刻、彼に話してみたのだがね。それが通じたンだか、通じないのか、相変らずタヨリない男で、要領をえンよ」

すると、幽霊はイヤイヤと首を振って、またも合掌と礼拝を続ける。

「弱るなア。お前も新橋で指折りの姐（ねえ）さんじゃないか。なにもそンな小娘みたいに、ハニかむことはなかろう。僕なぞに頼まンで、断然直接行動に及ンだら如何（どう）だ」

と、なにかモメてるところへ、心ない女中が現われて、

「あの、御前様はもうお臥（やす）みになりました。それから、東京のお客様は本館の方へ寝させろと仰有いましたから、貴女様はどうぞあちらへ」

と、先きに立って案内する。

幽霊のショげた顔ッたらない。

“Good-bye”の“Tee”

金目の土地というものがある。しかし、金目の海とは、人は云わない。云わないけれど、それは立派に存在する。早い話が、南フランスの《碧緑の海浜（コート・ダジュール）》だ。ニイス、キャンヌ、モンテ・カルロ——あの辺の海は世界で最も贅沢な海で、まさに水一升金一升の価値があろう。それと比較にならぬまでも、新興日本の金目の海と云えば、瀬戸内海はまだ施設足らず、まず、伊豆海岸に指を屈するほかはない。熱海（あたみ）ホテルのテラスあたりで、ジッと海を睨ンでると、採算の士には自然にこの理窟がわかってくる。だから、素早い男が既に初島を買占めてしまった。伊東の石切島も、最近に百万円で売れた。政府も近頃は抜目（ぬけめ）がないから、川奈へ豪華な観光ホテルを建築中で、その傍の不二ゴルフ・コース三十万坪が完成すれば、近き将来に於て極東の《碧緑の海浜（コート・ダジュール）》も、目鼻がつくことになるであろう。尤もそうなると、観光外人と超ブルが幅を利かせて、われわれは町内の《熱海温泉》を五銭で享楽するほかなくなるかも知れない。

だが、現在でも、川奈ゴルフ・クラブなぞは、濫（みだ）りに平民の立ち入るべからざる処。例の金倉男爵が鉅万（きょまん）の金を投じて此処を開き、税金問題で時の知事サンと喧嘩して、一躍この土地の名が天下に響いたが、まことに絵のように美しいゴルフ場。厳冬と雖も芝青く風暖かに、ホールを追うて進めば到るところに眼下の大洋が、素晴らしい展望を恣にしてくれる。《冬は川奈》とゴルファーの間に合言葉のあるのも、宜なりである。

二月初旬と云うのに、今日もまた陽春を欺く麗らかさ。東京ではルンペンが凍死したそうだが、川奈の太陽は名物の少女キャディに汗を掻かせている。暖かい伊豆でも殊に川奈は暖かいので、現に、戸羽伯爵と馬小路子爵を乗せた車が、暗香園を出て下田街道の峠路を登ってゆく途中には、杉木立の奥に残雪さえあったくらいだが、吉田の宿からゴルフ場道へ曲るとたんに、パッと南国のパノラマが開ける。金色の実が枝に撓わな橙、蜜柑、散りがけの白梅紅梅、そうして例の高価な海が碧玉の色を溶いて展がるのだが、まことにその間二十町の距離は、冬と春、プロとブルの境界線でもあろうか。

「あアいい気持だ。女と騒ぐのもいいが、ゴルフへ行く気持には、遠く及ばンね」

と、馬小路子爵は窓外の景色を見ながら云った。彼は昨夜の大酒で、少し参った形である。

「女もいいしゴルフもいいさ」

伯爵はニコニコした。あれくらいの酒で、運動神経に影響するような彼ではない。今日も定めてよいスコアを出すことだろう。しかし、憐れを止めたのは、新橋の梅千代姐さんで、想う殿ゴは急にゴルフへ出掛けると云い出し、もう一晩遊ばせて頂く積りのところ、今朝伯爵達の車が出ると同時に、ハイヤーで熱海まで送られてしまった。

「梅千代の奴、ガッカリしたろう」

子爵が独言のように云うと、

「うム。なかなかいい芸妓だ」

「そンなら、なぜ……」

と、聞き直した時に、車はギギと音を立てて、急坂の下のクラブ・ハウスの前へ駐(と)まった。

運転手は恭々しく車扉(ドア)を開けてから、二人のキャディ・バッグを提(さ)げて、後に従う。伯爵が悠然とポーチへ入ると、受付の女事務員が椅子から立ち上って、最敬礼をする。ボーイが慌てて半分脱(ぬ)いだ伯爵の外套の袖を押えて、お手伝いをする。そこで、自然、伯爵の洒落(しゃれ)たゴルフ着姿が、我々の眼前に現われた。

少し仔細があって、伯爵のこのゴルフ着の姿を、読者諸君にご記憶願いたいと思う。それ故、ヴォーグ雑誌の縄張りを犯す譏(そし)りはあれど、詳細に亘(わた)っての記述を許されたい。

ゴルフ・スーツ。

型　三ツボタン。背帯なし。勿論、ニッカー・ボッカー。

服地　シェットランド。
柄　茶に黒の格子（チェック）（共切れで鳥打帽）

洋服屋サンは何処かというと、倫敦（ロンドン）はボンド・ストリートのリメル・エンド・オルソップ商会。伯爵はまだ洋行したことはないが、友人の倫敦通小田黒元夫氏に頼んで、わざわざ寸法を送って誂（あつら）えたのだ。その時、序（ついで）に頼んだものだから、ゴルフ靴はやはり倫敦のフォウクナー、靴下とプル・オーヴァーはスコット・エーディー、スポーツ襯衣（シャツ）はタアンブル・エンド・アッサーという風に、何処から何処まで、アチラの伊達者（ダンディ）のゴルフ姿そっくり。まず、これくらい金と手数の掛ったゴルフ装俗というものは、日本でも類が少いと云わねばならない。これでゴルフがヘタだと、実に見ちゃアおられンことになるが、伯爵は此処のプロの上村とタイの腕前だから、コスチュームが泣かずに済む。伯爵がゴルフを始めたのは、他の道楽より寧（むし）ろ遅いのだが、生来の器用ばかりでなく、このスポーツがひどく伯爵の性分に合っているので、メキメキと上達してしまった。“Golf is 90% Mental”という諺があるくらいで、これほど人間のウマレの知れる遊戯はない。《自由に、ラクに、柔らかく》という体のコナシが、ボビイ・ジョーンズの要諦（ようてい）となっているが、これは無産或いは中産階級にとって無理な註文だ。とかく生活気分に支配されて、ガツガツ、コセコセするから、運動硬化し、球勢狂うの結果となる。そこへゆくと殿様は、クラシからして、自由で、ラクで、柔らかいから、手（グリップ）も腰（ピボット）も脚（スタンス）もその通り。ことに戸羽伯爵などときたら、悠々迫らずは家の芸で、先天的ゴルファーの資格満点、かくは速やかに名手となったものであろう。

それほど腕があって、身分があって、金放れがいいときてるから、このゴルフ・クラブで伯爵が優待を受けるのは当然だ。彼の姿がサン・ルームに現われると、他の紳士と立話をしていたクラブ支配人が、直ちにこっちの方へ馳（は）せ参じた。

「昨日お見えになりませんので、皆さん残念がってお出ででした」

「やア。昨日は猟に行きました。ハッハ」

鷹揚なもンで――そのまま、窓際の日当りのいいテーブルに座を占めて、まずダンヒルを口に啣（くわ）える。伯爵なぞになると、日曜を待ち兼ねたビギナーみたいに、すぐコースへ突貫するようなことはしない。ゴルフをやってもいいし、やらなくていいような顔をして、まずクラブ・ハウスに蟠局（とぐろ）を巻くのである。

ボーイの持ってきた英国風のお茶を飲みながら、朝霞や六実（むつみ）の噂話から東京の名士のゴシップ、さては会期中の議会の話になって、貴族院の態度なぞに、支配人の饒舌（じょうぜつ）が飛ぶと、

「さア、一回りしてきますかな」

と、伯爵は立ち上った。彼は政治の話が嫌いである。だから、どの団体にも属さず、

その方面で無能低能の扱いを受けるのを、平然と甘ンじている。

「は、では、早速……」

支配人がキャディの溜りへ、命を伝えさせる間に、伯爵はロッカーで上着を脱ぎ、糸遊の立つ芝の上へ降り立った。

「よく晴れたなア。富士が見える」

「富士も美しいが」と馬小路子爵は眼の速いところを示して、「もっと近距離に、キレイなのがおるぞ」

と、腮をシャクッた方を見ると、なるほど、いまやラスト・ナインを了えて、こちらへ帰ってくるレディ・ゴルファー。白のベレーとスカートに、檸檬色のプル・オーヴァーがひどくスマートに見える。一体、リンクスに於ける女性は不思議に美しく見えるものだが、これはまたよほどの逸物らしい。だが、残念なことに、数歩遅れてシングルの対手らしい青年が扈従してる——さては、売約済みか。

やがて、此方と擦れちがおうとする時、

「オヤ？」

と、かの美人と伯爵が、同時に声を立てた。伯爵は軽く帽子へ手をかけた。美人は思わずそれに答えようとして、赧くなった顔を慌てて背け、速足で過ぎた。

春日井園子さんである。彼女もまた、東京にいると、縁談を攻め立てられるのがウルさくて、熱海の別荘へ逃げてきた。その跡を追い掛けて、瓜田次郎君が万平ホテルに陣取り、毎日遊びにくる。園子さんはもとよりトースミ氏を問題にしていないが、今日は退屈凌（しの）ぎにゴルフのお供を申し付けて、早朝熱海から車を飛ばして川奈へ遊びにきたのだった。

「彼女に逢うとは意外だね。しかし、あアいうスタイルだと、彼女は貴族会館の時に倍する美を発揮するなア……。オイ君、あれを断るのは、チト惜しいぞ」

「フン」

「もし如何（どう）しても君がイヤだというなら、一応僕を推薦して……」

と、馬小路子爵が飛ンだ慾を出しかけた時に、

「戸羽さん」

凜然たる声が聞えた。とッくに遠くへ行った筈の園子さんが、二人の背後に立っていた。先刻赧（あか）くなった彼女の顔は、もうすっかり白さを取り戻した。ただ、キリリと結んだ唇の鮮かさは、コティの紅橙（オレンジ・ルージュ）か、それとも処女の熱血燃ゆるのか。

「はい」

「すこし、お話ししたいことがございます」

「はア」

「こちらへ」

彼女は先きに立って、ズンズン歩きだした。これには伯爵も少し面食らったが、悪びれずにその跡を蹤いてゆく。やがて子爵の方を振り顧って《失敬》の挨拶を送った時には、もういつもの正月面だった。

園子さんは無言で、一直線に歩いてゆく。波濤のような芝生の起伏を昇ったり降ったり、グングン進んでゆくので、一体この女は何処まで行く気だろうと、伯爵も不審に思ってると、遂に彼女の肢が自然に止まった。それから先きへ行くと、数十丈の断崖からドブンと海へ飛び込むほかはない。

だが、何という絶景だろう。両翼を張ったような岬は、どういう地質の加減か、赤と紫の絞り染めとなって、眼覚めるばかり鮮藍の色を湛えた海中へ、突入している。熨したような凪の海だが、さすがに外洋の浪は巌に白泡を嚙み、芬々たる潮の香を撒いている。真正面に浮かぶ大島、利島、新島の影さえなかったら、この多彩な風景画は、そのまま印象派マネーの《地中海》だ。そう云えば、傘松のような低い松が生え橄欖のような濃緑の葉の繁ったこの一角は、まことに南欧的な恋を囁くに相応しい場所だ。

園子さんは大きな白球が、二つ列べてある青芝の上を横切って、海に面して腰を卸した。そこはこのコースの十三番の"Tee"で、場中最も景色のいい場所だが、別名"Good bye"の"Tee"という方が、わかりが良い。"S.O.S"だとか、"Forget me not"だとか、その特徴によって、いろいろの名が付いてるのである。

「どうぞ」

園子さんは適当の距離を置いて、芝草の上を指した。幸か不幸か、今日はウィーク・デーで、場内にゴルファーの影が少く、遠いこの"Tee"のあたりはヒッソリと人気なく、聞ゆるはただ松風の音ばかりである。

「戸羽さん」と、令嬢は調子を改め、「貴方にお希いがあります」

「はい」

「宣言と云った方が、適当かも知れないンですけど」

「はア」

「貴方と妾との結婚の話なンですが、あれ諦めて頂けません？」

「へ？」

伯爵は思わず顔を綻ばせてしまった。自分が逃げ回っているあの縁談を、諦めるも諦めないもあったもンじゃない。だが、この場合笑ったことが、少なからず令嬢の心証を害したようだ。彼女はピクリと眉を動かして、

「父が此間申上げたことは、あれは嘘です。妾に何の相談もしないで、勝手にご返事したンです。で、今更貴方の方へお断りできないで、大変困っているンです。でも、戸羽さん、当事者の妾が直接貴方に申上げれば、こんな確かなご返事はありませんわね――戸羽さん、妾は貴方と結婚したくないンです。貴方をチッとも愛していません」

「それはどうも」

また伯爵は笑ってしまった。

「お笑いにならないで下さい。妾にとって重大問題ですわ。恐らく、貴方にとっても」

「はア？」

「はアッて、貴方はこの縁談に、大変ご執心(しゅうしん)なンじゃありませんか。父から聞いて知ってますわ」

「ハッハ」

伯爵はいよいよ可笑(おか)しくならざるをえない。

「まア、貴方、冗談にしてらッしゃるのね」と、令嬢はだんだん激してくるに従って、言葉使いも第一公式を守りきれなくなって、「貴方もずいぶんショッてるわ、妾、本気で云ってるのよ。妾、とても深刻に貴方が嫌いなンだから、そう思って頂戴、絶対に妥協の余地なンかないわ」

「そうですか」

「さッき一寸顔を赧(あか)くしたけれど、あれ妾の癖なの。なんでもないンだから、ヘンにとらないでね」

「はい、畏(かしこ)まりました」と、伯爵はまたもコミ上げてくる笑いを堪(こら)えながら、「貴女はソンなに僕が嫌いなんですか」

そう云って、シゲシゲと園子さんの顔を見た。怒れる処女の頬は、五月の薔薇のように燃え、緊張した瞳は暁の星を欺くばかり――さすがクロート専門家の伯爵も、《あア美しいな》と、心に叫んだ。

「ええ。とても嫌いなの」

「何処がソンなに嫌いなんです」

「貴方が華族だからよ」

「それッきり？」

「まだあンのよ！　セカないで頂戴。貴方がスゴい道楽者だからよ」

「なるほど」

「これだけ云えば、沢山な筈よ。華族とは無気力な男性、放蕩者とは女性軽蔑家の証拠よ。およそ現代のムスメに嫌われる資格充分じゃないの」と、園子さんはますますイキリ立って、「ねエ戸羽さん、妾、貴方が平民になって、童貞に帰る日がきたら、結婚してあげるわ」

と、最後の鉄槌を下したつもりだったが、対手はとたんにゲラゲラ笑いだした。

「ありがとう、お嬢さん、僕は楽しみにその日を待っています」

こうなると園子さんは、伯爵の無反応なのが無闇矢鱈に口惜しくなって、一撃のもとに伯爵をノシてしまう手段はないかと、焦り立った眼のうちに、フト樹蔭に身を潜めている瓜田次郎チャンの姿を認めた。恐らく彼氏、ジンスケを起して、様子を窺いにきたのだろう。それを見ると園子さんは脱兎の如く身を躍らして、驚く次郎チャンの首玉へ齧りつき、

「戸羽さん、妾にはこういうヒトがあるのよ。わかッて？　妾、この人と結婚するの。わるく思わないでね」

さすがの伯爵も、これには驚かされた。こういう場合、如何したものか？　無言で退却するのが最上のエチケットだ。伯爵は一礼して、クラブ・ハウスの方へゆっくり歩きだした。

だが、どうもヘンな気持がしてくるのだ。生まれてからまだ味わったことのないような気持だ。

オブラートが喉へハリついたような、パイプの吸口が黴びているような……。

（これがヤキモチって奴かな）

伯爵は滅多にしないニガ笑いというものをした。

だが、ガラにない伯爵のもの想いは、すぐに吹き飛ばされる運命をもっていた。アップ・ヒルの芝草を、およそゴルフ場に縁のない角帯前掛の男が、転ぶように駆け降りてきた。そうして伯爵の姿を見ると、

「御前様。急用でございます」

暗香園の番頭氏だった。自動車で駆けつけたらしい。息をセイセイ云わせて、

「只今お邸から至急電話で、早速東京へお帰り遊ばして頂きたいとの事で……」

赤い嵐

伯爵戸羽安綱は、一時三十四分に東京駅へ着いた。

いつもプラット・フォームに出迎えにきてる、家扶の姿が見えない。

「河瀬の爺さん、耄碌して時間を間違えたかな。怪しからンじゃないか」

と、馬小路子爵が云うと、

「いまに日和下駄を鳴らして、駆けてくるだろう」

伯爵はべつに気にも留めず、そのまま歩きだした。

「じゃア、僕はここで失敬しよう」

中央線の階段の下で、子爵は帽子に軽く手をかけた。彼は新大久保の自宅へ帰るのに、金十銭の省線を選ぶのが、すべては合理的だった。

「そうか。じゃア、明日の晩あたり、賑やかに飲もうかね」

「結構だね。久し振りに横浜で踊って、磯子で遊ぶのも、悪くないぜ」

などと、子爵はすぐにタカリ神経を躍動させる。

「じゃア、明日」

「失敬」

伯爵は改札口で青い切符を渡して、ホールの中を見回した。降車口構内は人影が少いのに、河瀬家扶も、運転手の姿も見当らなかった。

（急用ですぐ帰れと云っておきながら、車を回してないのはおかしい）

伯爵も少し不審に思ったが、

「タクシーですか」

緑い帽子の男が勧めにきたので、

「ウム。三河台」

と、剝げちょろのフォードへ、乗ることにきめた。車内はバットの余香と、一ガロン四十四銭のガソリンの臭いが、強烈な渦を巻いていた。

走る車のなかで、伯爵は腕組みをして考えた。と云って、なぜ迎えの車が来なかったかという事ではない。そんな事は疾に忘れている。伯爵はまったく別なことを考えるべく余儀なくされるのだ。

（珍らしい女があったもンだ）

川奈ゴルフ・リンクスに於ける園子さんの言動は、伯爵にとって初めて飛行機を見た人間の驚異を感じさせた。だから、珍らしき女というよりも、珍らしき機械と云った方が適当かも知れないが、結局、それはどッちでも同じことであろう。要するに、伯爵がひとつの発明品に感心した事に変りはない。そうだ、バケツや火箸の如きモロモロの女性を、伯爵はすこし見慣れすぎたのだ。

(面白い女がいたもンだ)

昔ならお芋、今ならチョコレートみたいに、すべての婦人にモテて困ってる伯爵を、嫌うということからして、興味百パーセントであろう。いや、我々の知ったこッちゃないが、嫌われたご当人の身になってみると、これがひどく新鮮な問題となるらしい。況んや、姫御前(マドモアゼール)のあられもなく、躬(みずか)ら男子を捉えて、"I don't like you"の理由を委細説明するに於ては、まことにハッキリと面白い。八ツ橋花魁(おいらん)の愛想尽かしのような平凡低調のものと違って、青天白日のグリーンの上で、堂々たる肘鉄(レフューズ)の勇ましさ。

「妾、とても貴方が嫌いなンだから、そう思って頂戴。絶対に妥協の余地ないわ」

と、勢い込んだ時の彼女の眼は明星と輝き、頬は曙(あけぼの)の雲と燃え、まるで初夏早朝の風景画そのものであった美しさを、伯爵はどうも忘れ兼ねるのである。

(可愛い女がいたもンだ)

しかし、その可愛い女性が、トースミ・トンボのような男の首ッ玉へ齧(かじ)りついた風景が、再び伯爵の眼に熌(や)きついた。

俄然、伯爵の闘志がムラムラと湧き上った。何ほどの事やあらん、トースミ・トンボ。恋愛戦場に雌雄を決し、爾のモミアゲを引ッぺがしてくれンと――そこは大名の血を享けているので、伯爵も我れ知らず、戦闘と掠奪の本能を奮い起すのであった。だが、それは瞬間で終った。可愛い女の言葉、可愛い女との約束を、もう一度耳に繰り返すと、すべては停電の灯のように、スーと消え去らなければならなかった。

（おれはあの令嬢から頼まれたのだ。邸へ帰ったら、早速、結婚謝絶を春日井家へ伝えさせなければいけない）

そう思った時の伯爵の顔を、ベソを掻いたと云っても、騎士的な哀愁と云っても、観る人の随意であるが、とにかく彼が滅多に見せぬ面であることは、事実である。

「旦那、三河台はどの辺です？」

運チャンは速力を緩めて、伯爵を顧みた。もう戸羽邸へ曲る横通りの角まで来ている。

「その左側の邸だ。玄関まで車を入れてくれ」

「はい」

と云ったが、運チャンはじきに、

「駄目ですよ。ご門が閉まッてまさア」

なるほど、赤銅の大きな金具を打った正門の扉は、情なくも主人を閉め出している。ここに於てか、伯爵も些かムッとして、通用門から玉砂利を蹴飛ばして、内玄関へ差し掛かり、ヤケに電鈴を押したが、誰も出て来ない。

（こりゃア、怪しからん）

と、化物屋敷のように人気ない邸内をアチコチと歩いて、やがて家扶部屋の襖をガラリと開けてみると、簾月式の河瀬家扶の頭と、お老女のゴマ塩の丸髷が、無言で密着している。

（いよいよ以て、怪しからン）

と、伯爵は大喝一声を発しようとしたが、俟てよ——老人の恋愛にしては、少々ばかり様子がおかしい。二人は肩に手を掛け合って、泣き沈んでいるのだ。

「おい、河瀬！」

「はッ、ご前……」

驚いて顔をあげた老家扶の眼には、山口貯水池のように涙が満々——可哀そうに、彼は万感胸に迫って、口がきけないらしい。

「め、め、面目次第も……」

と、両手を突いた。嗚呼、九寸五分が欲しい。皺腹掻ッ裂いて、君の御前に身の不行届きを、お詫びしたい——という顔つき。

「わからん。如何したのだ」

「はッ。む、無念……」

やはり、失語症（アファジィ）の徴が去らない。

そこへゆくと、女はタシカなもので、お老女は涙滂沱（ぼうだ）たるに拘らず、舌はベラベラと回転する。

話を聞くと、今朝七時、まだ朝霧の晴れやらぬ間に、ドッと戸羽邸へ討ち入ったるは、華族間で《鬼カン》の名も高い、北海道の金貸と、執達吏数名。これに立ち向う河瀬が必死の抗弁も、お老女の哀願も聴かばこそ、忽ち差押えの赤紙鮮血の如く乱れ飛んで、家蔵の書画骨董（こっとう）は申すに及ばず、一切の家具調度からガレージの自動車に至るまで、刀痕ならぬ封印の跡。まことに元禄の昔を偲（しの）ぶに足る徹底的な襲撃であった。しかも、このお家の一大事に際し、家令の本田や三名の家扶は、河瀬を除いて出勤もしない不忠振り、尤も給料は三月も滞（とどこお）っていた。其他、運転手や小間使いも続々として朝来暇をとる者相次ぎ、さしもに広い戸羽邸も、ただの二人のほかには、飯炊（めしたき）女ぐらいしか残っていない。社稷（しゃしょく）亡びてなお山河ありというか、お邸が大きいだけに森閑として、差押えを免れたローラー・カナリアの声が寂しい。

「かかる仕儀となりましたのも、会計主任たる手前の不行届き、なんとお詫びの言葉も……」

「いえ、河瀬様の落度（おちど）ではございませぬ。お奥を預かる妾が至らないからで……」

と、二人は涙を拭って、改めてまた両手を突いた。

伯爵は黙然として、聴いていた。さすがは十五万石である。今朝、園子さんに驚かされた時の半分も、顔色を動かさない。

「そうかい。到頭、乾上ッたかい。いや、ずいぶん費ったからな」と、見ように依っては、会心の笑みのようなものを浮かべて、「決して、心配することはない」

しかし、これは無理だ。落城に際して、大将が心配するなと云っても、家臣の心がオサまるわけのものではない。

「若様は、これから如何遊ばすお積りで入らッしゃいます」

お老女は、子供の時からお育て申した伯爵の今後の運命を考えると、ただもうオロオロ声になるばかり。

「如何するって、如何にかならアな。まア、着物でも着更えて来よう。ゴルフ着じゃア仕方がない」

と、居間の方へ歩いてゆく。お老女と河瀬家扶は顔を見合わせて、その蹤を追い、

「ご前……」

「若様……」

と、阻止する理由を説明しようとしたが、あまりお気の毒で、言葉が出ない。げにや、伯爵の洋服戸棚も和服箪笥も、赤紙ベッタリと貼られているからである。

「なるほど、差押えッて、不便なものだなア」

伯爵は二人を見て、笑った。二人の方は、また下を俯いて新しい涙である。

「すると、自分の家に、留守番に雇われたような事になるンだな。こりゃアどうも、少し居心地が悪いな」

と、伯爵は初めて、猿又一つ自由にならぬ自分の地位を認識したようだった。

「は、はい……」

二人は何と申上げる言葉もない。

伯爵は赤紙の前へ胡坐を掻いて、煙草を吹かしだした。そうして、キリアージが三分の一ほど煙になった頃、それを庭に投げ捨てて、威勢よく立ち上った。

「僕は馬小路の家へ行くとしよう。後は君達で何とかやってくれ」

「それはよいお思い付きでございます。ご一家へお出で遊ばすより、その方がどれだけご自由か知れません」

戸羽家親族の冷淡を知る二人は、これに大賛成だった。

「いま別れたばかりだから、馬小路も家にいるだろう。早速、出掛けることにしよう」

伯爵は再び玄関に立った。これが最後のご奉公と、お老女が靴を履かせる手も早くは運ばない。

「河瀬、ながらく世話になったな」

「はい……」

また泣いてしまう老家扶の姿を見て、伯爵もシュウ・クルトへ辛子(からし)をつけ過ぎたように、鼻がツンとしてきた。だが、殿様と生まれて、かかる場合、タダの泣き別れでは、どうも気が済まない。三千円か、五千円も遣(や)りたい処だと思って、内ポケットへ手を入れても、嚢中剰(あま)すところ三円五十銭ばかり——そこで、ポンと投げ出したのは、愛用のシガレット・ケースだ。金とプラチナの叩き分けで、唐草模様にイニシアルが彫ってある。

「記念だよ」

「はッ」

と、河瀬は感激したが、おなじく畏(かしこ)まってるお老女に与(や)るものがない。

伯爵は矢庭に、この暮れに拵えた二百円の外套(ラグラン)をスッポリと、式台へ脱ぎ捨てた。

「お前の息子に与ってくれ」

「飛ンでもない、若様……」

と、彼女は外套を持って跡を追い駆けたが、伯爵は早足に通用門を出て、もうスタスタと往来を歩いている。ゴルフ服一枚で、両手をポケットへ突っ込み、テクで電車道へ急ぐ後姿の寒いこと。

門前で、それを見送ってる河瀬家扶とお老女は、期せずして同じことを考えた。

（いい殿様だったが……）

日々是好日

それから、一月経った。

だいぶ日が永くなって、十軒店（じっけんだな）にお雛様が売れ残って、陸軍記念日はいよいよ盛大に行われた。

世は春である。

だが、伯爵戸羽安綱は、この一月をズッと馬小路子爵の食客として送った。伯爵が子爵の居候をキメ込んだって、一爵しか違わないのだから、かくべつ生活の変動を起すわけもなかろうと思われたが、見ると聞くとは大きな違い——華族様にもいろいろある。

あれほどの親友ながら、伯爵が馬小路子爵の家へ一度も遊びに行かなかったのが不覚のもとだが、差押えの日に、淀橋区新大久保七五六という番地を知っていながら、伯爵の家探しの苦労は一通りでなかった。ダットサンが這入（はい）るか如何かという心細い横丁の、吸込み下水に魚の骨が散乱するあたり、檜葉（ひば）の生垣の破れ目に、門のようなものが立っていて、標札だけはヤケに大きく、子爵馬小路公成。

二階二間、階下三間で二十八円というのだから、どうせ清潔な家屋の筈（はず）はないが、震災記念で、どの部屋もカリガリ博士[*18]の邸宅みたいに傾斜してるので、伯爵も少し驚いた。畳のササクレや硝子戸のキリバリなぞは申すまでもなく、W・Cの一ケッときては、慣れないうちはよほど不便所である。それに、日当りが悪くて、支那ソバのような異臭がプンと漾ってるので、一層この家の印象を貧乏染みさせる。よくこれで子爵様が平気で棲んでると、疑う人もあろうが、馬小路家は徳川三百年の圧制を蒙って、代々京都でハチハチの札を貼ったり、傘の骨を削ったりした経験があるので、これくらいの生活に辟易するような成貧ではない。子爵の収入は、あれこれ合すると、一月百円弱はあるのだから、ご維新前から見ると、むしろラクである。ただその百円弱が、とかく洋服や靴の方に回って、衣冠束帯のミエを張らなければならぬのは、お公卿様の運命と云おうか。従って、台所の窮状眼もあてられぬことになるのだ。

そこへ戸羽伯爵という消費専門家が転がり込んできたのだから、余程これはコタえた。かねがね散々タカッているし、且つまた無二の親友ではあるし、追い出すなぞと薄情な料簡はサラサラないが、行末を思えばただ溜息が出るばかり、可哀そうに馬小路子爵近頃ゲッソリ痩せてしまった。

「一体、君は苦労性でいかん」

と、萎れた子爵を意見するのが、誰かと思うと、食客氏自身だから、笑わせる。

「先年、左翼華やかなりし頃にも、君は今にも特権階級はお取り潰しになるように、青くなっていたが、何の事もなかったじゃアないか」

なるほど、それに違いない。尤もあの当時、青くなって顫え上ったのは、馬小路子爵ばかりではない。なにしろ、同族間から続々として赤い御曹子が飛び出したくらいで、皆々お蔵に火が点いたような気になって、英蘭銀行へ預金替えする者もあり、イチ早く兜を脱いで農園を開放する者もあり、見ていられない狼狽かたであったが、ひとり悠然としていたのは九十歳のA侯爵と、戸羽伯爵ばかりであった。伯爵は毎晩平気で、新橋赤坂の酒を飲んでいた。世間態を気にして、馬小路子爵が忠告すると、

「流行の原則から云って、赤は寿命の短いものだ。赤が二シーズン以上、巴里のモードを支配した事は、曾てないそうだ。まアそう心配せンで、一盃飲み給え」

果して、間もなく、黒の大流行となったが、伯爵の明察神の如しと、買い被るわけには行かない。巴里女は一体黒が好きなのと、それから——満洲事変のお蔭だ。

そのマグレ当りを楯にとって、

「君は苦労性でいかん。なアに、生活費なぞというものは、自然と何処からか湧いてくるものだ」

とオチついて居候をきめ込まれては、馬小路子爵たるもの、いよいよ以て溜息が出ざるをえない。

伯爵は新生活が嬉しくて耐らないのである。

就中(なかんずく)、嬉しいのが、銭湯とバット。

戸羽邸のバス・ルームもずいぶん大きかったが、勿論、銭湯ほどには行かない。何事も大きい事が好きな伯爵は、ナミナミと湯を湛(たた)えた銭湯の浴槽にフン反りかえって、悠悠と手足を伸ばすのが実に愉快——ことにアカの他人の背中や毛脛(けずね)が、縦横に往来する風景は、頗る賑やかでよろしい。なるほど、こういうアット・ホームの世界から、巡査を止めて大衆声楽家が出るわけだと、妙なところに感心して、とかくタオルをブラ下げて、大通りの草津湯へ行きたがる。

その銭湯が五銭で、安いもンだと驚いてるのに、七銭でキリアージ以上の香味強烈なる、バットという煙草が買えるのだから、伯爵も眼を丸くして、こんなに物価が安いのに、如何して日本に貧乏人がいるのだろうと、不審な顔をした。

そんなわけで、昨日に変る今日の落魄(らくはく)も、一向苦にならないのであるが、茲(ここ)にニガ手というのは、馬小路子爵の召使っているお虎婆さんである。

子爵も貧乏で、令夫人の志望者がないので、仕方なく、この老婢に身の回りの世話をさせているが、これが昔は吉原のヤリ手を勧めたとかいう、ひどくガリガリした婆さん。主人の子爵がロクに給料をくれないのを、台所の賄(まかな)いの方で差引きをつけていたのに、俄然我儘(わがまま)な居候が飛び込んできたので、予算に変調を来たした。その恨みが真ッ向に伯爵に吹きつけるわけで、初めは伯爵のことを《殿様》と呼んでいたが、いつか《旦那》

になり、いまでは《お前さん》に下落しちまった。

「お前さん、ちょいと庭を掃いておくンなさいよ」

なぞと、遠慮なく命令されると、伯爵も仕方なく、ヘンな腰つきをして草箒を握らなければならない。お虎婆さんの眼から見ると、主人の子爵からして、牛太郎に劣る働きのない人物なのだから、そこへ居候をする伯爵なぞは、カンナクズみたいなもの。華族を軽蔑する点に於て、マルクスもエンゲルスも、到底お虎婆さんの比ではない。春日井レイヨンの社長なぞは、彼女に較べると、なんと時代遅れの思想家であることよ。

で、そのお虎婆さんは、今日は何処へ出掛けたか姿が見えず、馬小路子爵も朝早く家を出たので、伯爵はひとり二階の四畳半に寝転がって、留守番をしている。愛用のバットをふかしながら、天井の節穴を片端から勘定して、六十九あったので驚いた。三河台のお邸では、女中部屋にも節のある板なぞは使ってない。まことに処変れば品変ると感心したが、変らないのは伯爵の服装だけである。和服を借りようにも、チンチクリンの馬小路子爵のものでは間に合わず、依然としてゴルフ服の着たきり雀で、銭湯にも行けば庭も掃く。

やがて、伯爵はムックリ起き上った。哀れや、リメル・エンド・オルソップ洋服店調製のゴルフ服も、皺だらけ埃だらけとなって、昔日の面影サラに失くなった。伯爵はそれには一向未練がないとみえて、バットの灰の溜ったパンツを叩きもせず、馬小路子爵の書物机の前に坐って、安物の便箋へ、何やらペンを走らせた。字とくると、習字講義録広告の《悪筆は一生の損》みたいな筆跡で、伯爵の最も不得手と致すところだが、内容がおムズかしいらしく、一行書いて早や行き詰り、首を捻って（ひね）てる。

拝啓、私事今回都合により貴殿の令嬢と結婚致すまじく……

「どうも少しヘンだな」

伯爵はそう呟いて（つぶや）、折角書いた便箋を揉みクチャにした。と云って、別に名文句も浮かばない。バットに火をつけて、紙のツギ貼りをした硝子窓から、ボンヤリ空を眺めると、川奈で見た園子さんの顔が、いつか雲に映ってる。とたんに伯爵は首を振って、一層しっかりペンを握った。

ズボラの伯爵が、今度は妙に義理固く、園子さんに頼まれた通り、春日井伝造へ縁談謝絶の手紙を書かないと、どうも気が済まない。此間から、度々その積りで机に向うのだが、今まで始終家扶に代筆をさせた罰か、それとも他に理由があってか、ペンは遅々として進まないのである。

(面倒臭いから、電話にしちまおうか)

と、伯爵も少しジレてきたが、どうもこれはモシモシで済む話ではなさそうだ。

「ウーム。弱るな」

とうとう音を揚げて、ゴロリと後方へ引っ繰り返った時に、

「旦那、お退屈でしょう」

と、いつ帰ったのかお虎婆さんが二階へ上ってきた。今日は《お前さん》と云わないばかりか、盆にお茶と塩せんべいまで載せて、持ってきた。

「出がらしで、ご免下さいましよ」

お婆さん、イヤに慇懃である。伯爵も少し気味が悪くなって、お菓子と彼女の顔を七分三分に見較べてるのは、イジらしい。

「毎日こうやっていらしッちゃア、ずいぶんご退屈でしょうね」

「なに、たいして退屈もせんよ」

「いえ、ご退屈ですとも。一目見てわかりますよ。ホッホ」

と、お虎婆さん、一人できめてる。

「時に、旦那。どうせ遊ンでいらっしゃるなら、暇潰しに一つ働いてみちゃアいかがでしょう」

「いいね。僕は仕事があれば、大いにやって見たいンだ。ただ、着物がこれ一枚しか無いから、会社員だの、商人だのは駄目だろうと思ってるンだ」

「いえ、旦那、そのお洋服で、結構勤まる商売があるンですよ。旦那がその気なら、先

方は明日からでも来てくれと、云ってるンですがね」

「はア。そンな商売があるかね」

「大有り名古屋ときましたね、ゴルフ屋ッていうンですから」

「ゴルフ屋？　あア、ゴルフの道具を売る店かい」

「いいえ、練兵場の先きの原ッぱで、そういう新しい商売を始めた人があるンですよ。今朝、八百屋の金サンが教えてくれたから、妾は一ッ走り行って、話を聞いてきたンですがね」

と、お虎婆さんの苦肉の食客敬遠策を、伯爵は尻込みすると思いのほか、例のニコニコを一層明るく笑って、

「そりゃア面白い。詳しく話し給え」

額に汗して

日本の有難さはいろいろあるが、わけても万民の機会均等という点に於て、列国に絶するものがある。白銅貨（ニッケル）三枚をポケットにして、タクシーに乗れる国なんて、地球上に存在しないのである。何事も大衆化というやつで、パタパタと安直に捌（さば）いちまうお国柄

は、まことに有難き極みである。

ゴルフなぞという遊戯も、貴顕紳士の手すさびとなっていたのは昔の夢、パブリック・コースが各所に開かれてからは、往復電車賃を入れて三円も持って行けば、一日ユックリ遊ばせてくれる。とたんに銀座のキャフェはサビれる道理だが、ラムネの会社員もクラブを握るとは、いよいよ有難い世の中だ。だがゴルフ大衆化の勢いは滔々として止まるところを知らず、一層安直に、一層アッパッパー的に、庶民を悦ばす工夫はないかと、眼を光らせたのは、従来ベビイ・ゴルフやコリントで、一儲けした連中である。お虎婆さんの所謂ゴルフ屋——城西ゴルフ練習場なぞも、まさしく機を見るに敏なる彼等の企業なのであった。

もとよりコースを造るほどの資本はないが、地面の上の玉転がしではベビイ・ゴルフになってしまうので、カーンと飛ばす爽快味を狙いどころとすれば、自然にゴルフ練習場なるものの面積は、焼豆腐のように細長くなる理窟である。その周囲に焼けトタンや杉苗の垣を回らし、雑草を短く刈って、百、二百、三百ヤード、と白塗りの距離札を立てると、もうそれで設備は済んだようなものだ。尤も入口の近くに、バラックが一軒あって、奥の一間に場主の家族が雑居致し、土間には椅子テーブルを列べ、おカミさんが紅茶とキャラメルを売って、クラブ・ハウスの気分を出そうという計画になってる。

で、ボールが一山四十銭——というとミカンみたいだが、味噌漉しのような笊の中へ、国産練習ボールを十五個入れて、一回分となってる。ほかにドライヴァーの貸賃、一本金拾銭。

云わば、ティー・ショットばかりの練習場だから、キャディというものも要らぬわけだが、球拾いの目的と、気分を出すために、場主の長男がこれを勧める。だが、お客がクラブの頭と尾の区別も知らぬ人が大部分なので、如何しても教師を一人欲しい。こればかりは自給自足で間に合わぬので、心当りを探してるところへ、伯爵がブツかったというわけ。

月給十八円。昼飯付き。

伯爵は一昨日から、城西ゴルフ練習場へ、通勤の身の上となった。

さすが午前中は客も少く、来ても、比較的上品なのが多い。退職官吏のようなのが、評判のゴルフとはどんなもンじゃと、覗(のぞ)きにきたり、或いはニッカ・ボッカ颯爽(さっそう)たるのが、近所のバンガローから現われて、ご持参のクラブを振って帰ったりする。こんなテアイは、伯爵にとって一番ラクで、ただ滑稽なフォームが可笑しいのを我慢して、横を向いて煙草を喫(す)ってればよろしい。

午後になると、少しウルさい。

その午後が来る前に、当然、支給の午飯を食う順序だが、これは奥の一間で、場主の家族とチャブ台を囲んで、ひどく団欒(だんらん)的なことになるのである。

「おッ母ア。たまにゃア、コロッケぐらい食わせろよ」

と、長男のキャディが膨れ面をして、茶碗を突き出すと、おカミさん鷲掴みにそれを引奪くッて、

「贅沢云うンじゃないよ。三ツで十銭なンだよ、コロッケは」

伯爵が眼を丸くして、驚いてる。

場主は四十がらみの青膨れのした男で、ジャケツの上に褞袍を着込み、夕立のような音を立てて茶漬を掻き込ンでいる。

「こりゃア、なかなか、旨いですな」伯爵は皿の煮付物を口に運びながら訊いた。「なんという品物ですか」

「イヤだよ、この人は」と、おカミさんは心易い口のきき方をして、「あんた、ガンモを知らないの」

「知らんです」

「フフ。殿様みてえなことを、云ってやがらア」

と、場主は薄笑いをしたが、対手はホントの殿様なのだから笑う方が無理だ。伯爵は別に偽名をする気にならないので、戸羽と名乗っているが、爵位の方は勿論省略している。

そこで、場主は伯爵を呼ぶのに、戸羽クンとくるのだが——

「戸羽クン。君に云ッとくが、お客はもうちッと丁寧に扱って貰いたいね。煙草を口に銜えながら、教えたりしちゃアいけないよ」

「いかンですかな、煙草は」

「いけねエとも。その癖、君ア、教えかたの方は丁寧過ぎる。あンなに本式に、ヤカましい事を云わなくたって、勝手に棒を振らしときゃアいいンだよ」

「しかし、ビギナーのうちに、悪いスイングを矯めておかンと、永久に上達しませんからな」

「それが余計だよ。君が講釈ばかり云うから、手間が掛って、三籠打つお客が、一籠しか打ちゃアしねえ。なンでもいいから、ポンポン打たして、アガリを殖やして貰いたいね。昨日の学生サンなぞは、君がヤカましく云うもんだから、ベソを掻いて途中で帰ッちゃッたぜ」

「あれはタチが悪いですな。ゴルフは廃めた方がよろしい」

「莫迦云ッちゃア困るぜ」

場主は、ゲーッと大きな噯びをして、チャブ台を離れた。

午後がきた。

三人連れの大学生が、ラ・ラン・ランと鼻唄まじりで、入場してきた。

「オジさん、無事かア」

と、伯爵の顔を見て、挨拶する。オジさんにも、無事にも、まだ一度も逢ったこともない癖に——近頃の学生とくると、矢鱈に人を食う。

「球！　球！」

「クラブだ！　クラブだ！　おい！」

いや、そのウルさいこと。

長男のキャディが大急ぎで、笊(ざる)とドライヴァーを配ると、三人列んでポンポン打ち出した——というと景気がいいが、大部分は城西郊外の赤土を、空中へカッ飛ばすのである。だが、矢継早に笊をカラにしてくれるから、やはり学生サンは撞球場、麻雀クラブと同じように、此処でも一番のお顧客(とくい)、但し、親ごサンは、どっちに回っても、災難である。消費道にかけては、彼等は伯爵のいい乾分(こぶん)みたいなものだが、さすがに伯爵はボスだけあって、まさに消費窮まって生産に転ずるの過程を歩いてる。学生サンはまだまだ……。

伯爵は、場主から《客扱いは丁寧に、教え方はゾンザイに》とむずかしい註文を受けてるので、先刻から口が出したくてムズムズするのを我慢して、学生達の出鱈目なドライヴィングを見物している。どうも所在がないので、バットを一本抜き出して、喫(す)い始めると、

「戸羽さん。お父ッつァんに叱られるぞ」

と、長男キャディが横眼で睨んだ。

「そう、そう」

と、慌てて火を揉み消したが、

（なるほど、十八円儲けるのはツラい哩）

と、世路第一歩の重い足を、伯爵もシミジミ感ぜずにはいなかった。

そこへ、華手なスエーターを着て、白パンツを穿いて、一見頗るスマートな人物が現われたが、実は大通りの牛肉屋の御用聞氏である。空地のキャッチ・ボールも最早月並みとなってお顧客の女中さん達も眼をくれず、ベビイ・ビリアードは子供騙しみたいなので、ここに断然ゴルフに転向する気になったらしい。実に御用聞氏や理髪職人は近年驚くべき勢いでインテリ化しつつあるのである。

「ンちゃア」と、帽子を脱ぐ形は、商売の地金が出るが、後は立派な学生口調で、「僕、ゴルフを始めたいンですが、教えてくれませんか」

「よろしい」

伯爵は諾いたものの、ゾンザイに教えるというやつが、とかくに引ッ掛って困る。そこで、手取り早く、自分でクラブを握って、

「ワケないよ、この通り」

と、見事なるスウィング一閃、球は真っ直ぐに伸びて、狙いの三百ヤード標のあたり

に、転々として止まる。

「すげエなあ」

と、学生達も鳴りを静めて、感心したが、伯爵はもとの場所へ戻って、空を見てる。

「どうも、あンまり早や過ぎて、ハッキリしないンですが」

と、御用聞氏は伯爵にお辞儀した。

「ワケないよ。あの通りやり給え」

「そう云わないで、もう少し細かく教えて下さいな」

こう云われてみると、伯爵も根がスキな道であるから、いつか場主の誡めを忘れて、まずグリップの講釈から、スタンスにピィヴォットと、本格的な指導を始めた。教え方は細かすぎるほど丁寧になったが、その代り、客扱いの方はまことにゾンザイを極める。

「おいおい、何だいその屁ッぴり腰は！」

と、叱られて、御用聞氏真ッ赤になり、

「こうですか」

「違うよ。それでは、板を呑んだようだ」

「じゃア、如何すればいいンです」

「わからン男だな。先刻やって見せたじゃないか。こういう風に足を開いて、これくらいに腰をかがめて……」

御用聞氏、その真似をしてみるが、またまたお叱言。

「そんなクソ力を出す奴があるか。まるで、権兵衛が芋を掘るような」

「だッて、あんたア先刻こうやったじゃアねえですか」

御用聞氏も少し気色ばんでくる。

「貴公、頭が悪いな。よほど運動神経が鈍いようだ。ゴルフなんか止めろ、止めろ」

「大きにお世話だ。俺が金出してゴルフやるンだぜ。止めろたアなんだ」

御用聞氏は遂に怒り心頭に発して、クラブを捨てて、伯爵に詰め寄った。

「まッたくだ。この教師、少し生意気だぜ。僕達も先刻からそう思ってたンだ」

学生達が傍から、応援した。

「わからん奴が揃ッとるな。スポーツをやるのに、先輩のアドヴァイスを聴かン奴があるか。そういう料簡だから、神宮球場がサビれて、職業野球が勃興するのだ」

「なにヨ云ッてやがる」

「ナマ云うと、ノシちまうぞ」

と、学生達がイキリ立つと、御用聞氏も、

「フザけやがって、人を誰だと思うンだ。愚図々々すると、筋を抜いて、挽肉にしちまうぞ」

と、腕を捲りだした。

だが、伯爵は平気なもの。こんなのが二人や三人掛ってきたって、ビクともするもんではない。スポーツ万能の彼は、楽習院時代に、柔道も二段の免状を貰っている。風雲急なるを見て、長男キャディが注進に行ったので、そこへ場主が褞袍（どてら）姿を現わした。

「いや、皆さん。どうも相済みません。この男は少し脳天気なンで——何卒（なにとぞ）悪しからず。さアさア、機嫌を直して、お遊び下さい」

と、平謝りに詫びたので、やっとその場が収まった。

しかし、伯爵はその後で、午飯を食った奥の間へ呼び付けられた。

「君、もう明日から来てくれないでいいよ」

場主はそう云って、内懐ろから大きな蟇口を引張りだした。

三日分。一円八十銭。

掌に乗った三つの銀貨と、三つの白銅貨を、伯爵はシゲシゲと眺めた。

約束

春日井伝造は、日当りのいい芝生へ、ロッキング・チェアーを運ばせて、いい気持で、日光浴をしていた。

芝は鶯餅みたいに、斑らな緑を吹いてる。

風が絹漉しのように柔らかく、いやに人間の顔へ頬擦りしてゆく。

父なる大自然は、旺んなる春情を催してきたらしい。

対の結城を着た春日井伝造は、眼を細くして、太陽からホルモンを吸収しようとしてるが、それは少し無理な計画であろう。やがて、彼は手に付いた一本の糸を、陽に透かして見た。自分の着物から抜け出た糸であろうが、彼の事業のレイヨンと違って、これは正銘の日本絹糸である。

「むウ。伸度と云い、弾力と云い、さすがは天然じゃのウ。しかも、気品がなんとも云えん。ヴィスコース糸が、これくらいの代物になってくれたら、わしもコタえられンことになるのじゃが……」

と、しきりに糸屑を眺めて感心してる。

もともと人絹は、天絹の模倣であるから、万事に於てサモしい存在たるは、やむをえまい。《人ちゃん》なぞと、到るところで軽蔑される。だが、軽蔑されながら、いかに大衆諸兄姉に迎えられているか、云うまでもないことで、春日井伝造が、巨万の富を成したのが、論より証拠である。それだのに、彼はこうやって、天然絹糸の礼讃をしてる。勿論、天絹に最も近い人絹が製出されれば、彼の事業は一層儲かる理窟にはなっているが、人はパンのみに生くるに非ず。時に、商売気を離れて、天工の美と気品に、シャッポを脱ぐことになるのである。

彼が伯爵戸羽安綱のノンビリズムに惚れ込んだのも、些かこの心境に支配されたと云えないことはない。まるでＡＡＡ格（いちばんよい）の生糸を見たように、アッと感嘆しちまったのだが、その純良糸が思いもかけぬ財産差押えを食って、汚名を流したのには驚いた。どれほどの負債か知れないが、場合によっては、整理のお手伝いぐらいはしようと思っていたのだが、家令家扶に人材がいないとみえて、忽ち家財邸宅の競売となっては、もう手遅れだ。それもご当人の伯爵がお家復興の工作にでも掛かればまだしも、友人の家に居候をして、一枚看板のゴルフ服を着て平気で押して歩き、この頃ではインチキゴルフ練習場の教師にまで成り下ったとやら。これが貴族省のお耳に入って、悪くすると、礼遇褫奪（ちだつ）か、或いは隠居を申し付けられるかも知れぬという噂まで既に聞かされている。こうなると、根が算盤で鍛えた春日井伝造の頭が、伯爵と園子さんの縁談問題を、五破算でもう一度考え直したくなってきた。いくら純良無比の絹糸でも、生糸検査所の格付けがなくては、通用しない道理——戸羽安綱から伯爵をマイナスすると、ただのアンポンタンになって、まことにツマらん。ことに、あんなに娘も嫌がることではあるし、婚約解消と出た方が、商機に敏なるものではあるまいか。

こういう考えが、此間うちから、春日井伝造の胸中に起きていた。婿の黒部男爵や春子夫人に薄々相談をかけてみても、やはり同意見である。元来、少し足りない人物なンですよなぞと、婿の男爵は今になって、急に悪口を云った。まだ結納を取り交わした仲でないから、黙殺してしまえばそれで済むわけだが、一旦こちらに異存ありませんと返答した手前、そう急にお断りもできない。ウカツに断ると、この頃の華族様には、相当のご仁がいるから、こッちの面はどう立ててくンなさると、尻でもまくられては大変——尤も、五万や六万の示談金で済むなら、出さないわけでもない腹なのである。

人絹界の飛将軍、春日井伝造の最上の悩みと云えば、まずこれであった。事業はいよいよ伸びるし、ホルモンもどうやら太陽から吸収するだけで間に合いそうだし——彼は軽く汗ばんだ顔を、ウーンと反らせて、大きなノビをした。

そこへ、小間使いが、朝の二回目の郵便物を、盆に載せて持ってきた。彼は面倒臭そうに、差出人の名だけに、眼を通すのだ。封を切る価値のある手紙は、滅多にない。金の無心の手紙なぞは、だまって睨めばピタリと当てるくらいで、一切見ないことにしている。

「おやッ」

だが、春日井伝造は、これも無心状かもしれぬ安封筒の一通をとりあげて、思わず声を発した。

「ふウむ。いよいよ何か云って来たな。しかし、なんというヘタな字じゃ。まるで小学

「一年生じゃが、やはり黒部の云うように、低能なのかもしれンて」

と、呟きながら封を切ると、中はペラペラの便箋がたった一枚――それを読む彼の眼は、まず危惧から安心、安心から拍子の抜けたような表情に変って行った。

戸羽伯爵はいよいよ勇猛心を奮って、悪筆の恥を忍びつつ、かの縁談謝絶状を書いたらしい。書き終って、ホッと園子さんとの約束を果した彼の顔が、眼に見えるような気がする。それにしても、彼が望んだような本格の手紙は遂に書けなかったらしく、チラと見たところ便箋の文句は、拝啓の行を入れて三行しかなかった。しかし、意志は充分に通じたから、心配ない。

心配がなくなったのは、春日井伝造も同様だ。これで、応接間で尻をまくられる心配もなくなったし、示談金五万円の心配もない。しかしまア、可哀そうなように、慾のない男がいたもンだ――やっぱり、バカじゃッたのだなア。

彼は新しい葉巻に火をつけて、パッと煙を吐きだすと、紫の輪が春風に溶けようとするなかに、愛嬢園子さんの姿を認めた。芝生の端で、珍らしくも今日は和服姿の彼女が、ドッグ・ビスケットの角缶を抱えて、犬に芸を仕込んでいる。但し、なんとなく顔色が冴えないで、額に処女性ヒステリーの癇筋が立っている。

見れば、傍に瓜田の次郎君がニヤニヤと寄り添っているのだが、同君は今日も早朝から春日井邸へ出張で、このところ日参のかたちである。

「園子オ」

父親の声が、大きく呼んだ。

「なアに、パパ？」

令嬢は缶を置いて、即座に飛んでくる。その蹤(あと)を、犬と次郎君が尾を振ってついてくる。——尤も次郎君のシッポは、精神的だけれど。

「園子、お前を悦ばせてやることがあるぞ」

「なによ、ガヴォウのピアノが着いたの？」

「もうちッと重大な悦びじゃろうな」

「まア、なんだろう」

園子さんも、ちょっと見当がつかない。父親はただ目尻に皺を寄せて、葉巻を燻(くゆ)らせている。

「ハッハハ。これは当らンじゃろう。実は、お前の大嫌いな、例の殿様との縁談じゃが、あれは今度解消することにきめたよ」

「まア、急に？」

園子さんは近頃両親が、前のように煩(うるさ)くあの縁談を勧(すす)めなくなったのは知っていたが、突然の破約はむしろ意外であった。

「ハッハハ。急に止めては、お気に召さンのか」

「あら、そんなことないけれど……でも、突然解消の原因はなに？　あンなにパパは、無理強いにしてた癖に」

「そう云われると一言もないが、遠因としてはわしの再認識の結果であり、近因としては即ち……これじゃ」

と、父親は伯爵から来た手紙を、娘に渡した。

園子さんは円らかな明眸を輝かせて、文面を貪り読んだ。と云って、たった三行しかないのだから、瞬く間の仕事である。また、無比の悪筆も、自分だってあまり上手な方じゃないから、一向感じなかったが、不思議なのはこの便箋の力だった。彼女の眼がピタリと吸い着き、繰り返し繰り返し同じ文句を読んだ。そうして御花畑の霧のような、華麗な水蒸気が胸へ拡がってきた。

（あの人は約束を果してくれたのだわ）

彼女は父親の知らない、手紙の意味を了解した。

そうだ、戸羽伯爵は彼女の要求したとおり、父親へ破約を申込んだのだ。だから、それでいいではないか。思う壺ではないか。彼女は雀躍りしていい筈である――しかるに、彼女は芝生の日溜りをジッと瞶めたきりだ。

俗諺だって、馬鹿にできない。《碁敵は憎さも憎し、懐かしし》。あれは、高度の真理を含んでいる。園子さんは川奈ゴルフ場で、あれほど伯爵が憎かったのであるが、あの侮辱的な約束を従順に守って、彼が父親に手紙を書いたとなると、とたんになにやらサビしい気持になってしまった。伯爵の破産の話は彼女も知っていて、放蕩貴族の天罰だと、むしろ痛快に思っていたのに、その逆境の中から、こんな手紙を呉れたことが、今では妙に身に沁みるのである。

（あの人、ことによったら、とても騎士的人物かも知れないわ）

ふと、園子さんはそう思った。それに引き替え――と、彼女が比較せざるをえない人物が、ニヤニヤと背後に立ってる。

瓜田の次郎君は、気の毒にも、この場合、戸羽伯爵の引立役に回される運命となった。かねがね想いを焦がしていた園子さんが、如何した風の吹き回しか、川奈ゴルフ場で、

「妾、この人と結婚するのよ！」

と、イキナリ自分の首ッ玉へ齧りついたのは、少し驚いたが、結局大いに喜んだ。眼も当てられぬ喜びかたをして、契約履行を待ち構えているのに、彼女どうも気が永くて困る。その上、他人行儀をしていけない。側へ寄ると、スルリと逃げる。手に触ると、アレッと叫ぶ。

だが、園子さんの身になってみると、伯爵があンまり不感症だもんだから、つい癇癪を起して、有り合わせの次郎君の首ッ玉を拝借したので、別に他意あったわけでない。トースミ・トンボと結婚なんて、思いも寄らないのである。しかし君子の一言金鉄の如

しを、キミコの一言と読めば、女にも通用しそうな気になるではないか。新時代の女性たるもの、理性と意志を失った瞬間を、敵に覚られたくない。約束は約束である。と云って、かかる昆虫的男子と、生涯を共にするテはない——これが彼女のディレンマなのだが、その弱身につけ込んで、ジワリ・ジワリと大手搦手から攻め寄せてくる次郎君が、骨髄に徹してイケ好かなくなると同時に、いままで毛嫌いした伯爵が、この手紙を動機に、急にタノモしくなってきたというのは、莫迦莫迦しくもまた可憐なる白き処女魂。

そんなことは、露知らぬ春日井伝造は、

「先方から断ってくれて、勿怪の幸いじゃよ。噂を聞くと、なんでも此頃はすッかり零落しちまッて、月給十八円のゴルフ教師をして露命を繋いでるそうだが、殿様は殿様らしく、他に身の振りかたがありそうなもンだ。いや、万事わしの鑑違いで面目ないが、これで一切解消じゃから、堪えてくれ。もともとお前の嫌いな男じゃ……願ッたり、叶ッたりじゃろう、ハッハハ」

と、笑って、椅子から立ち上った。日は沖天に昇り、社長サンの出勤時刻がきたのであろう。彼はノッシ、ノッシと、ヴェランダの方へ歩きだしたが、やがて振り顧って、

「おい、次郎君。君は今日ヒマか……」

「ええ。毎日ヒマですが……」

「じゃア、今日は一日、園子の対手をしてやってくれ。ドライヴでもしたければ幌の方が明いとるぞ……えエ天気じゃ今日は」

「テへ。まったくです」

と、恐悦する次郎君を、春日井伝造はべつに買ってるわけではないが、戸羽伯爵に会う前に、心中に、園子さんの婿の候補者に算えたこともある。なぜと云ッて、親類の息子で、気心もわかっているし、しかも園子さんと血族関係はないし、それにプロレタリア出身の春日井家の親族中でも、瓜田家は唯一のインテリ家庭で、亡父は軍人だった。当人の次郎君が、少し甘ッたるいことは、百も承知であるが、舞踊評論家という小綺麗な看板をかけているし、コンなのを亭主にもてば、自由自在に尻に敷けて、園子も一生苦労はあるまいという、勝手な父性愛からだった。そこへ伯爵が出現して、次郎君ペケとなったが、高点者が違反で引っ張られれば、次点者が有望となるのは、選挙をみても、わかる道理……。

そこで、すッかり気をよくした次郎君が、

「じゃア、お昼から何処かへ飛ばしましょう。浦和へ行って踊りましょうか、それとも、三浦半島をツーリングしましょうか」

と、誘いをかけるが、園子さんは黙として一言も発しない。

彼女は父親の云った或る事に、すッかり気を奪われているのだ。それは、伯爵が無気力遊惰な華族のバカ様と思いの外、勇敢にも生活戦線に乗り出して、しかも体裁の悪い職業を平気で選び、一月十八円の生活に甘ンじていることだ。昨日まであんな贅沢の限りを尽していたのに、よくまア思い切りそんな生活へ飛び込めたものだ。ことによると伯爵という人は、騎士的人物であるのみならず、ダイヴィングの選手のように決断力のある、雄々しい男性なのではあるまいか。かりにそこにいるトースミ・トンボが、破産したら、忽ち悲鳴を揚げてパパのとこへ泣きついてくるにきまってる。男の相場から云って、これはだいぶ懸隔があるようだ。そう云えば、顔つきからして、次郎チャンは理科の標本に出てきそうな昆虫型だが、伯爵の方は眉秀でて血色よく、クラーク・ゲーブル[*19]を品よくしたみたいだ――といまは川奈で見た伯爵の姿まで、懐かしく思い出されるのであった。

（でも、あの人は放蕩者だった。芸妓なんて低級なものに、夢中になった過去がある。体も心も穢れているだろう……やっぱり、駄目な男かしら）

と、別方面から迷雲が湧き上ってもくる。

こんなコンディションに於ては、万事成行きに任せるに限るのだが、次郎君が余計な口をきいてみたくなるのも、恋は思案の外。

「ねエ。園ちゃん。あの伯爵もハッキリ君から拒絶を食ッたんで、やッと諦めたとみえますねエ、一体、貴族と結婚するなンて、時代錯誤ですよ。でも、これで小父さんも認識不足を清算したンだから、二人は希望通り、いつでも式は挙げられますね。園ちゃんはいつ頃がいいですか。僕は何事にもスピード・アップが好きでね」

「そう。妾はスロー・ダウンが好きなの」

園子さん、ヘンな熟語を使う。

「僕ね、小父さんにお願いして、ハネー・ムーンには、一、二年欧羅巴へやって頂こうと思うンです。アチラの名舞踊家を園ちゃんと二人で、歴訪しようじゃありませんか。伯林のリンデン、巴里のマロニエ、その下を園ちゃんと……」

「それ、とても名案ね。妾からも、パパに頼んであげるわ」

「園ちゃんも賛成ですか、そいつは素敵だ。早く行きたいですね」

「一刻も早くね。今月の船はどう」

「今月？　少し早いですな。式の準備に、如何したッて、二月や三月かかるでしょう」

「だから、式の前に行けばいいわ。あんた一人で」

そんなハネー・ムーンは、聞いたことがない。こう度々ハグらかされると、次郎君もだんだんジレてくる。

「園ちゃアーん。すこし僕の気持を察して下さいよ。僕は十五、六歳の頃から、君を想っていたンですぜ」

「あら、随分早熟ね」

「もう十二年も秘めてた恋ですよ。それが君に通じて、川奈で突然求婚された時、僕は心臓が破裂しそうに喜んだのも、無理ではないでしょう。われわれはもう精神的に結婚してるのじゃありませんか。ただ、式を挙げるだけの問題にすぎないじゃありませんか。それだのに、如何して園ちゃんは、そう躊躇するのです。わからンです。わからんですよ、僕は」

「妾、いつも精神的でありたいのよ」

「その精神も表現を与えなければ、舞踊なきリズムのようなものではありませんか。園ちゃん……僕に表現を与えさせて下さい」

と、次郎君も堪忍袋の緒が切れたとみえて、園子さんの白い頸に手をかけ、グッと引き寄せて、リズミカルな行動に出ようとした。

「よしてよ、なにすンの！」

と園子さんは身を踠(もが)いて振り放そうとしたが、痩せてはいれどトースミ氏の腕は、妙にシナシナと絡(から)む力があって、黐(とりもち)のように付いたら離れない。

男が最も女にキラわれる瞬間である。

その時、どこから飛んできたか、一本の草箒(くさぼうき)が、ブーンと唸りを立てて、次郎君の頭へ衝突した。

「痛てッ！」

と、次郎君が思わず手を放して、四辺を見回すと、

「あら、ご免遊ばせ。あンまり力を入れて掃いたもンですから、とんだ粗忽をいたしまして。ホホホ」

と、小間使いのユキやが、うしろで、馬鹿丁寧なお辞儀をしている。

園子さんの眼からピカピカと、感謝のしるしのモールス氏信号が光った。腹心股肱の臣ユキやは園子さんの心境を隅まで知り抜いているので、次郎君が来ると、いつも見え隠れに、非常警戒の網を張っていたのである。

しずこころなく

その翌日は花曇りというのか、降りもせず、霽れもしない陰気な空模様。そうでなくても、光線の乏しい茶の間の四畳半は、人間の眼鼻さえハッキリしないほどの暗さである。

そこへ、伯爵と、馬小路子爵と、お虎婆さんの三人が、額をあつめて、なにか協議をしている。

「これというのも、つまり、僕が至らないからだ。僕にもうちッと能力があれば、君一

人ぐらい、何でもないンだけれど……」

そう云って馬小路子爵は、実際、申訳がなさそうに、額へ手を持ってッた。

「いいえネ、そりゃアうちの旦那に働きのないのは、嘘じゃアありませんけれど、いま時、人一人遊ばして置くようなラクな家は、滅多にあるもンじゃござんせんよ」

お虎婆さんは、ジロリと伯爵の方を眺めた。昔、吉原でオイランに叱言(こごと)をいう時も、こんな調子だったに違いない。

伯爵も、こういう天気、境遇、人物、言語とくると、まったくニガ手なんで、例のゴルフ服で胡坐(あぐら)を搔いたまま、黙って靴下のケバなぞを拗(むし)ってる。

彼が城西ゴルフ練習場をお払い箱となってから、お虎婆さんの機嫌は断然よくない。ことに馬小路子爵が、今月は溜った服屋の月賦を、無理に二月分払わされたので、予算はまったく変調を来たした。お虎婆さんも、自分の給料どころか、米櫃(こめびつ)の方が怪しくなってきたので、自分が出るか、伯爵を出すかという難題を、主人に吹きかけるようになった。

馬小路子爵も、婆さんに暇をとられると、明日から自分で飯を炊かねばならず、と云って、年来の親友を街頭へ追い出すなんてことは、大宮人の血を曳いてる彼の許さざるところである。しかし、やはり大宮人の血のお蔭で、円満解決という、虫のいい方へ考えが伸びがちだ。

「君もこんな貧乏生活をしなくても、ご一家のうちのどこかへ行く方がよかアないかね。僕は慣れてるからいいが、実際、君には気の毒で耐らん。もし君から話し憎かったら、僕がいつでも談判してくるがね」

と、子爵は切りだした。

「いや、お邸生活はもう真っ平だ。僕は君の家が気に入ッとるのだよ。ノビノビするからなア」

銭湯の味が身に沁みたのか、伯爵は一向耳を藉そうとしない。

「では、そうそう……例の縁談は如何したね。あの家は素晴らしい富豪だが、この際、眼を瞑ってあの娘を貰う気はないか。これは名案だぞオ」

と、馬小路子爵は、俄かに活気づいた。それを聞いて伯爵が、しずかに眼を瞑ったから、貰う気があるのかと思うと、

「あれは、一昨日手紙で断ッた」

「断ッた？　なんて慾のない男だ……一応、僕に相談してくれれば、破談にしても方法があるのに」

と、シンから残念そう。伯爵は黙ってバットを燻かしだした。

お虎婆さんは主人のユル褌が、眼に余ると云った調子で、

「なんだか知りませんが、そんな贅沢な撰り好みをしていられちゃア、お台所がやりき

れませんよ。男一匹、自分のミジンマク[*20]が立たないで、大きな面をして貰いますまい。養子に行くなり、商売を始めるなり、何とかオカマを起したらいいじゃアありませんか」

と、恐ろしく下卑た語ばかり列べる。

「要するに、僕が働けばいいんだろうが」と、伯爵も塩ッぱい顔をして、「実は、心当りが一つある」

と、意外なことを云った。

「ゴルフなら、どうせ、三日で追い出されるンだから、諦めた方が早手回しですよ」

「いや、今度のは、もッと確実な職業だ。今朝、ちょっと新聞の広告で見たンだが、新宿の大東京百貨店で、配達自動車の運転手を募集している。パッカードの免状なら僕も持ってるが、これは国産の小型車らしいから、少し調子が違うだろうが、やれンことはあるまい。それに、その仕事なら、この服で間に合うからな」

と、ニッカ・ボッカを叩いてみせる。

「そりゃア旦那、いい口ですよ。是非お勤めなさい」

と、お虎婆さんは歯グキを剝きだしたが、さすがに馬小路子爵は、

「馬鹿な。君、いやしくも爵位を有するものが、デパートの配達運転手とは情けないじゃないか。そンな職業は断然止し給え。もッと体裁のいいのが、無いことはあるまい」

「成金の娘を貰ったって、あまり体裁のいいことはないさ。第一、今度の仕事は、此間のゴルフ教師と較べものにならん。あれは十八円。今度のは四十五円くれるンじゃぞ」

と、伯爵もサモしいことを仰有る(おっしゃ)ようになった。

当人がこのとおりだし、馬小路子爵も貧には代えられず、

「では、まア採用試験だけ受けて見給え」という処に折れ合ってきた。

「明日の朝、十時に試験があるンだ。婆さん、寝坊したら、起してくれ給え」

「ええもう、六時からお起ししますよ」

と、お虎婆さんは俄かに喜色を呈して、さしも憂鬱だった茶の間の空気も、これでまず霽(は)れ模様ときまったが、この天気いつまで続くだろうか。

翌朝、九時。

伯爵は自分で靴を磨き、服にブラシをかけ、玄関に下り立った。さすがはロンドン出来の品物だけあって、ちょっと手入れをすると、見違えるように颯爽(さっそう)と、気品が出てくる。どう見たって、これがデパート配達部の運チャン志望者とは受け取れない。どちらかと云うと、デパートの専務が、八の日にドライヴに出掛ける姿の方に近い。

新大久保から新宿まで、伯爵は省線へ乗った。薄雲はあるが四月の行楽日和。車内は花簪(はなかんざし)や色手拭をかけたお客で、ザワザワと混雑していた。なかには、もう正宗の壜の飲み回しをして、ドドイツなぞを放歌してる者もある。風体をみると、懐中の暖かそう

な工場勤務員諸君である。四十五円の就職を探しにゆく華族様とは、ダンチの景気らしい。

伯爵は新宿駅の長い地下道を通って、改札口へ出ると、ここも黒山のように人が聚がってる。その中を押し分けるようにして、駅前広場へ出る時に、

「もし、戸羽さん……戸羽伯爵!」

と、声をかけた者がある。

伯爵が驚いてその方を見ると、銃猟仲間の有閑紳士、木村君と渡辺君が、やはりニッカ・ボッカの散歩服姿で立っている。

「やア、これは珍らしい」

と、伯爵は会釈をしたが、どうも久し振りで故郷の人間に逢ったようで、懐かしいような、また後目たいような……。

「どちらへ?」

「いや、その一寸……」

「颯爽とハイキングでしょう、洒落てますね」

なるほど、伯爵のスタイルを見れば、鉄道省のポスターに使いたいようなサッ・パイ姿[*21]である。時と場所から云って、そう考えるのは無理でないが、この連中はどうやら伯爵の破産などを知らぬらしい。

「いやなに」と伯爵は飛ンだ推量をされて弱ったが、辛うじてゴマかして、「諸君こそ、猟期外れに何処へ行かれます？」

「なアに、例の女銃猟家の小林花子の別荘へ遊びに行くので、ここで高橋君の来るのを待ち合わせてるンですが、どうです、貴方も一緒に来ませんか」

「いや、今日は失礼しましょう」

「いいじゃアありませんか、彼女も戸羽さんとは、猟友の仲だ」

と、云ってるところへ、遅れ馳せの高橋君がやってきて、

「やア、失敬々々。戸羽さんも一緒に嬉しいね……なに、ハイキング？　莫迦云ッちゃアいかん、中学生じゃあるまいし」

と、無理に伯爵の手を執って、自分が乗ってきた自動車のなかへ、押し込んでしまった。

「降ろしてくれ給えッ！　僕は重大なる用事を持ッてるンだ」

と、動きだした車のなかで、伯爵がジタバタすると、三人の紳士は俄かに笑い出し、

「ハッハハ。戸羽さんに重大な用事があるなんて、蓋し空前絶後だ」

「察するところ、新宿で彼女とランデ・ヴウというわけでしょう。そう聞いては、いよいよ以て邪魔せざるをえんね」

なぞと、面白半分、伯爵の腕を押えて離さない。そのうちに、自動車は甲州街道を快

速力で飛ばし始め、大東京百貨店はいつか遠い都塵のなかに隔(へだた)ってしまった。

こうなると、伯爵は鯉が俎(まないた)へ載ったように、ひどく落ち着いて、もちまえの悠然たる調子に帰った。天命に逆らわずと云えば、聞えはいいが、実のところ、非現代的にノンビリした魂の働きであろう。

「久し振りの郊外は、やはりいいねエ」

なんて白(せりふ)が、ウソでなく、腹から出るのである。

尤も、車はいつか下高井戸を過ぎて、両側の麦畑の青い縞に、飛模様のような桃の花――エンジンの音でわからないが、雲雀(ひばり)もきっと啼いてるにちがいない。やがて、調布の少し前から、左へ曲ると、松林を回(めぐ)らせた瀟洒(しょうしゃ)な一劃があって、クリーム色の外壁が日に暖かいヴィラ風の洋館が見える。車はそこの門の前へ駐(と)まった。

「まア、皆さんようこそ……おや、戸羽さんも来て下さいましたの」

小林花子女史は、欣々としてポーチへ出迎えた。断髪で洋装をしているが、鉄砲を撃つだけあって、あんまり色気のない有閑夫人である。

別荘(ヴィラ)のことで、応接間というのでないが、十五畳ぐらいの広い洋室へ通されると、ヴエランダを越して、目一杯に多摩河原が拡がり、稲田堤の端らしい桜花が、七分の綻(ほころ)びを見せている。

「いい景色ですなア」

伯爵が思わず褒めると、

「戸羽さんは景色より、こちらの方がいいンでしょう」

と、花子女史は女中の持ってきたウイスキーと炭酸を、眼で示した。噫、爾、黒のジョニー・ウォーカーよ、なんと久しい対面ではないか——と、伯爵はたった二月逢わない角壜を、さも懐旧の情に耐えぬように眺めた。

「そう云えば、いつか上野原へ山鴫の猟に行った時に、戸羽さんは山の中でこれを一本明けちまッたッけねえ」

「そうです。でも、泥酔しながら、獲物は一番沢山落したから、驚いたよ。ねえ、戸羽さん」

と、話しかけられても、聴えればこそ——彼は眼を細くして、三杯目のハイ・ボールを鯨飲してる最中である。どうも、醇良のスコッチはやはり旨い。此間、馬小路子爵が国産を一本買ってきてくれたが、大変キナ臭かった。こればかりは、日本精神では片付かンよ、ウーイ……。

伯爵がご機嫌になってくるに従い、座はますます陽気となったが、そこへ婦人客の某夫人、某女優なぞが東京から馳せ参じたので、まことに春高楼の花の宴みたいなことになってしまった。

賑やかな昼飯が済んで、またサロンへ帰って、ドミ・タッスの珈琲が出て、それから

花子女史は蓄音機へ、食後の音楽に相応しいレコードを掛けたが、

「皆さん、すこし踊らない？」

「賛成！」

「結構ね」

てなことになって、一同、椅子テーブルを側へ寄せて、絨毯をめくると、下は磨きのかかったモザイックの床。

伯爵はいい気持に踊った。佳き酒と、佳き食事の後で、佳き女というにはすこし不足ながら、ともかく女優さんを抱いて踊るのは、やはり人生のエーところ。

「戸羽さんは、やッぱりお上手ね」

なんて云われて、益〻いい気持になって、踊って踊りまくッて、時間の経つのも忘れた。

やがて、さすがに踊り疲れて、ヴェランダへ出て、春風に吹かれていると、煙草が喫みたくなった。伯爵も今日は、サモしい話だが、お先き煙草のウェストミンスターばかり頂戴していたのだが、ヴェランダにはそれが無いので、手は無意識に上着のポケットを探った。久し振りの富裕な生活に触れて、伯爵もいつか昔の気分に帰り、ポケットから多分キリアージが出てくる積りでいたが、豈計らんや、お馴染みの、金色の蝙蝠が、不景気な翼を拡げて飛びだした。

とたんに伯爵は、昼寝から叩き起されたように、スックと立ち上った。

「マダム？　いま何時です！」

「三時頃でしょう。まだ早いわ。そのうち主人も来ますから、ゆッくりなさいましな」

「いや、そうしてはおれンです。急用を思い出したです。諸君、失敬！」

一同呆気にとられてるなかを、伯爵はアタフタと玄関へ跳び出し、靴を履く間も遅しと、駆けて行った。

やがて京王電車の新宿追分で、伯爵は誰よりも先きに車を降りた。そうして人混みの中を、息を弾ませて駆けだした。新宿だの、銀座だのを駆けて歩く人は滅多にない。人人は眼を欹てて伯爵を見るが、体裁や外聞はなんのその。一目散に大東京百貨店めざして駆けつけた。

送迎ガールに事務所を訊いて、建物の裏の薄暗い一室のドアを開けて飛び込むと、仕切台の向側で、詰襟の服を着た爺さんがジロリと伯爵を睨む。

「配達自動車運転手の応募にきました。試験場はどこですか」

「なにョ云ってるンだ、お前さん。今朝十時に三十人も来たから、とッくに締切ッたよ。こちらの募集は、五名採用なンだ。今頃来たッて、如何なるもンか。時計を見て、ものを云いなさい」

なるほど、事務所の掛時計がボンと、四時半を打った。いやに腸に浸みる音である。

「なんとかならンですか」

「諦めなさい」

そうでなくても、春の夕暮れは哀しい。

伯爵はトボトボと、また雑沓の街へ降りた。東京の不名誉な名物である新宿の雑沓は、花見帰りの団体客を加えて、塹壕戦のような凄まじさである。伯爵は何度、人に衝き当ったか知れない。

「気をつけろイ、間抜け奴！」

職人らしい酔漢が、怒鳴りつけたが、噫、昭和の聖代のありがたさ、十五万石様はお手討ちどころか、肩を窄めて横丁へ曲った。

そこでもまた、伯爵は別な通行人と衝突しそうになった。

「あら？」

今度は、鶯のような美しい声だ。しかも、驚きと喜びを表わす間投詞である。百貨店のスケート場から、春日井園子さんとユキやが出てきて、まさにタクシーを拾おうとするところであった。彼女はスケートも好きだが、実は瓜田次郎君に留守を食わせる目的で、昼から家を出たのである。

伯爵は、時々夢に現われる女性が、眼の前にいるのも知らないで、トボトボと歩き続けた。

（まア、お気の毒な……）

園子さんばかりは、伯爵のゴルフ服姿に瞞着されない。なぜと云って、彼女は川奈でその服の卸したてのスマートなところを見ているので、襟垢に汚れたスポーツ・襯衣と云い、踵の汚れたゴルフ靴といい、まったく別人のような見窄らしさである。まさか運搬自動車運転手の口にアブれた帰りとは想像しなかったが、噂どおり伯爵が零落の底に沈んでいることは、一目見て直感できるのであった。そうして、伯爵がもし受けてくれるなら、父を説いて、助力の手を差し伸べたいと思ったのである。

彼女はユキやに何か耳打ちした。ユキやは小走りに駆けだした。

「あの、失礼でございますが……」

ユキやは丁寧に腰を屈め、まず令嬢の先日の無礼を詫び、

「改めてご交際を願えれば、お嬢様もどれほどお喜びか存じません。就きましては、この辺で一寸お茶でも……」

これはユキやの智慧なんだが、勿論、令嬢に異存はなかろう。

伯爵はチラと園子さんの方を見た。園子さんは俯いた。

「ありがとう、僕も望むところですが……」伯爵はそう云って、慌てて口を噤んだ。いやしくも婦人を連れてお茶を飲みに行くのに、さっきの電車賃のお釣銭十四銭しか持ってない自分に、気がついたのである。

「……どうもこの近辺は下等ですから、日を改めて、ニュー・グランドあたりへお招きしましょう。いつがいいか、ええ明日は一寸都合が悪いし、明後日も呼ばれているし……」

これを、殿様根性という。なんと切ない、愛嬌のあるウソであることよ。でも、人にオゴられるなんて――殊に婦人にオゴられるなんて、忍びがたいではないか。

「あら、でも、そンな……」

ユキやが必死に止めようとするのを、伯爵は捕（つか）まっては大変と、急ぎ足に歩きだした。夢中で歩いて、人通りの少い街まできてしまった時、伯爵は急に寂しくなった。もう一度、新宿へ引返したい気持がしてならなかった。

（だが、それどころじゃアない……）

伯爵の頭に、牙（きば）を鳴らして待っているお虎婆さんの顔が浮かんだ。続いて、苦労性の額に皺を寄せてる、馬小路子爵の顔も見えた。運転手の口も駄目だったと知ったら、この二人の顔は三倍の強さにクローズ・アップされるだろう……

（僕はもう、あの家へ帰らない方がいいようだ）

と云って、どの家へ帰ればいいのだろう。河瀬三太夫が日暮里にいるが、気の毒で、とても行く気になれない。親族の華族様は、窮屈で真ッ平御免である。東京の屋根の下に、伯爵の身を置く場所は、一寸無さそうだ。

（まア、どうにかなるだろう）

また、例の悪い病気が始まった。そうして、もう日の暮れた街を、宛途もなく、フラフラと歩きだした。Quo Vadis Domine[*22]………

どうにかなる

眼を覚ますと、大きな円窓が見えた。とても、大きな円窓だ。船室の窓の五倍ぐらいありそうだ。そうして窓一杯に朝の外光が噴泉のように、溢れ輝いている。

戸羽伯爵は、頭をブッつけないように用慎しながら混凝土製の円い部屋を這い出した。

「おウ、起きたけえ」

と、隣りの土管の前で、爺さんが声をかけた。

昨夜は闇の中で、声だけしか知れなかったが、こうやって顔を見ると、なかなか人品のいい老人である。ヨレヨレの印半纏を脱がせて、ザラザラの頬鬚を剃らせて、一風呂浴びさせて、袴でも穿かせようもんなら、立派に華族の家扶ぐらいは勤まりそうだ。伯爵は河瀬三太夫を思い出して、懐かしくなった。

「お早よう」

「どうでえ、よく眠られたけえ。初めておカン[*23]をして、眠られるようなら、豪儀なもンだ。まア顔でも洗って来ねえ」

「やっぱり、顔を洗うンですか」

「俺達だって顔ぐれえ洗わアな。原ッぱの先きへ行くとポンプがあるから、ブルンコしてきねえ。あンまり長く洗ってると、長屋のカミさんに怒鳴りつけられるぜ」

　いい朝だ。

　伯爵が顔を洗って、ハンカチで手を拭きながら、原を横切ってくると、朝露の光ったゲンゲとタンポポが、爽やかな匂いを吐いている。電線に、音譜のように燕が止まって、朝の唄をうたってる。コンクリートの白い土管が、緑い草の中に、クッキリと朝陽を浴びたところは、まるで瀟洒なホテルのテラスの感じだ。

（馬小路の家よりむしろ清潔かも知れんな）

　伯爵は、昨夜の泊りをそう考えた。

　昨夜、東京の屋根の下で寝るのを諦めた伯爵は、新宿からブラブラと足の向くままに、新市域の暗い道を歩いた。どれだけ歩いたのか、自分でも見当がつかなかったが、この空地へきた時には、さすがに脚が棒になった。そこで野宿と覚悟をきめて、転がってる土管へもぐりこもうとすると、

「誰でえ、ひとの家へ這い込みゃアがるのは」

と、中から叱りつけたのは、さっきの爺さんである。伯爵は、こんな処にも居住権の確立があるかと驚いたが、それでも爺さんは親切に、隣りの土管が明いてると、教えてくれた。

「だが、今夜一晩きりだぜ。そこは平公のトヤなんだが、奴ア、朝からサツへ挙げられてるンだ。二日の拘留だから、明日はきっと帰えッてくる」

正月に熱海の旅館へ行くと、よくこんな泊め方をされる——とにかく、伯爵も、他に行き場がなかったから、平公氏の留守宅へ厄介になることにきめた。

円い部屋に寝たせいか、円い夢をみた。園子さんを、約束どおり、ニュー・グランドのお茶へ招待して、ヤレヤレと思ったら、眼が覚めた。耳の下で、彼女の声のかわりに、蚯蚓が鳴いていた。それからトロトロしたと思ったら、もう夜が明けていた。新婚の夜でも、浮浪第一夜でも、明けてしまえば、まことに呆気ないものである……。

「おめえ、食うものを、なんか持ってるのけえ」

老ルンペンは、草の上に胡坐を掻いて、伯爵に云った。とたんに、昨日の午餐に、花子女史のところで、晩翠軒仕出しの支那料理をご馳走になったきり一片の餌も入れてやらない伯爵の胃袋が、キューと鳴り出した。

「いや、なんにも用意しとらンのだがね」

「用意たア、大きく出やがった。無けりゃア仕方がねえ、俺の分を分けてやろう。だが、俺は此頃パン食にしてるから、おめえのような若え者は、すぐ腹が空いて困るかも知れねえぞ」

爺さんは土管の中から、新聞包みをとりだして、草の上へ拡げた。頃合いに焼けたパンの耳が、山のように入っていた。

「こっちの方を食いねえ、そりゃア銀座のコロンビエだ。そっちのは、新宿の大衆製菓だが、やっぱり、まるで味が違うな……なアに、みんなサンドイッチの切屑だよ。裏から回って這入って行くと、いつも沢山呉れるンだ。誰でもというわけにゃいかねえ、俺ア顔馴染みだからな」

爺さんは細長い耳を二、三本摑んで、ムシャ、ムシャやりだした。さすがに伯爵は、ちょいと手を出し兼ねていると、

「よ、遠慮なくやンねえ。衛生にゃア、こいつに限るぜ。それともおめえ、ズケ[*24]でなくちゃア食わねえか」

爺さんの言葉は優しい。伯爵は黙礼して、一摑み手にとって、早速、口へ入れると、カリ、カリと歯応えがして、芳ばしい匂いが、鼻へ抜ける。さすがはコロンビエだ。

「旨いですな」

「だから、云わねえこッちゃねえ。なんでも西洋人はミミばかり選って食うそうだ」

伯爵は、二摑み目を平らげ始めた。お邸にいる時も、朝飯はフランス式にしていたが、

これに熱いモカが一杯と、グルイエル・チーズが一片あったら、申し分なしだがな。

「見たところ、おめえ、まったくの新米らしいが、如何してこんな身分に落ちなさッた」

爺さんは、もう食事を終って、拾い煙草らしい短い紙巻へ、火を点けた。

「つまり……チト費い過ぎてね」

「そうだろう。男ッ振りがいいから、身がモテなかったな。主人の金を費い込んだンだろう」

「いや、自分の金だがね」

「そいつア、話せる。人様の金を費ったンじゃア、落魄れても、気がサバサバしねえ。実は俺も一身代潰して、この始末さ、ハッハ」

老ルンペンは、愉快そうに笑った。

「へえ、君もかい」

「こう見えて、呉服屋の倅だったンだが、三年がかりで、きれいに飲み潰したね。尤も、俺だけの仕事じゃアねえ。時勢が手伝ってくれたのよ。デパートてえ奴が、俺達の商売を滅茶苦茶にしちまやアがった。兄ンちゃんの前だが、時代遅れの商売ばかりはいくら足掻いても駄目だな。おめえもその組じゃアなかったのけえ」

「そう云われてみると……たしかにそうだ」

伯爵は、思い当るところがあって、ニッコリ諾いた。

「と云って、親譲りの商売なら、どうにもならねえ。そいつを一生我慢するか、俺みてえにおッぽりだすかだが、どうも俺ア自分の思い通りにやってよかったと思ってるよ。初めはちッと辛かったが、慣れてくると、こんな気楽な暮しはねえ。ショーバイのねえショーバイぐれえ、結構なものはねえぜ。どうも俺の考えでは、これが一番時勢に合ったショーバイだと思うが、兄ンちゃんはどうだ」

「なるほどね」

「世の中に、心配するほどバカなことはねえぜ。セッパ詰ってきたら、いいお呪文があるから、教えてやろう——《まア、どうにかならアな》と、三遍唱えるンだ」

「おやッ」

伯爵は、世の中には、似た人間がいるものだと、驚いた。あの悪い癖を、馬小路子爵や河瀬三太夫に、よく諫められたものだが、この爺さんは、反対に鼓吹するのだから驚いた。

「だが、そんなお呪文を唱えるうちは、まだ青いンだぜ。修行が積んでくると、どうもしねえうちに、チャーンとどうにかなってくるから、不思議なもンだ。煙草が喫みてえな、と思うと、眼の前に落ちてるし、ハバカリで蹲踞ンでると、飛行機の撒きビラが舞い込んできやがるし……」

伯爵は、頬杖を突きながら、爺さんの話に聞き惚れている。広い青空と、緑の草の間に身を横たえて、こういう話を聞いてると、いかにも自分の魂にピッタリくる。ことによったら、自分はルンペンが一番、性に合うかも知れん。それとも、華族とルンペンと、どこか似てるところがあるのかも知れん。なんにしても、この生活は気に入った。自分もこの先輩のように、早く修行を積もう。この頃のように、世の中が陰鬱を通り越して陰酷になってくると、ルンペン志望者が続出して就職難が起るかも知れんからな……。

「さア、これから一回りしてくるかな」

爺さんは、腰を叩いて、立ち上った。

「仕事があるンですか」

「なアに、丸の内へ行って、新聞の立読みをして、日比谷のベンチで、昼飯とするかな。歩いてると、面白え事があるぜ。おめえもブラブラ歩いて、気に入ったトヤを探してきねえ。平公が帰ってくると、その土管は駄目だからな。じゃア、縁があったら、また逢おうぜ」

ひどく未練のない爺さんで、そう云ったかと思うと、もうスタスタ歩きだした。腕を組んで、腰を立てて、ルンペン独特の歩き振りである。

伯爵は、この有力な先輩に別れるのが、辛かった。できれば、爺さんの隣りの土管に住みたいと思った。この居心地のいい宿も、一夜でお別れかと、心細くなった。

「まア、どうにかならアな」

伯爵は思わず、その言葉を口にすると、急に気持がノビノビしてきた。なるほど、よく効くお呪文だ……。

四月の太陽は、気前のいい王様のように、金の箭(や)を乱射している。もう十時ごろであろうか。伯爵は太陽の方を向いて、ブラブラ歩きだした。ニッカ・ボッカのポケットに、バラ銭が十四銭残っていた。伯爵はそれで、バットを二つ買った。午飯の金に七銭だけとって置こうと思ったのだが、

(まア、どうにかならアな)

と、思い返した。その煙草を啣(くわ)えながら、目黒区だか、品川区だか、処も知らぬ郊外を、足に任せて歩いてると、まるで三カ月前の自分と、すこしも変らない気がしてくる。彼は、"La Crise est Finie"[*25]のメロデーを、口笛で吹いて歩いた。それから〜うきくさやと、小唄をうたって歩いた。歩く先き先きに、春風が吹いていた。連翹(れんぎょう)が咲いていた。紋白蝶が飛んでいた。

だが、伯爵はすこし調子に乗りすぎた。気持のよい散歩を、なぜ医師が胃弱患者に勧めるかを考えなかった。なにしろ、最も消化に適したパンの耳数本である。忽ち血となり、肉とならんまでもまったく空虚な胃袋は、再び蛙(かえる)のような啼声を連発し始めた。

「これはいかん」

伯爵は、下腹を撫ぜてみたが、そんなことで収まる事態ではない。もしそれが、さっきの爺さんだったら、二日や三日断食しても、ビクともしない修行ができてるのだが、そこは新人の悲しさで、一食抜くか抜かなかったというのに、この始末である。

（まア、どうにかならアな）

伯爵はお呪文(まじない)を唱えてみたが、今度ばかりはちっとも効果がない。それどころか、過去の食道楽(ガストロノミー)の酬(むく)いで、和洋支の珍味佳肴が、卍巴(まんじともえ)の如く頭の中を乱れ飛んで、伯爵は屋根の瓦だろうが、道傍の草だろうが、手当り次第に食ってしまいたいほど、猛烈な食慾を感じてきた。

と云って、勝手に口へ入れていいのは、空気ばかり——伯爵はもう唾(つば)を嚥(の)み込む勇気もなくなって、グッタリと地面へ腰を卸した。

そこは、南下りの見晴らしのいい宅地で、数千坪もあろう地所に、なま新しいコンクリート塀を回(めぐ)らしているが、内部はまだ普請(ふしん)の最中で、大勢の労働者が右往左往している。家屋は洋館らしいが、ありきたりの鏝(こて)細工式と違って、御影石(みかげいし)材をガッチリと組んで、堂々たるゴシックの館(シャトウ)を建築する積りとみえる。庭園もそれに準じて、よほど念入りの設計らしく、土を運ぶトロは数条のレールを、頻繁に走っている。一見、工場でも建つのではないかと思われるほど、仰々(ぎょうぎょう)しい建築場である。

伯爵はコンクリート塀へ、背中を寄せかけて、黙然と腕を組んだ。歩いてるうちには判らなかったが、スコット・エーディー製のプル・オーヴァーが、胸のところで大浪を打って動いている。その下で胃袋が、エン・エンと喘いでいるらしい。伯爵の血液は、悉く胃の周囲に集中して脳髄をお留守にしてしまった。従って瞼が次第に重くなって、いつとはなしにトロトロと仮睡りを始めた。

寝顔を見ると、食いたい一念が残ったのか、大きな口を開いて、顎へ太い涎液を垂らしてる。哀れや伯爵！　貴族会館や川奈リンクスで、我等にお馴染みの面影は、どこへ消えてしまったのか。一夜のおカンで、ゴルフ服も無惨に汚れ、誰が見たって、これが三河台の殿様の成れの果と気付く者があろうか。

その時、建築場の中で、タダならぬ罵声が聞えた。なにを怒鳴ってるか、サッパリわからぬが、声は次第に数を増し、慌しい足音が、春昼の沈黙を破った。

やがて、工事場出入口を弾丸のように跳び出した棟領風の男は、キョロ、キョロと四辺を見回していたが、遥かに伯爵の姿を認めると、一散に駆けてきた。

「親分ッ、大変だ！」

伯爵は乱暴に肩を揺られて、漸く半眼の眼を開いた。

「なんだ、人が眠てるのに」

「午睡どころじゃねえよ、大変だ！　とうとう若え奴等オッぱじめた。早く来ておくンなさい！」

「寝呆けちゃ困るよ、親分、例の喧嘩に火が点いたンだ。愚図々々しちアいられねえ。さア、あッしと来ておくンなさい！」

グイ、グイ腕を引っ張られて、伯爵は無理に駆足をさせられながら、現場へきてみると、睡気なぞは一度にケシ飛んでしまうもの凄い風景！　トロの軌道を挟んで、建築請負側の労働者と土木請負側の労働者とが、二つの崖のように対峙している。約百名のどれもこれも職業用の得物を提げてるばかりか、キラリと陽に閃くドスを抜いてる奴さえある。いかなる遺恨か、両方とも充分に殺気を含んで、ジリジリと無言で寄せる足は、刻一刻、血腥い爆発に迫ってゆく。

「止めろ！」

伯爵が、恐ろしい声を出した。あの空腹のどこから出たのか、まったく奇蹟のように力の籠った声だ。恐らく彼の先祖が、関ケ原で発した雄叫びが、隔世遺伝でこの時飛び出したにちがいない。

「親分だ！　親分が来た！」

建築側が色めき立って、叫んだ。

「加勢に来やがったな！」

土木側が動揺した。

伯爵はそんな事には構わず、

「止めろ、止めろ！」

と、連呼しつつ、大手を拡げて、中央へ飛び込んで行った。とたんに、土木側から彼に組付いた者があった。見事な大外刈で、その奴の体が跳ね飛ばされた。続いてもう一人、背負投げで、モンドり打った。

「ちぇッ、味方を投げたぞ！」

建築側が不審を起した時に、敵方から投げたらしい石片が、伯爵の顳顬に激しく当った。これが平常なら、彼もまだ奮闘を続けたろうが、いかんせん腹に糧道を絶っているので、

「止めろ、止めろ？」

と、叫びながら、気を失って、そこへ倒れてしまった。

「やりアがったな！」

「親分の仇だ！」

建築側は一度に激昂して、ドッと敵方へ雪崩れ込もうとする刹那、

「止めろ、止めろ！」

と、また同じ叫びをあげて、工事場入口の方から飛び込んでくる人物があった。

「あッ、親分が二人になった！　？　！」

敵も味方も、このダブル・ロールには、度胆を抜かれた。そこで気絶してる親分の他に、もう一人の親分が、同じようにニッカ・ボッカ姿で、こっちへ駆けてくる。似たりや似たり花菖蒲（あやめ）——生きてる親分は折鞄を提げ、和製のニッカ・ボッカを穿いてるだけの相違だが、この際、誰の眼にも気のつく筈がない。

だが、人夫土工の徒と雖（いえど）も、超科学的現象には、驚異と畏怖を起さずにいない。彼等が、アリャ・アリャと驚き騒いでいる間に、真物（ほんもの）の親分は巧みに中央へ割って入った。続いて、インバネスの羽根を飜（ひるがえ）して、土木側の親分も駆けつけたので、さしもの喧嘩はサッと水のように引いたけれど、問題は、そこに口を開いて倒れてる疑問の親分に残された……。

春の天気予報

ちょうど、その騒ぎと、同じ時刻であったろう——新大久保の馬小路子爵の家のある路地の、突き当りの横丁の、もう一つ突き当りの大通りの角へ、一台の美しい自動車（クーペ）が止まった。交番に断ろうが、地主に断ろうがこんな軸間距離の長い車が、あの路地へ這入ろう道理はない。

運転手が地面へ降りて、ドアを開けた。
ショコラ色の羚羊(アンチロープ)皮靴が、可愛い尖端を見せたかと思うと、ヒラリと車外に降り立った春日井園子さん——茶(マロン)ずくめの訪問姿が、まことに温雅で、且つスマートだ。それに今日は、念入りにお化粧したとみえて、映画女優と良家の令嬢の間の危き一線を、巧みに縫って、眼覚めるばかりの艶(あで)やかさであるが、美容室のマダムはだいぶ泣かされたであろう。

その後に続く小間使いのユキやは、友禅の風呂敷の大きな包みを両手に捧げている。籠入りのジョニー・ウォーカーの黒三本だから、相当重かろう。

「まアこんな横丁に住んでらしたのね」

園子さんの眉が曇る。

「いえ、横丁のさきの、ドブ板の外れた路地だそうでございます」

ユキやは藪入りに親の家へ帰るから、路地ぐらいには驚かない。

昨夜は、伯爵にとってそうであった如く、園子さんにも記念すべき夜であった。彼女は珍らしくも不眠症に罹(かか)って、終夜、もの想いに耽(ふけ)った。新宿で図らずも伯爵の見窄(みすぼ)らしい姿を見てから、彼女は絶大な同情と共に、絶大な勇気を与えられた。階級を顚落しても、悠々と自分の世界を楽しんでるような伯爵が、どうも見上げた人物に思えてならない。つねづね両親の成金趣味に反抗して、(華族との縁談に首を振らなかったのもそのためだが）生活の新軌道敷設に憧れていた彼女は、彼に於て力強い同志を発見した気持になった。父に頼んで、物質的援助の手を差し出すというような考えが、ガラリと清算された。寧ろ伯爵の真似をして、自分も新生活へ飛び込んで行きたいくらいに思った。そうして、ともかく伯爵に会って、貴族会館や川奈リンクスに於ける自分の認識不足を詫び、新しい交際と指導を希う決心になった。例によって、それを腹心のユキやに相談すると、

「結構でございますわ。想うトノゴには、やッぱり逢ってお話し遊ばすのが、一番早道でございますわ」

「あら、ちがうわよ。生活の設計に就いて、ご意見を伺ってみるだけよ」

「つまり、おンなじことでございますわ、お嬢様」

ユキやはフロイド教授の方法によって精神分析を行った。

そんなわけで、今日も瓜田次郎君が来ないうちにと、早朝に家を出て、銀座で美容室と買物に寄って、伯爵の寄寓先き馬小路子爵の家へと訪ねてきたのであるが、聞きしに勝る貧弱な界隈に、いささか度胆を抜かれたかたちなのである。

「きっと、この横を曲るンでございますよ」

と、ユキやが吸い込みのドブに目をつけて、檜葉の生垣について曲ると、やれやれ、五、六軒目に子爵馬小路公成の標札が出ていた。

「まア……」

と、主従二人、二十八円の御本邸を見上げて、改めて顔を見合わせた。とたんに園子さんは、特権階級に対する反感を、いよいよ緩和せざるをえなくなった。

「ご免下さいまし。あの、戸羽様はご在宅でございましょうか」

まず、ユキやが声をかけると、ギョロリと眼を剝いて、出てきたお虎婆さん——綺麗な女が二人、伯爵を訪れてきたのを見て、さては女給さんのカケ取りだと思ったか、

「戸羽さんは留守ですよ」

と、ケンもホロロだ。

「まア」と、園子さんは落胆したが、「お帰りは何時ぐらいになりましょう」

「何時だかわかりませんね。どうせ小遣銭をもってねえから、そのうちには舞い戻ってきましょうよ」

園子さんの顔が、みる間に緊張した。

「昨夜お帰りにならないンですッて？　まア、如何なすッたんだろう。妾、心配だわ。あんたじゃわからないから、こちらのご主人をお呼びして頂戴」

「うちの旦那もカラッケツだから、話しても無駄だね」

「なんでもいいから、早くお取次ぎして頂戴ッ」

と、園子さんの声も、尖がってくる。

騒ぎを聞いて、寝巻に古羽織を引っ掛けた子爵が、

「婆や、どうした」

と、出てきて、

「やッ、これは春日井家のお嬢様で……さ、さ、どうぞ、応接間の方へ」

と、案内したのが震災記念室みたいな二階の八畳だから、笑わせる。でも園子さんは可笑しいどころか、座へ着くや、

「戸羽さんは、ほんとにどこかへ行っておしまいになったンですか」

「いや、実は、今朝から僕も心配してるのですが」と、さすがに子爵も憂色を浮かべて、

「どこへ行きましたか、サッパリ行衛(ゆくえ)が知れません」

「なにか、お心当りはありませんの」

「それが、有るような無いような……」

子爵は頭を掻きながら一昨日の家族会議の情勢から、昨日の大東京百貨店の運転手応募までの顚末を恥を忍んで語った。

「で、朝、九時頃家を出て、それッきりなんで……」

「ヘンですわね。妾、夕方、新宿でお目に掛ったンですの。ちょうど、《大東京》の裏口のところでしたわ」

「なんとか申しましたか」

「ええ、近日中に、ニュー・グランドへお茶にお招き下さるとかッて」

「これはオカしい」

子爵も、園子さんも、五里霧中に包まれてしまった。

「妾、とても心配になってきましたわ。きっと、なんか凶い事が起ってるのよ。馬小路さん、妾すぐ捜索を始めますけど、貴方もご尽力下さいません？　失礼ですが、ここに持ち合わせがございます。費用にお使い下さいませ」

と、ハンド・バッグから、数枚の十円紙幣を抜き出した。

「恐縮ですな。では、早速、懇意な探偵事務所へ頼んで、捜索を開始するとしましょう。傍ら、僕も東京中の心当りを、探し回ります。どうも、僕等は名誉ある肩書きがあるので、うっかり警察や新聞で訊くわけに行かンです」

「そんな事を云ってる場合じゃないと思いますわ。一刻も早く、伯爵の無事なお姿が見られればいいンです。新聞広告でも、アド・バルーンでも、なんでもやって下さい。もし費用が足りなければ……」

園子さんは、二カラットのダイヤの指環を抜いた。真珠のブローチを外した。彼女は伯爵の行衛不明を知ってから、どうやら急角度に、ハートが傾斜してきたらしい。

それを見て、子爵は眼を丸くし、

「驚きましたなア……お嬢さん、貴方はたしか伯爵がお嫌いだッたんじゃないですか」

　すると、ユキやが硝子戸の外を見ながら、

「まア、ひどい風……やっぱり南風でございますよ。春の天気予報に北風なんて、藤原*26さんもどうかしてますね……」

病室異景

　馬小路子爵と園子さんが、連日連夜、必死の捜索を続けても、伯爵の行衛は杳として知れなかった。これは、知れないのが道理——伯爵の体は、東京という都会の秘密なポケットの中に匿されていたのだ。私立探偵なぞが嗅ぎつけたところで、指を啣えて引込むより仕方のない場所に、匿されていたのだ。

と云って、暗い地下室や、怪しげな奥座敷なぞに、監禁されたわけではない。旧市内の或る区の或る町の、合法的、近代的な一病院で、鄭重な待遇のもとに、負傷の癒るのを待っていた。

　ただ、その病院が少しばかり変っていて、近所の人々の診察の需めに応ぜず、外科病院の癖に、痔疾や盲腸炎なぞは一切お断り——毎日担架でかつぎ込まれる患者は、大抵、片腕がブラブラになったり、腿に貫通銃創があったり、まことに勇壮を極める。早く云えば、野戦病院のようなものだが、設備は大学病院式で、院長以下優秀な外科の博士が、三人も抱えてある。それでいて、この病院には、会計の窓口がない。入院料も手術料も、患者からは貰わない規則になっている。では、一体、誰がこの非営利的病院を経営してるのかと、あまり根掘り葉掘り聞いては、タメにならんだろう。要するに、東京には勇壮な団体が沢山あって、団員が勇壮なる剰り、よく怪我をする。その手当を、従来は個人的に行っていたが、近代的合理化によって、各団体共同出資の病院組織にした――テナ話を聞いたが、うかつに保証はしませんよ。とにかく東京には珍らしい病院である。尤もシカゴには二、三あるそうだが……。

　あの日から、もう一月も経った。

　伯爵の負傷は案外重くて、外部の痍は小さくても、内出血がひどくて一時は腕利きの院長も、首を傾けたほどだった。しかし、峠を越してからの経過が頗る順調で、頭部から左眼へかけての大繃帯も、今日明日には除かれるところへ進んだ。外傷は殆んど残るまいということである。

　伯爵は、清潔なベッドの上に、背枕をさせて、半身を起き上らせている。もう起きて運動しても差支えないのだが、医者が大事をとって臥かしてあるのである。その後フンダンに滋養物を採らされたためか、伯爵の顔色は、馬小路家居候時代よりずッと良くなった。そのかわり、繃帯やシーツが、いやに蒼白の色を反射している。窓の外で、青葉若葉が、陽に燃えてるからであろう――もう、世は初夏だ。

「おい、煙草をくれ」

伯爵は、破産前に帰ったような、横柄な口をきいた。

「へえッ」

声に応じて、枕頭にいた屈強な若者が、ウェストミンスターの函を開けた。これは、あの工事場にいた、建築側の哥兄である。すると、もう一人の若者が、抜からずにマッチを擦って、

「どうぞ」

と、伯爵の口の傍へもって行った。これは、土木側から出した付添人である。二人の付添人に、専属看護婦が一人――至れり尽せりの待遇である。

まったく狐にツマまれたような風景だが、それには仔細がある。あの時の喧嘩のそもそもの基は山本組と島半組という二つの請負業者の暗闘に発していた。両者とも、飛ぶ鳥を落す勢いであるだけに、ちと大きな工事だと、じきに落札の鑼合いが起る。あの工事なぞもあまり競争が激しいので、依頼者が困って、建築を山本組、土木を島半組と、二分して頼んだのが、反って仇となって、工事現場はいつも暗雲が逆捲いていた。だが、山本組も島半組も、勇壮な団体の方の所属は、同じ錦輝会なので、表面立って喧嘩出入りが起るのを避けていたところへ、時局の急変から、勇壮団体の任務はいよいよ重くな

り、両組の親分は行掛かりを捨てて、握手をすることになった。だが、収まらないのは乾分で、永年の軋轢の根が深く残っているから、あの日もフトしたことが動機となって、血の雨を降らしかかったわけだった。もし乱闘になれば、折角の握手も水の泡、ひいては錦輝会の上層にヒビが入ろうという瀬戸際を、ニッカ・ボッカの間違いから、不思議な仲裁人が飛び出して、喧嘩が無事に納まったのは、まったく天祐のようなもの。

一体、こういう社会で、仲裁人に傷を蒙らせるなぞとは、双方の恥になるので、お詫びのために伯爵を、手厚く療養させたのはわかっているが、これほど鄭重を極めた待遇をするのは、他に理由がある。つまり、伯爵を仲間の名ある親分と、睨んだからだ。

あのもの凄い殺陣の中へ、単身飛び込んで入った度胸と云い、病院で人事不省から覚めて後の悠々たる態度と云い、それに名を訊いても、ニッコリ笑って明かさないところは、たしかに大物の証拠である。北海道か、九州か、いずれ遠い土地の親分だろうと、それぞれ筋を辿って調べてみたが、みな心当りは外れていた。そうなると、一層薄気味が悪いので、とにかく手落ちをして笑われぬようにと、山本組からも島半組からも、念を入れて、貴賓扱いをする。やはり、競争意識は絶えないと見えて、伯爵のベッドの枕もとには、双方からお見舞いの花と、果物籠と、菓子折と、葡萄酒と煙草が、まるで山のような有様である。

だが、どれほど厚遇を受けたって、恐縮したり、遠慮するような、伯爵ではない。別にいい気になったわけではないが、永い習慣の殿様気分に、ヨリが戻り易いのは当然だ。付添いの乾分達を、顎で使うぐらい朝飯前で、この頃では、病院の食事はマズくて食えんなぞと云って、浪花家や島村から、料理を取り寄せさせたりする。あの朝、パンの耳を齧ったことなぞ、とッくに忘れて、

(不思議だよ。まッたく、どうにかなるもンだ)

と、腹の底で考えながら、すっかり鷹揚な表情をとり戻してしまった。こうなると、いよいよ凡人放れがしてきて、云う事為す事、大度胸を備えたボスの面影が見えるので、親分も乾分も、これはタダモノでないと、ますます大切にするのである。

しかし、この降って湧いたような幸福も、永くは続かないだろう。なぜなら、伯爵の負傷は、もう殆んど癒ってしまったのである。四、五日経てば、退院の筈になってる。

二人の親分達は、伯爵が名を云わないのを、結局幸いにして、近日中、仲間の仁義に外れないだけの礼を尽して、手打祝いの宴会を開き、互いに名乗らずに、キヨク別れようという相談ができていた。でも、そうなると、伯爵はまた土管の家へ帰らねばならぬのだが……。

そんなことは、一向頭にないとみえて、伯爵はいい気持に紫の輪を、天井に吹き上げていると、

「ご免下せえ」

と、ドスの利いた声を響かせて、両親分が連れ立って、這入ってきた。山本組の山本芝五郎は、伯爵のゴルフ服と地色の似たニッカ・ボッカ姿、島半組の島内半造は、縫紋の羽織に袴を穿いてる。近頃は、こういう社会の人達も、大実業家と少しも趣味が変らなくなった。一人はスマート、一人は渋好み——春日井レイヨン社長なぞより寧ろ紳士的な扮装（いでたち）である。ただ、島半親分の角帯に絡（から）まる細引のような金鎖が、いささか異彩を放ってるだけである。

「いよいよご全快も近いそうで、まことに結構に存じます」

山本親分、威儀を正して云った。

「一時は、ずいぶんお案じ申しあげやしたが、これというのも、親分のご運勢がお強えからで、末ともにお祝い申しあげやす」

と島半親分。

「就きましては」

と、山本組が云う後から、島半組が、

「明後日は大安で、日柄もよろしゅうござンすから……」

と、割白（わりぜりふ）のように、祝賀宴会を催すことを、正式に、伯爵に申し入れた。

「やア、君。そう構わンでくれ給え」と、伯爵は例のノンビリした調子で、「本来なら、僕の方から諸君を呼んで、一席設けたいのだが、生憎（あいにく）その、一寸……」

「飛ンだこってごぜえやす。あの仲裁に立って頂いて、わし等は一生ご恩に着なけりゃアならねえンですが……」

「お名乗りがねえので、万端、筋の通らねえ失礼もごぜえやしょうが、そこは大目に見て頂いてわし等の顔を立ててやって下せえやし」

と、新国劇調の挨拶を聞いて、伯爵は、

「そう。それじゃア、今度は君達のご馳走になりますかな。いや、実は病院の薬ばかり飲まされて、ウイスキーが恋しくてたまらンので……」

「ハッハッハ」

「ヘッヘッヘ」

さすがは男伊達同士、話は明朗簡単に運んでしまった。

そこへ、またドアが開いて、院長先生が医局員と看護婦を従えて、回診にやってきた。

「いかがですな」と、伯爵に目礼するところは、普通の院長だが、山本、島半両氏を見ると、「やッ、これはこれは、親分サン……」と、すこし調子がちがってくる。

「大変、工合がいいそうで」

「はい。今日は繃帯をとって差し上げようと、思っております」

「そうですかい。そりゃア、都合がよかった。明後日、実ア、内輪祝いをやろうと云ってるところです」

「それは、お目出たい」

院長先生は、看護婦を指図して、伯爵の繃帯を解きにかかった。まず、頭部の方を解き去ると、さすがは喧嘩の負傷専門の博士が手当をしただけあって、モミアゲが少し薄くなったぐらいの程度で、殆んど瘢痕(はんこん)を残さぬ快癒振り。

「なるほど、綺麗になりやしたなア」

「いや、これでわし等も安心です」

と両親分も、顔を見合わせて、喜ぶ。

院長先生も、いささか得意で、今度は左眼へかけた繃帯を、除(と)った。紫色に腫(は)れ上っていた瞼はいつかすッかり、旧に復して、伯爵独特のクリクリした眼が、涼しく笑っている。

するど、この時、じッと伯爵の顔を凝視(みつ)めていた山本親分が、

「つかねえことを伺いやすが、もしや貴方様は、三河台の御前様ではいらッしゃいやせンでしょうか」

山本組の山本芝五郎が、戸羽伯爵の顔を識っていたのは、先年、三河台の邸宅の修繕工事を請負ったからであるが、伯爵の方では、てんで忘れてしまっている。殿様が出入りの者の顔をいちいち覚えてるわけのものではない。

だが、芝五郎は驚いた。

あの度胸と云い、態度と云い、いずれ、地方の名のあるカセギ人と思っていたが、関ケ原以来、講釈師の貼扇にまで謡われた、大名華族の錚々たる家の御当主と知って、まことに開いた口が塞がらなかった次第なのである。戸羽家の破産の話は、彼も聞かないでもなかったが、それにしても、伯爵ともあろう人が、あの喧嘩場へ飛び込んでくるなんて――しかし、その不思議、不合理を考える前に機敏な請負師の頭が、既に別な方面へ動いていた。

（こいつア、飛んだ掘出し物だぜ）

なぜか、芝五郎は、腹の中で、ニッコリ笑った。

掘出し物と云えば春日井レイヨンの社長も、伯爵に会った時、同じ言葉を吐いたことがある。尤もあれは、自分の鑑定に適った、娘の婿という意味だった。山本芝五郎のは、それに較べると、もう少し複雑で、深刻であるかも知れない。

とにかく、彼は、伯爵の退院の日がくると帝国ホテルへ部屋を借りた。副室とバス・ルームの付いた素晴らしい部屋である。そこへ伯爵を住わせ、まず、垢染みたゴルフ服を脱がせた。伯爵は、半年近く着慣れた一枚看板を脱ぐのが、いかにも名残り惜しかった。しかも、芝五郎が届けてきた新調の衣服は、モーニング・コートと、黒紋付の礼服だけである。芝五郎はこれ以外のものを、伯爵に着て貰いたくないらしい。

伯爵はシブシブ、固いカラをつけた。モーニングに紋付とくると、伯爵の最もニガ手の服装なのだが、ゴルフ・スーツでホテル暮しもできないから、詮方なしに、着たのである。すると芝五郎は、

「ヤ、流石は、さすがは……」

と、膝を叩いて、伯爵の姿に見惚れた。まんざらお世辞でもない様子で前後左右から、ためつすがめつ感心している。まったく、堂々として、品がいい。同じ華族様でも、馬小路子爵なぞは、こうまで礼服が似合わない。

で、毎日、起きぬけから、モーニングを着て、部屋に坐っていると、芝五郎がいろいろの人物を連れて、訪ねてくる。仲間の請負師や、顔役を連れてくるかと思うと、有名な代議士や、退職官吏や、新興宗教家を引っ張ってきたりする。

そういう連中と、伯爵は自室で会ったり、食堂で飯を食ったりするが、何のために会談するのか一向知らない。尤も話は大概、芝五郎がしてくれるから伯爵は黙ってキリアージを燻かしてるだけで、客は満足そうに帰っていく。ただ、夜になって、紋付に着換えさせられて、築地赤坂の宴会へ出る時には、伯爵もそう温和しくはしていない。ある顔役と、盃洗で酒の飲みッくらをして、見事に勝利を獲たり、某退役将軍と相撲をとって、襖に穴をあけたりする。だから、乱暴者と鼻抓みをされるかと思いの外、

「なるほど、腹が据わってる」

「頼もしい青年華族だ」

なぞと、後の噂が、頗る芳ばしい。

それに、花柳界の評判が悪くない。従来、芝五郎の連れてくるお客は、みんな眼つきが怖いので、若い妓は竦んでしまうくらいだったが、伯爵はトーさんで今までさんざ売った顔でもあるし、持前のニコニコで、人気のいいこと夥しい。お力婆さんや、梅千代姐さんは、伊東の暗香園以来、伯爵のお盛ンなところを見て、どれほど悦んだか知れない——殊に、後者の心中に至っては、察するに余りあるものがある。

こうして、毎晩、いい気持に飲み歩いて、懐中には、芝五郎が百円、二百円と届けてくれる金があるのだから、伯爵はまったく以前の境遇に、逆戻りをした感がある。ただ、モーニングと紋付が窮屈なのと、出入りに二人の護衛がつくのが厄介である。一人は病

院からお馴染みの芝五郎の乾分だが、一人は街の紳士の見本のような、顎鬚と黒袴の壮漢である。彼氏は伯爵のことを、「先生！」と、呼ぶ。伯爵も、御前と若様は慣れているが、先生と云われたことは、臍（へそ）の緒切って初めてで、その度にギョッとする。

「先生！　ホテル生活も、ご不自由でがしょう。その内、三河台のご本邸へお移し申上げる手筈になっとるですから、暫時ご辛抱を」

顎鬚氏、或る時、意外なことを云った。あの邸は、北海道の金貸鬼カンの手で競売になって、現在は某財閥の御連枝が住んでるとかの話だったが——と、伯爵が不審を起すと、顎鬚氏は、凄く笑って、

「なアに、先生。住んでる人間を、立ち退かせりゃア、ようがさア。ハッハッハ」

伯爵は何のことだか、サッパリ見当がつかないが、この頃は万事わからん事だらけだから、特に注意しないことにしている。それに、三河台の邸へ帰ることが、伯爵にとって、なにもそれほど嬉しいわけではない。どうせ家を呉れるのなら新しい家を建ててくれるがいい。あの、土管のあった原ッパへ、新築して貰いたい。あすこは、非常に気に入ってるのだから……。

だが、顎鬚氏は、又々、意外なことを云って、伯爵を驚かした。

「先生！　春日井レイヨンの春日井伝造に、復讐（ふくしゅう）なさる時がきましたぞ」

「復讐？」

「だって、そうじゃごわッせんか。先生は春日井の令嬢と婚約をフイにされて、指を啣えて引っ込んでは、男が廃るでがしょう？」

顎鬚氏は、なんでも知ってる。しかも、伯爵が負傷したあの工事場こそは、実に春日井伝造がやがて新婚生活に入るべき娘への贈物として、新築中の邸宅なのだそうである。つまり伯爵は、精神的にも、肉体的にも、面に疵をつけられたのだから、インネンの手懸かりは、百パーセントであろう。

「既に第一回の膺懲を、先日、加えたですが、この頃の実業家は、ワカリがええですぞ。先生のお名前を出しただけで、ひどく恐縮して錦輝会義金に、大口の申込みをしたでごわすからな。しかしそれくらいで済ませては、癖になるですから、今度は先生の分として……」

「なんだか知らんが、余計なことをしないでくれ。あの話はもう済んどるのだ」

さすがの伯爵も、この事件だけは、気持のよくない臭気を感じた。

「いや、全然理由がなくても、彼等には、飽くまで膺懲を加えねばならんでがす。先生、そんな気の弱いことを仰せられては、いかんですな。自由主義と間違えられるです。万事我輩等に任せて置いて下さい」

顎鬚氏は、伯爵はてんで取り合おうともしなかった。

しかし、伯爵はこの話を聞いて、園子さんのことが、気になってきた。実際のところ、春日井伝造がどれほど眼玉を白黒しようと、どれほど義捐金を出そうと、自分の知ったことではないが、園子さんの縁談を妨げるようなことになっては、自分の気が済まない。少くとも、自分が園子さんに頼まれて、縁談謝絶の手紙を、彼女の父親に書き送ったことが、なんの意味もないことになる。

と云って、貴宅にネジ込んだ一党の件に就いては、小生の関知する処に非ずなんて、一身を清くすることも、彼の性分に合わない。そこは、山本芝五郎が見込んだだけあって、持って生まれた親分気質が、然らしむるのである。

「さて、どうしたら……」

と伯爵も首を捻ったが、ふと思いついたのが、いつか新宿で園子さんに逢った時、お茶に呼ぼうと云う、約束である。あれがその儘になってる。あの時は嚢中十四銭で弱ったが、この頃はダンチな景気で、ニュー・グランドを買切れというなら、買切ってもみせる。ひとつ、豪勢なところを見せがてら、彼女をカクテール・タイムに呼んで、雑談の末にそれとなく、自分の心境を伝えて置こうと考えた。

そこで、彼女のところへ、電話を掛けようと思うのだが、顎鬚氏と山本組の哥兄とが、始終身辺を離れないので、なかなか機会がない。やっと、ホテルのバーに卓上電話があるのに気がついた。哥兄も顎鬚氏も、洋酒は大嫌いだから、此処へは蹤いてこないのである。

だが、折角掛けた電話は、なかなか通じなかった。交換手が何遍も呼んでも、先方が出て来ないというのである。やっと、電話口へ現われた書生らしい声は、伯爵がまだ何とも云わぬ先きから、ひどく尖って(とが)いる。

「なんですか？　早く仰有って下さい……こちらは混雑ん(とりこ)でるンですから！」

「いや、たいした用ではないのだが、一寸、お嬢さんを呼んでくれ給え」

と、伯爵が落ち着いて頼むと、先方はなお苛々(いらいら)して、

「たいした用でなければ、またにして下さい。そのお嬢さんが昨夜から行衛不明で、大騒ぎしてるンです！」

お手々を繋いで

花粉の匂いのする風が、サッと緑の丘から吹きおろしてきて、軽い砂塵を往来に捲き上げたが、さすがに市内と違って、見る間に、濃い緑蔭のなかへ、吸い込まれてゆく。

バンガローの続いた屋敷町は、ひっそりと、明るい。

「金魚ウ……きんにょうウ……」

長閑(のどか)な声だけ聴えて、姿は見えない。

丘の上のパンション・ミモザの裏門から、園子さんとユキやが、出てきた。二人とも黙って、砂利を敷いた坂道を、トボトボ降りてくる。園子さんのスポーツ・ドレスが、明るいクリーム色を反射している。ユキやのセルの着物と赤い帯も季節らしい軽快な色彩を跳(おど)らせている。

しかし、二人の顔は、冬の曇天のように暗い。

「駄目だったわね」

と、園子さんが呟(つぶや)いた。

「駄目でございましたわね」

と、ユキやが低声で答えた。

二人は、高級パンション《ミモザ》の女ボーイ採用の広告を、新聞で見て、今朝、この郊外を訪れたのだ。二人は、手を繋いで、家出をした。働くのも、手を繋いで働きたい。パンション・ミモザの広告に眼を惹(ひ)かれたのも、二名入用とあったればこそだ。

だが、世の中は思うように行かない。パンション・ミモザのマダムは、初めこの明るい二人の娘を見て、かなり気に入ったようだった。こういう女性が働いてくれれば、常客の富裕な独身サラリー・マン達の足留めになるに相違ない。見たところ、スレていないし、給料も多くを望まないし、まことに恰好(かっこう)な女ボーイさんである。ただ、部屋掃除や食堂サービスの他に、パンションであるからには、寝具の手入れ、宿泊人の着物の綻(ほころ)

びぐらい縫ってやる腕が欲しい。で、

「お裁縫は？」

と、訊くと、一人は、

「普通のものなら、なんでも」

と、答えたが、一人は、

「まるで、できません」

と、威張って返事をした。

そこで、一人だけ雇おうと話を決めかけたのだが、二人でなければ真ッ平御免と、スタコラ帰ってしまったのである――

「お裁縫、やっとくンだったたな」

園子さんは歩きながら、独言（ひとりごと）のように、ユキやに云った。

「あら、お嬢様。お仕事なんて、誰にでもできますわ。でもピアノは……」

と、ユキやは云いかけて、止めた。生活の海へ乗り出してみると、お嬢様のピアノは、たしかに無用なお稽古だったのである。

園子さんが家出をして、今日が三日目である。

彼女は馬小路子爵と協力して、伯爵の行衛を捜索していたが、一カ月もかかって、やっと私立探偵が、その所在を突き留めた時、すべては遅かったのである。伯爵は帝国ホテルに陣取って、また昔の放蕩生活を始めていた。彼女の憧れていた更生の伯爵は、沙漠の蜃気楼に過ぎなかった。しかも無頼の徒と往来して、あろうことか、春日井家へ脅迫の手を差し伸べたのである。すると、彼女を感動させた結婚謝絶通告状は、一片の反古に過ぎなくなるではないか。人生の騎士も、ダイヴィングの選手も、あったものではない。やっぱり、彼は、つまらない、タダの放蕩貴族だった。いや、それよりも、さらに軽蔑すべき、無頼紳士だったのだ。

そう知った時、園子さんの世界は真ッ黒な闇に鎖された。この場合、反動的に、瓜田次郎君でも好きになれると、都合がいいのだが、いよいよ以て嫌いになるばかりで、手がつけられない。では、流行の青印*27でも服んで、一挙にカタをつけるかとなるのだが、それは彼女の自尊心と旺盛なる青春が許さない。いろいろ迷った挙句、彼女は兼て志望のブルジョア生活の清算を、この機に及んで、決行しようという気になった。伯爵は途中で惜しくも転向して、今のような生活に堕してしまったが、自分は彼の意志を正しく継いで、新生活へ跳り込もうという気になった。で、家出の決心をユキやだけに、そっと話すと、お嬢様お一人は遣らない、妾もお供させて下さいと、鬼ケ島征伐の首途のようなことになった。

で、二人は示し合わせて、春日井家を飛び出したのだが、伯爵の家出と違って、嚢中無一文というわけでない。計画的家出だから、当座の生活に困らないだけの金も着物も、持っている。ただ、若い女が二人で、旅館にブラブラしてると、追手の眼につく心配があるし、また勤労生活第一歩の勉強としても、この際早く職業に就くに限るというので、今日は最初の就職運動を始めたのだが、出鼻をポキリと挫かれたというわけ——尤も、そうスラスラ運んでは、今年の新学士に怨まれる。

「でも、お嬢様、ガッカリなさることはございませんわ。ここが駄目なら、もう一軒の家へ行ってみようではございませんか」

「日本橋の美容室かい？」

「ええ、助手数名入用という広告の家でございますの」

「うまく、二人一緒に入れるかしら」

「今度は、お裁縫がないから、大丈夫でございますよ」

ユキやに励まされて、園子さんも、やっと気をとりなおした。そこへ、郊外へ客を送ったらしい円タクが、寄ってきた。

「東宝ですか？　お廉く参りやすぜ」

「それ所じゃないわよ」と、ユキやは怫然色を成したが、お嬢様の脚が草臥れたろうと察すると、

「日本橋まで八十銭、いいわね」

シガない求職に、円タクを利用しては、勘定に合わない理窟だが、園子さんは千余円、

ユキやだってお給金の貯えを百円も持っているのだから、目下のところ、気が大きい。

やがて、車は、人形町のキューピー・ビルの前で、止められた。そこの二階に、眼ざす美容室があるのである。

「見習中はお給金なしだけれど、チップは半額あげることにするわ」

髪結さんの出身らしい女主人は、園子さんの体をジロジロ眺め下しながら、そう云った。悧巧そうな、ターキー・タイプのこの娘は、美容室のお客に、きっと騒がれるだろうと、早くも見当をつけて、雇い入れを決めてしまったのである。

「だけど、お前さんの方は駄目だよ」と、ユキやの方を向いて、「その手をご覧な。それで顔を撫ぜられちゃア、お客様はみんな逃げ出してしまうよ」

なるほど、ユキやの手には、冬の凍傷の名残りが、スタンダールの小説の標題を示している――曰く《赤と黒》

世の中は、思うように行かない。今度は、ユキやが落第だ。手に手を繋いで働くなんて、夢のような希望なのだろうか。二人は別れなければならないのだろうか。

とにかく、園子さんは、この美容室の就職は断ることにした。

「二人一緒に働きたいンですから……」

そう云って、彼女は廊下へ出た。後からユキやが、済まなそうな顔をして、シオシオ蹤いてくる。キューピー・ビルの階段を、一段宛、葬列のようなテンポで降りて、往来

へ出ると、

「ユキやもう、宿屋へ帰ろうか」

「さようでございますね」

と、意気銷沈してしまった。だが、この時、ユキやは何を見たか、いきなり園子さんの腕を捉えて、再びビルの入口へ連れ込んだ。

「如何したのさ」

「シッ！」と、ユキやは声を潜めて、「お嬢様、あれをご覧遊ばせ」

瓜田の次郎君が、文字通り、血眼になって、キョロ・キョロと往来を歩いてる。次郎君ばかりではない、春日井家の書生袴田君も一緒に、通行の若い女性の顔を、いちいち物色している。

「トースミは、妾達を捜索して歩いてるのね！」

「きっと、そうでございますよ。まア、憎らしい、袴田さんまで一緒になって……。でも、お嬢様、こう手が回ってきては、油断ができませんわ」

総裁推戴式彙報

ドカーン……パリ、パリ、パリ。

青磁色の初夏の大空に、白い碁石を投げつけたように、花火の煙が開く。続いて日の丸の国旗が、フワフワ宙へ浮かぶ。《総裁万歳》と大書した風船が、風に流れる。

海に面したY遊園地は、今日一日、貸切りである。入口に大きな祝賀アーチが建ち、紅白の幔幕が張り回され、場内中央の大柱から、万国旗が八方に拡がってる。

平常は余興場に使われる建物は、やはり青い杉葉と紅白布で彩られ、金屏風一双を回らせた舞台は、一脚のテーブルとコップと水壜と、それから巨大な活花を飾って、賑やかなうちにも荘重な趣を示している。真新しい板に、《式場》と書いた建札が立っている。

直営食堂は、大宴会場に使われるので、東京の大料理店が出張して、白布を張った卓上に、二千人前の折詰に正宗の壜、お土産の類まで、既にズラリと列んでいる。

その他、場内の各所に、模擬店や踊(おどり)屋台ができている。そのサービスに雇われた銀座大キャフェの女給さん、新橋赤坂の紅裙(こうくん)連[*28]が、チラチラと姿を現わし始めている。

大会衆は続々と詰めかけてくる。遊園地を経営してる会社の電車を利用してくるのが大部分だが、東京から自動車で乗り付ける連中も、寡(すくな)くはない。略綬(りゃくじゅ)を胸に付けたシルク・ハットの男もいれば、剣光帽影勇ましい姿も見える。

ドカーン……パリ、パリ、パリ。

また煙花(はなび)が揚って、会場に気勢を添える。受付を過ぎる人足は、踵(きびす)を接せんばかりである。十時の開会であるが、もう既に、十数分の後に迫っている。

会場全体を見渡せる食堂の屋上に立って、山本組の山本芝五郎は、男子の本懐と云ったような、悠然たる微笑を洩らした。彼は、前景気を見に、そっと一人で、ここへ昇ってきたのが、予想以上の盛会なので、思わず顔を綻ばせてしまったのである。

万事は、彼の筋書通りに、進行した。

彼や、島半組親分や、その他、東京の有力な同業者の一半を網羅する錦輝会は、前総裁の熊本将軍が、中気で倒れてから、後継者がないので、困惑していたのである。総裁は国家的名誉ある人物——つまり、武勲赫々(かくかく)たる将軍か、或いは爵位燦然たる貴族に限るということが、会の不文律になっていた。だが、適当な将軍は、とかく中気が出るような老人が多いし、貴族には、柔弱極まる長袖(ちょうしゅう)が多いので、勇壮団体の首領たるような人物は、まことに払底(ふってい)であった。

そこへ、降って湧いたように出現したのが、戸羽伯爵である。押出しと云い、度胸と云い、腕力と云い、まったくオーダー・メードの総裁である。そこで芝五郎が、

(こいつア、飛んだ掘出し物だ！)

と、叫んだわけであるが、彼の胸を割って云えば、自分の推薦した総裁が出れば、会内に於ける自派の勢力が、俄然島半組を圧倒するに相違ないと、見究めているからであ

る。

ドカーン……パリ、パリ、パリ。

煙花の音は、彼の計画が見事に成就したことを、告げる。この天気、この人出、この盛会――山本芝五郎は、会心の笑みを抑えるわけに行かないのである。

彼は役員章のリボンを風に飜(ひるが)えしながら、モーニングの胸を反らせて、揚然と階下へ降りてくると、シルク・ハットの一紳士が、彼を待っていた。

「僕は、戸羽伯爵の親友で、こういう者です」

紳士の名刺には、子爵　馬小路公成と書いてある。芝五郎は大いに恐縮して、慇懃(いんぎん)に、

「これは、これは……以後、お見(み)識(し)り下せえやして」

「祝賀かたがた、戸羽君に逢いに伺ったのですが、どこにいましょうか」

馬小路子爵は、例の運転手応募の朝に別れたきり、伯爵の顔を見なかった。私立探偵が、伯爵の所在を突き止めてくれたけれど、どうも物騒な所で、臆病な子爵は足踏みもできなかったのである。

「総裁は程なくご来場になります。どうぞ、特別休憩室で、お待ち下さい。貴方様も総裁のご親友なら、今後、是非本会のためにご尽力願いたいもンで」

「大いにやりましょう。喧嘩の方は駄目ですが、総裁秘書か何かなら、うんと働きますから、使って下さい」

子爵は、早くもワタリをつけかけたが、ふと気付いて、同伴の人物を紹介した。

「この人は、戸羽君――ではなかった。総裁の犬馬の臣、河瀬家扶です。やはり、総裁の顔が拝みたくて、この会場へやってきました」

河瀬老人は、ただ感激して、頭を下げる。山本芝五郎が三河台の邸宅を、高利貸の手から奪い返してくれたという話を小耳に挟んで、やがてまた主人と一緒に暮せるだろうと、嬉しくて耐らないのである。

「この大会が済むと、総裁も、三河台へお移りになる事になっています。その際は、何卒、従前通り……」

芝五郎は乾分を呼んで、伯爵に縁故の深いこの二人の胸に、貴賓章をつけさせ、万事手落ちのない待遇を申し付けた。

ドカーン……パリ、パリ、パリ。

今度の煙花は、一段と大きな音を立てる。会場に響き渡った。開会五分前の合図である。

会衆は殆んど場に満ちた。嚠喨たるバンドの音が湧き起った。劈頭の推戴式を行う余興場の中は身動きもできない満員振りで、豪傑笑いやら、勇壮な拍手やら、開会を待つ人々の意気は、潮のように高鳴りつつある。

やがて、時計が十時を打った。拍手の嵐が起った。山本芝五郎の姿が、舞台へ現われて、会員にお辞儀をした。

「エー……定刻でありますが」と、彼はまた一礼して、「準備の都合上、約十分、お待ち下さい」

そう云って、彼は引込んだ。場内の緊張が弛んで、またザワザワと、話声が起きた。

「宴会の支度が、遅れたンだな」

「なアに、手踊りに出る芸妓が道草でも食ってやがるンだろう」

会員は、それぞれ噂をした。だが、そんな呑気な沙汰ではない。

余興場の楽屋で、山本芝五郎が青くなって、伯爵の付人、顎鬚氏を詰問している。

「間抜けめエ。……早く、わけを云わねえかッ」

「そ、それがです。九時十分前に、ちゃーんと自動車を、ホテルへ回したでがす。それからお部屋へ伺ってみるとでがす。その、藻抜けの殻なんで……」

「馬鹿ッ！」

山本親分の鉄拳が、顎鬚氏の頬へ飛んだ。

「済ンません……。それから、ホテル中を探し歩いたでがす。便所もバス・ルームも見て歩いたでがす。何処にもおいでにならんでがす。これは、多分、一足先きへお出掛けになったと思うて……」

「馬鹿ッ‼」

第二の鉄拳で、顎鬚氏は泡を吹いて、ひっくりかえった。

燕の唄

東京発午前九時の11列車——俗称《つばめ》は、横浜駅先きの大カーブを曲って、いまや秒速十九メートルの本格的速力を、おもむろに誇示せんとするところである。なにしろ線路が狭いので車体は波の如く動揺するのはやむをえないが、それも旅客の心理状態に依(よ)っては、さまで不愉快なものではない。

現に、戸羽伯爵の如きは、食堂車でビールのコップを前にして、陶然と眼を細くして、この動揺を娯(たの)しんでいる。彼はいつか窮屈なモーニングを脱ぎ捨てて、お馴染みの皺だらけなゴルフ服に着換えている。

「やれやれ……」

彼は漣(さざなみ)を立てるビールを一口飲んで、煙草に火をつけた。バットである。病院とホテルにいる間すっかりご不沙汰をしたバットである。

伯爵は硝子窓に後頭部をつけて、テーブルの下へ、存分に脚を突ッ張った。

モーニングと紋付の生活は、まったく窮屈だった。しかし、それは我慢して、我慢できないことではなかったかもしれない。勇壮団体の若い哥兄達の気分は、伯爵にとって家令や家扶のそれよりも、遥かに愉快であった。伯爵は、一時はあの社会の人間となって暮そうと、決心しかけたのである。だが、山本芝五郎の総裁樹立運動が、追々目鼻がつきかけてくると、彼は政界や実業界の有名な人物に、度々引き合わされた。そうして、彼等の望むところは、結局、伯爵に華族院の議席を持たせ、社会の表面と裏に跨って、錦輝会の勢力を振おうという計画であることがわかった。

その頃から、伯爵は総裁になるのに、嫌気がさしてきた。彼の大嫌いな臭いが、プーンと匂ってきたからである。政治、政界、政人とくると、下戸がシオカラを嗅いだように、嘔気を催すのである。だから、今までの華族院のどの団体にも属さなかった。政臭だけは、平に御免候え。

そこへもってきて、園子さんの失踪事件が起きた。伯爵はその後度々、春日井邸に電話をかけ、様子を訊いたが、消息は杳として知れないらしい。彼は園子さんの家出の動機を詳かにしないが、彼女がトースミ・トンボのような青年と結婚しないで、青空の下に飛び出したことに、大きな感動を受けた。そうして、自分も急に、青空と野原が恋しくなってきた。

伯爵は、今度という今度は、過去の生活に完全なアデューを告げる積りで、いろいろ準備をした。今朝、ホテルを逃亡したのも、漫然と飛び出したわけではない。ロビーのゴルフ雑誌を読んで、関西でプロのトーナメントがあるのを知ってからである。やはり、あれも青空稼業の一つだ。それに、今朝逃げ出せば、危いところで総裁にならずに済む……。

ざっと、こういうわけで、伯爵は《つばめ》の客となったのであるが、さて列車に乗り込んでみると、予想以上に心身が寛いで、ビールの酔いは動揺と共に、快く回ってきた。

（ハッハハ。また、どうにかなる生活が始まるな。愉快愉快……）

彼は腹のなかで、朗らかな笑い声を立てた。その時、

「あのね、特別にお美味いサンドイッチを一人前拵えて、届けて下さい。隣りの二等車よ」

と、若い女の声がしたので、ふと伯爵が、その方を見ると、見覚えのある帽子、服、なんと、それは――園子さんである。

伯爵は思わず立ち上って、彼女の側へ近付いた時、美しい顔が彼の方を振り顧った――なんと、それは園子さんではない！

伯爵はガッカリして、急にビールの酔いが醒めてしまった。そうして、またテーブルへ帰って、ヤケにコップへ罎を傾けた。白い泡が、だいぶテーブル・クロスへ汎濫した。

「あのう、失礼でございますが、戸羽伯爵様ではいらッしゃいませんでしょうか？」

伯爵は、また驚かされた。今のスマートな洋装の女が、彼の側へきて、丁寧に挨拶をしているのだ。

「えッ?」

伯爵はマジマジと対手の顔を見ると、何処かで見たような眼鼻立ちだが、ちょいと思い出せない。

「ホホホ、春日井家に居りましたユキでございます」

そう名乗られて、伯爵は思わず膝を打った。そうだ、あの女だった。園子さんの小間使いだった。しかし、その小間使いが、如何してこんなキラビヤカな扮装をしているのであろうか。いや、まず、聞きたいのは、彼女の主人の消息だ。

「園子さんは如何しました?　園子さんは何処にいます?　家出をなさったのを、僕は知ってますぞ」

伯爵はいつになく、セキ込んだ。

「お嬢様でございますか」と、ユキやの方は、反対に落ち着いて、「妾、ちっとも存じません」

「君が知らんことはないでしょう。隠さず話してくれ給え」

「それはお話し申上げないでもございませんけれど……では、あちらで」

と、ユキやは二等室の方を示した。

伯爵は急いで勘定を済まして、隣りの二等車へ、ユキやと共に入った。或いはそこに、園子さんの姿を見出しはしないかと思ったのも、空頼みであった。ユキやの座席は、明瞭に彼女一人の持物しか置いてない。

伯爵はクッションの端に、体を乗り出して、すぐと訊いた。

「さア、話してくれ給え。園子さんはどうしたんです」

ユキやは、そういう伯爵の顔を、ジッと見ていた。

「お嬢様は、あの……ご結婚になりました」

「えッ」

伯爵は、あまり意外で、呆然とした。彼の顔が、風呂敷を覆せたように、暗くなった。

「ご存じでいらっしゃいましょう——瓜田次郎という方と」

「なんです、あのトースミ・トンボと……」

伯爵はさすがに口を噤んだが、世にも情けない顔色である。他の男となら、まだ忍ぶべし。あの変態男子と生涯を共にして、園子さんの幸福が保証されるわけがないではないか。

「いいえ、お嬢様も決してご本心からではないのでございます。云わば、自暴になって、そういうご結婚を遊ばしたのでございますわ。伯爵様、その原因は貴方にあるンでございますよ」

ユキやは、恨めしそうに伯爵を眺めた。

「えッ、僕に？」

「そうでございますとも。貴方が行衛不明におなり遊ばした時、お嬢様はどれほどご心配になったか、それはもう……」

彼女は、令嬢が馬小路子爵の家を訪ねた時の事から、必死の捜索の話、そうして帝国ホテルに来てからの伯爵の放蕩を知って、いかに彼女が落胆したかということを語った。

「お嬢様はすっかり絶望遊ばして、もうこの世に望みはないから、ワザと大嫌いな男と結婚してやるンだと、ご両親の処へお帰りになって、急に式をお挙げになったのでございます。で、妾もお暇が出て、これから国へ帰るところでございますが、お嬢様の胸の内をお察し致しますと、涙が出るようでございますわ。ほんとに、伯爵様、貴方はなんというツミな方でいらッしゃいます……」

ユキやは声を曇らせながら、伯爵の顔を窺うように、横眼を使った。伯爵は、黙って、腕を組んだ。憮然として、膝頭ばかり眺めている。彼が悲しい顔というものを見せたのは、恐らく生まれてからこれが初めてであろう。川奈から東京駅へ着いて、自宅までの自動車の中で、一寸ヘンな顔をしたことは、あの章で書いたが、とても今日の顔とは較べものにならない。これは頗るハッキリと、悲しい顔である。

「そうですか」と、やがて、彼は云った。「いや、残念だった、非常に残念だった……」

「と、仰有いますと？」

「いや、園子さんがそういう気持なら、いよいよ以て残念だ。すべては、水泡に帰したようなもんだ。園子さんも僕もよくよく運命に恵まれなかったですな。僕はいつか園子さんに逢うことを予想して、云うべき言葉をチャーンと用意していたンだのに……」

「まア、どんなことを仰有るお積りでございましたの」

「なにね、川奈で園子さんが云った言葉の返事なんだがね」

と、伯爵はガラにもなく顔を赧らめて、

「僕は平民で童貞ですよ、と云いたかったンだ」

「えッ」

今度は、ユキやが面食らった。川奈のゴルフ・リンクスで園子さんが伯爵に、

「ねエ戸羽さん、妾、貴方が平民になって、童貞に帰る日がきたら、結婚してあげるわ」

と、云った話は、彼女も既に聞いていた。だが、放蕩伯爵が平民になって、童貞に帰るなんて、坊主にチョン髷を結わせるような問題だ。いや、ゴージャン・ノット[*29]にも勝る難題だ。しかも、伯爵はその結び目を解いたというのだ。これは詳細なる釈明を要求せざるをえない……。

「まア、それはどういうワケでございます」

「いや、なんでもないンです。僕は伯爵という肩書きがあるばかりに、いろいろ蒼蠅い目に会わされたから、一昨日、華族省へ隠居願を出したンだ。姉の家の次男が、僕の後を襲爵するでしょう。これで僕は、天下の一平民になったンだがね。もう一つの方は、さらに簡単です」

「と、仰有いますと？」

「あの時だって、今だって、同じ事なンだ。ずいぶん道楽はしたが、僕はその……」

「え？　なんでございますの？」

「わからン女だね、君も」

「あッ。おや、まア、なアーるほど」

と、ユキやもとたんに謎が解けて、呆気にとられたように、伯爵の顔を眺めていたが、やがてニコニコと、満面に喜色を湛えた。

「まア、お嬢様にお聞かせしたら、どんなにお喜びでしょう」

「今更、云ったところで、仕方のないことだ」

「いいえ、今からでも、決して遅くないのでございますよ」[*30]

と、ユキやが無意識に流行語を使ったのは、よほど嬉しさに顛倒したかららしい。

そこへ、食堂ボーイが、紙で覆った皿をもってきた。

「お誂えのサンドイッチでございます」

ユキやはそれを受取ると、いきなり立ち上って、次ぎに連結した三等車の方へ歩いて行った。

やがて、再び二等車の入口が開いて、セルの着物に赤い帯の女中風をした、園子さんの姿が現われた。彼女は東京の追手が回って危いので、関西で職を求むべく、この列車に乗ったのだが、入念に姿を昏ますために、ユキやと衣裳を交換し、自分は三等に、ユキやを二等に乗せたというわけなのである。

「戸羽さん……」

「やッ」

「御免遊ばせ、ユキやが貴方を試験なぞ致しまして……」

伯爵の眼の玉が、命中した小銃標的のように、白と黒の震動を起した。《つばめ》は唄のような長い汽笛を鳴らして、浜松駅を、馳り抜けた。

〔付録〕

出世作のころ

演出家の道へ

思えば遠いことになるが、出世作というごときものも、何をさしたらいいのか。私は文壇に出る前に、劇壇へ寄り道をしているので、両方の〝出世作〟を、考えねばならぬが、世の中へ出るということであったら、そこのところが、ちょっとアイマイの感なしとしない。

私は外国から帰った時に、演出家として身を立てるつもりだった。しかし演出家になる目的で、外国へ行ったのではない。むこうへ行っている間に、そんな気になったので、もともと、人知れず小説なぞ書いてはいたが、それを職業とするウヌボレもなく、師匠も、朋党(ほうとう)もなく、天涯無宿の文学青年に過ぎなかった。

演出家になろうと思ったのも、新劇が好きだったにせよ、職業とする自信があったわけではなく、ただ文士になるより、着実な考えだから、何とかなりそうだった。また、洋行帰りは、何とかなる世の中だったのだろう。そして当時の私は、何とかして身を立てねばならぬ家庭的必要に迫られていた。

文藝春秋経営の新劇協会で、自分の翻訳したジュール・ロマンの『クノック』を演出したのが、初仕事だった。やって見ると、自分の流儀のようなものがハッキリし、多少のウヌボレも出てきた。そして、終演後、座長の畑中蓼坡（りょうは）が礼金を、百何十円か持ってきた。私は舞台装置もやったので、原作料、演出料を合算して、当時としては、破格の金額だった。

これに味をしめて、演出家になる決心を固めたのだが、当時、演出の仕事なぞ、そうあるものではない。新派の演出なぞ、頼まれたこともあるが、まったくタマのことである。

それでも私が悲観しなかったというのは、フランス戯曲の翻訳で、何とか食えたからである。第一書房の『近代劇全集』というものがあって、これが三年間続いた。演劇の仕事をやってれば何とかなるという安心を与えた。

ところが、『近代劇全集』が済むと、とたんに収入の道がなくなった。それなら、戯曲でも書いて見るかと思った。

当時、友人の岸田國士は戯曲家として盛名があり、それで生活を立ててるから、戯曲を書けば大丈夫だと思った。でも、戯曲を書くのは、少し気がひけた。なぜといって、私は演出家をもって、任じてたのである。戯曲は文士の書くものであり、演出は演劇人の仕事である。私は演劇専門のつもりだったから、文士の領域へ、足を踏み込みたくなかった。

そんな時に「改造」の編集者で箕輪君という人から、

「あなたは、戯曲が書けるでしょう。やって見ませんか」

と、話があった。

それで、踏ん切りがついた。

そこで書いたのが『東は東』という狂言風な戯曲である。

これは戦後になって、各所で上演の運びになったが、発表の当時は、月評家からも冷視された。かえって『東は東』のあとで「改造」に書いた『朝日屋絹物店』の方が、花柳章太郎の新劇座ですぐ上演された。テーマは同一だが、この方は写実風手法で、ラクに書いたのに、世間なんて、作者の苦心も、野心も、くんでくれないものと思った。

それで、戯曲の方は、岸田という男もいることだし、演出一本ヤリで行こうと思った。

戯作のつもりで

それにしても、貧乏は続くのだから、フランスだねの雑文を書いて、家賃ぐらいを浮かせた。

雑文は本名で「新青年」や「改造」に書いていたのだが、雑文のかせぎを続けても、本業は演劇なのだから、それと区別するために、筆名を用うことを考えついた。

獅子文六という筆名を、その時分に使い始めた。べつだん意味のあるものではない。しかし、どこかフザけた趣きがあるのは、雑文を書く時のフザけた気持が、響いたのだろう。演劇の方では、コチコチに堅くなってたから、雑文書く時は、遊びというか、戯作というか、そんな気持になりがちだった。また、そうした方が雑文が売れるのだろうとも思った。それにしても、ほんの一時の間に合せのつもりであり、一生使うのだったら、もう少し気のきいた筆名を、工夫したろう。

で、獅子文六でフザけたものを書き続けたのだが、だれも新劇人の私の仕業だと気づく者はない。知っているのは、岸田國士と関口次郎（演劇仲間）の二人ぐらいだったろう。今でもそうだが、私には文壇の知友が少く、また、そんなフザけたもので、文壇入りをする気もなかった。

しかし、「新青年」に雑文を書くのは、フザけるとはいっても、節を屈して売文するという気持は、あまりなかった。そのころの「新青年」という雑誌は、決して青年ばかりが読者ではなく、ハイカラ好みの中年男（たとえば喜多村緑郎のような）も相当いて、編集も、近ごろの娯楽雑誌と、だいぶちがっていた。エロチックを書くにしても、今のようなアケスケのことは、検閲の問題を別にして、だれも避けた。それは幼稚であり、ヤボであり、要するに、「新青年」好みでなかったのである。

従って、近代的な風流というべき空気があり、それは、書く側にとって、張合いがあった。しかし、原稿料は安かった。

筆名のもとに、フザけたことを書くということは、私の性分に合ってたようにも、思われる。ほんとにマジメな人間、ほんとに勇気ある人間は、そういうことをしないだろうが、私は自分が文士になるというような考えは持ち合せなかったのである。

私の二十歳前後に、三田の学生だったころ、「魔の笛」という回覧雑誌を、やったことがある。私が最年少で、同人は理財科（今の経済学部）の上級生だった。そのころまでに、「三田文学」は創刊されてたが、同人の大部分は、「三田文学」に反感を持ってた。永井荷風は尊敬してたが、その亜流でみたされた誌面が、イヤだった。そして、「三田文学」に近づいて、書いたものを活字にしてもらうよりも、自署した原稿を、回覧雑誌にして、仲間に見せることの方を、いさぎよしとしてた。

この中には、なかなか秀才もいた。Aという男はすこぶる小林秀雄的であって、頭脳も、才能も、飲酒の狂態も、よく似てたが、卒業すると、郵船会社にはいって、船の事務長になった。Hというのは、東芝電気へはいってしまった。Nというのは、「時事新報」の政治部へはいった。

だれも、文士になろうとしなかった。文士になるなんて、バカげた所業だという、考えがあった。もちろん、当時は文士に今日の盛運はなく、最もワリの悪い商売とされてたが、単にソロバンの上のみならず、文学をもって糊口するということは、正道にあらずという考えがあった。これは後の水上瀧太郎の思想と、似たところがあって、彼は大会社の重役となって、家へ帰り、風呂へはいるのを境に、文士に転換する生活を実践したが、私なぞも、そういうことが、理想だった。単純な考えだが、下劣ともいえないだろう。

私たちは決して、三田の学風を遵奉せず、むしろ反逆児をもって、任じてたが、めいめいの行動の跡をたどると、やはり、福沢精神というようなものを、感じたのである。また、文学は天才の業、自分たちは天才にあらずとも、謙遜してたのだろう。

「新青年」に小説を

しかし、私なぞバカであって、文士になるとも、ならぬとも、決心がつかず、フラフラ腰で、外国へ出かけてしまったのだが、新劇という目的ができて、ホッとしたようなものだった。

演劇人なら、文士とちがう。それで世の中へ出れるなら、文士になることはない。何しろ、演劇は形のあるもので、文学を虚業とすれば、いくらか実業に近いところがある。ところが、その実業をやって見ても、一向に飯が食えない。それで雑文書きを始めたのは、前述のとおりだが、それでも家賃ぐらいしか、かせげないとなると、考え込まざるを得ない。当時、私はすでに、妻子があった。餌を運ぶ責任は、果さざるを得ない。

その時分、「新青年」の編集長だった水谷準が、話を持ち込んできた。

「あんた、小説書いて見ませんか」

これは、私に小説家の素質ありと、認めたわけではあるまい。毛色の変った企画で、「新青年」的なところを、見せたかっただけだろう。

私がすぐ承知したのは、大胆な話だったが、何しろ小説（長篇）といえば、雑文より枚数が多くなり、従って原稿料も多くもらえる。それに、小説といっても、大マジメになる必要はない。従来、「新青年」に書いてる雑文の調子で、小説を書くことは、難事ではない。つまり〝遊び〟の小説、戯作というのをやればいい。小説の作法なんて、守らない方が、かえって面白いだろう。少くとも、水谷準は喜ぶだろう。

しかし、後になって考えたことだが、戯曲を「改造」に書いたのも、小説を「新青年」に書くのも、皆、編集者のすすめだった。私はハニカミがあって、持ち込みがやれない。しかし、人に頼まれれば、図々しくなれる。それで今日に至ったのだから、水谷準は恩人というべきだろう。

しかし、いくら戯作であっても、長篇連載小説とあるからには、主題を考えねばならない。でも急場のことであって、少し面倒だったから、過去の大当り小説のパロディをやってやろうと考えた。『金色夜叉』が、すぐ頭へ浮んだ。『金色夜叉』の主題は、金と恋愛であるが、それから一切の感傷を抜き去り、恋愛より金を上位に置く転倒を行えば、パロディになり、同時に、現代の戯作になると考えた。もっとも、美男子と美人を、主人公とすることは、原作と同じで、それを逃げたら、パロディの意味はなくなる。

そして、合理主義の若き選手、学生高利貸しの慶大生の美青年と、大富豪の若く美しい未亡人とを考えたのだが、青年の方は頭に浮んでも、大富豪未亡人なんて、想像がつかない。大富豪の邸宅を、山あり、池あり、敷地一千坪と書いたら、読者から、それは小さいだろうと、投書がきた。本にする時は、三千坪に直した。しかし、財産を一千万円と書いても、どこからも、苦情が来なかった。今では、考えられぬことだが、金持ちといえば、それくらいの時代だったのである。

その戯作『金色青春譜』は、評判になった。作者はだれだといって、騒がれた。獅子文六なんて、一見して筆名であるから、だれかの覆面であるというのである。私としてはその筆名で、雑文を書いてたのだから、問題になるのがおかしいと思ったが、小説というものは、そんなに人目に立つのかと驚いた。

水谷準はジャーナリストだから、その騒ぎを面白がって、誌上であおった。江戸川乱歩とか、そういう「新青年」の常連作家の短評を載せ、中には、新しい浪六だと書いた人もあった。浪六というのは、明治の反主流の人気作家で、そういわれて見ると、私には浪六的なところがあり、本懐だと思った。

そのうち東宝映画の前身PCLから、映画化の申し込みがあった。原作料がもらえるとは、うれしかったが、たしか、五百円だった。

そのPCLから、私の本名が洩れて、「モダン・日本」という雑誌のゴシップ欄に書かれた。獅子文六は演劇の岩田豊雄だとさ、ナーンダと、書いてあった。ナーンダというのが、おかしかった。

月九十円で我慢

原作が映画化されるというのだから（ほんとは、実現されなかったが）私は得意になり、これで、飯が食えると思った。

「新青年」は矢継早やに、二作の連載を依頼してきた。こっちも、一息入れるというようなことはいわない。『浮世酒場』という風俗時評的な作品は、無論、三馬の『浮世風呂』を頭に置いた。次ぎは『楽天公子』という小説だが、これはパリで見た芝居『エンビ服の男』からヒントを得た。

といって、『エンビ服の男』の脚本を読んだわけでなく、会話一つ借用したわけでもなく、ただ、それを演じた名優レーミュの舞台が、心に残ったのである。また、原作では、エンビ服を着た放蕩貴族が、財産差し押えを食って、エンビ服一枚の着たきり雀となり、レストオランのボーイとなるおかしみが面白く、そこだけは、何とか筋をもらいたかった。早くいえば、盗用であるが、地球広しといえども、その盗用に気づく者がないという手口で、盗用したかった。

しかし、そのころの日本で、エンビ服を着て放蕩する華族さんはいない。そこで主人公の伯爵が、アマ・ゴルフの名手で、そのころ流行のゴルフ・スタイルのニッカー・ボッカーの姿の時に、財産差し押えを受け、他に着るものがないということにした。そして、ニッカー・ボッカー姿のために、土建屋とまちがえられ（そのころ、そういう連中にも、そんな姿が流行した）、喧嘩の仲裁から、逆に暴力団の会長に祭り上げられる筋に、持って行った。国粋会などが勢力のあった日支事変直前の頃だった。

しかし、衣裳の喜劇というのは、やはり、舞台のものであり、小説では、ピンと来ないところがあった。そして、ツジツマを合せるために、ずいぶん苦労した記憶がある。

それで、外国ダネは『楽天公子』で、もうやめることにした。なぜといって、労多くして功少なしで、自分の頭で考えた方が、ラクだということに気づいた。芝居の方で、翻案ということをやった人は、いかにそれが難事であるか、知ってるはずである。

ところで、「新青年」は続々と、仕事をくれたが、一枚三円の原稿料で毎月三十枚だから、九十円しか収入がない。当時物価は安かったといっても、どうも百二十円ぐらい、生活費を要するのである。

その時分、岸田國士は私よりラクな生活をしてたが、朝日新聞に『由利旗江』という小説を書くようになって、一層羽振りがよくなった。

「君、やっぱり新聞だよ。新聞を持たなけれア、飯は食えんよ」

彼は意気昂然と私にいったが、そんなことといったって、新聞が私に頼みにくる空模様ではない。まず「新青年」の毎月九十円で、我慢する外はない。

しかし、生活費の大半ははいることになったのだから、文句はいえず、素志である演劇（そのころも、書く方は副業のつもりだった）の方で、岸田や久保田万太郎を語らい、文学座というものを設立する運動に、身を入れた。それが昭和十年『楽天公子』を書いた年だった。

新聞社から依頼

文学座を始めて、私は初代幹事で、ひどく忙しかったが、そのころに、報知新聞の学芸記者がたずねてきた。

当時の報知新聞は、スポーツ紙ではなく、大隈侯輩下の政治家の手から、講談社の野間清治の経営に移ったころで、夕刊紙として、代表的だったが、学芸欄に演劇時評でも書け、というのかと思って、会って見た。

ところが、大変なことをいう。

「ウチへ小説を書いてくれませんか」

われを疑う気持だった。大新聞でなくても、とにかく、新聞が頼みにきたのである。これで、飯が食えるのかと、最初に思ったのだが、新聞小説というものが書けるという自信はなかった。当時は菊池寛の新聞小説が全盛だったが、近所の古本屋へ行って、『真珠夫人』というのを買ってきた。でも、恋愛小説であって、どうも、私には面白くない。また私に書けそうにもない。

新機軸を出そうなんて、量見はなかったが、恋愛小説はハンランしているのだから、やめにして、チャップリンの『キッド』のようなものが、書きたいと思った。私はチャップリンが好きで、『キッド』なぞは外国へ行く前に二度、パリの場末映画館で二度も見てる。

それほど、見飽きがしなかった。通俗といえるが、いやらしくない。そして、面白い。その面白さは、卓抜で、追従を許さないものがある。パリの芸術家もチャップリンには、特別の尊敬を払ってた。

といって、『キッド』の翻案をやる気はなく、むしろ、私の身辺に材料を求めてやれと考えた。

私はその時分、再婚したばかりで、それまでは亡妻の残した女の子と二人暮しをやってた。その子は、今ではひどく温和な四十女になったが、そのころのハッラツさ加減というものは、ちょっとズバ抜けてた。やはり、男親の手許で育てると、言葉使いでも、動作でも、オテンバになるのだろう。

そんな女の子を主人公にして、父は私をモデルにすれば簡単だが、あいにく人に好かれるような男でないから、ノンキで善良な、歌謡曲の作詞家にした。ノンキで善良な人物は、『楽天公子』以来私の作品によく出てくるが、作者というものは、自分の反対性格を愛するので、どうも、これは仕方がない。

それから、もう一つ、私は図々しい意図を、この作品に盛り込んだ。私は再婚して間もない時だったが、私の娘にとって、妻はママ・ハハである。どうも、最初のうちは、シックリいかなかった。

妻は悪い女でなかったが、ママ・ハハの意識にこだわる傾きがあった。それで、その作中で父親が再婚するのだが、後妻はひどく明るいママ・ハハにしたかった。実母と娘以上に、無類にママ・ハハとママ・コが、仲のいい状態へ、持っていきたかった。それで、私は妻を激励することになる一方、日本古来の暗い、ジメジメしたママ・ハハ物語の型を粉砕してやれという野心も、ないことはなかった。

『悦ちゃん』が成功

その小説は、主人公の名をとって『悦ちゃん』としたが、新聞社側では、そんな題名は、愛想がないから、変えてくれといった。私は漱石に『坊っちゃん』という小説があり、あんなに売れてるではないかと、反駁（はんばく）したら、それもそうだということになった。

しかし、ほんとは、自信も何もなかった。最初の新聞小説で失敗したら、それっきりだろうが、仕方がない、雑文書きで何とかやっていこうと、腹はきめてた。

ところが、この小説ぐらい、早く読者の反応が現われたものはなかった。評判いいですよと、社からいってきた。あるいはハッパの一種かも知れないが、初めて新聞に書く者にとっては、大変励ましになった。

一つには、挿絵の力もあったろう。私が新米だから、絵の方は老練な田中比佐良という人を配したのだろうが、この人が身を入れて仕事をしてくれ、ことに、主人公〝悦ちゃん〟を、じょうずに描いてくれた。

完結を待たずに、日活が映画を申し込んできた。新国劇でも、舞台に載せた。そして映画の方では、一般読者から〝悦ちゃん〟役の女の子を募集し、その試験を報知新聞講堂でやったが、母親付添いで、ずいぶん多勢集まった。その一組は試験のあとで、私の家をたずねてきて、是非入選させてくれというから、

「家にも女の子がいるけど、あんなものには出さないね」

と答えたら、ヘンな顔して帰っていった。

とにかく『悦ちゃん』は大成功だった。成功したのだから、今度こそ飯が食えると思ったら、岸田國士が、

「第一作に成功すると、かえって危険なんだ。第二作はそれにまさるものを、書かなければならないからね」

と、オドかした。

その第二作というのは、『悦ちゃん』の完結しないうちに、朝日新聞からいってきた。もっとも朝刊でなく、当時、新進作家の中篇ばかり載せていた夕刊の方だった。私はパリの日本留学生の生活を材料にして、『達磨町七番地』というものを書いた。これは自分の経験したことだから、ラクに書けた。

そして、新聞小説を書けば飯が食えるといった、岸田國士の言は、人を欺(あざむ)かなかった。それから後は、原稿料の高い雑誌の依頼が多くなり、家計もやっと軌道にのった。『金色青春譜』を書いてから、二年後のことであり、なかなか急にはいかないものである。

私は、いつか、小説書きとして、知られるようになった。演出をやっても、戯曲を書いても食えなかった飯が、小説を書いて、食えることになった。

もともと、演劇の道に進むために、生活費かせぎをやって、ミイラとりがミイラになったと、世間では見たかも知れないが、当人としては、一応の目的を果したと考えた。私はずっと小説を書き続けたが、新劇を放棄したことは、一度もなかった。戦後も引続き文学座に関係して、企画を立てたり、演出をやったり、自分では、第一線に立ってるつもりだった。その間のことは、本名で書いた『新劇と私』という本に委しい。

しかし、十年近い前に、私は文学座を退き、他の二、三の劇団と同じように、顧問に過ぎなくなった。私も年をとり、演劇の現場の仕事がオックウになった。新劇は何といっても、若い人の仕事であり、老人の出る幕ではないと、さとるようになったからである。

今でも劇場へは行くし、日本の新劇ということは、頭を去らないが、それでも、新劇をやるために小説を書くということは、過去のものになった。

しかし、飯を食うために書いてる気持は、昔と変らない。それは書く以上、美神への奉仕も忘れないではないが、結局、食うために書いてる事実は、どうしようもない。それを否定したって、何の意味もない。

だから、出世作というものも、飯の食えるようになった作品と解釈して、『悦ちゃん』を云為(うんい)せざるを得ないのである。

〈昭和四十三年八月十二日～八月二十日『読売新聞』〉

（『獅子文六全集』別巻〈朝日新聞社、一九六九年〉より）

昭和11（1936）年頃の著者（写真提供：神奈川近代文学館）

解説

浜田雄介

一九三四年の獅子文六は、初の長編に挑む正体不明の作家でした。一九三六年の獅子文六は、新聞連載を持つ売れっ子の作家です。この間に三本の長編が書かれ、その三作品が本書には収められています。

流行作家になることも簡単ではありませんが、正体不明の謎の作家というのも、新人でさえあれば誰もがなれるものではありません。正体不明でも作家として認知される存在感がなければなりませんし、その正体を知りたいという欲望をそそらなくてはなりません。そんな不思議を演出したのが、『新青年』という獅子をデビューさせた雑誌でした。まずはその話から始めます。

『新青年』は一九二〇年に創刊され、戦前には探偵小説の牙城として知られた雑誌です。江戸川乱歩も横溝正史も夢野久作も、みなこの雑誌でデビューしました。廃刊後も、七〇年代には異端文学の宝庫として、また八〇年代にはモダンなメンズマガジンの源流として、繰り返し注目され、九〇年代には復刻版が出されるに至りました。この文庫本が刊行される二〇二〇年は『新青年』創刊一〇〇年にあたり、二一年三月からは神奈川近代文学館で「創刊一〇一年記念展　永遠に『新青年』なるもの――ミステリー、ファッション、スポーツ――」が予定されています。

獅子文六という名前の作家が誕生するのは一九三三（昭和八）年の連載読物「西洋色豪伝」で、翌三四年四月には初めての短編小説「八幸会異変」、そして七月から十二月にかけて初めての長編小説「金色青春譜」が発表されます。続く「浮世酒場」「楽天公子」も含め、いずれも掲載は『新青年』です。

「金色青春譜」の連載された一九三四年、『新青年』の誌面を沸かせていたのは、圧倒的に小栗虫太郎「黒死館殺人事件」でした。揺籃から一歩も館外に出ないという異国人たちの弦楽四重奏団を擁する神聖降矢木（ふりやぎ）家。そのケルト・ルネサンス式の城館（シャトウ）を舞台に、ビアンカ・カペルロの血を引く狂博士降矢木算哲の自殺と、ゲーテ「ファウスト」をなぞるかのような連続殺人事件。――獅子の文庫解説であるにもかかわらず別の本の宣伝をしているようですが、「黒死館殺人事件」というのは、そんな熱っぽい語り方を強いるような作品なのです。

今日の私たちの文学史は獅子文六と小栗虫太郎を並べることはしませんが、三三年にデビューし、三四年に長編に挑んだ二人の作家を併走させることに、『新青年』編集部はおそらく意識的でした。編集後記ではほぼ毎回、二つの作品を竜虎相撃つように並べて宣伝しています。先行して連載の始まった「黒死館殺人事件」の方は木版画を思わせるような墨塗の多い松野一夫の挿絵で、その文章は佶屈聱牙（きっくつごうが）、読みたい欲望を激しくそそるものの半分くらいは意味がわからないという狂気に満ちた作品です。この「黒」のイメージに圧迫された読者にとって、獅子の作品の、モダン感覚あふれる吉田貫三郎の挿絵、落語を思わせるような軽快なリズムの語り口は、どれほど輝いて見えたでしょう。タイトルからして「金色」と「青春」です。

そんなふうに極端に対照的な「金色青春譜」と「黒死館殺人事件」ですが、どちらも先行する作品の枠組みがあって、過剰なまでにさまざまなものを参照している点は共通しています。「黒死館殺人事件」が「ファウスト」を踏まえていたように、「金色青春譜」は尾崎紅葉の「金色夜叉」を踏まえています。そしてどちらも、その元ネタがわからなくなるほどに過剰な参照——前者であれば宗教や歴史、犯罪学や異常心理学など古今の西洋的な知が、後者であれば同時代日本の社会や風俗、経済や事件が盛り込まれます（過剰な参照は「浮世酒場」で一層強まります）。文章表現の上で端的にそれを示すのは、随所にみられるやや特異なルビでしょう。ここでのルビは、読みやすさのためではなく、異世界を重ねたり、見立てのギャップを楽しむために用いられています。

そろそろ『新青年』や小栗虫太郎からは離れて本書に収録された三つの作品をあらためて見てゆきますが、「金色青春譜」が下敷きにした明治の尾崎紅葉の「金色夜叉」は、小説だけではなく舞台や映画でくりかえし演じられた明治のベストセラーです。やがて帝国大学に進み輝かしい未来が待っていたはずの間貫一(はざま)が、許婚者鳴沢宮(みや)の裏切りをきっかけに、卑しい職業とみられていた高利貸しに身を落とし、金に復讐をする物語ですね。貫一のモデルは巌谷小波、貫一から宮を奪う富山唯継は博文館主の大橋新太郎などといったゴシップも騒がれましたが、『新青年』はその博文館発行の雑誌です。そんな因縁も、あることはあります。

ゴシップが騒がれたのは、モデルの実態がどうかよりも、キャラクターの構図がいかにも時代を象徴していたためでしょう。「金色夜叉」は明治におけるお金と青春の問題を、とてもわかりやすく描いた物語でした。お金と青春はいつの時代にもある普遍的なテーマですが、それでも「金色夜叉」の貫一の煩悶と復讐はいかにも明治だったな、ということを、「金色青春譜」が教えてくれます。近代合理主義の体現者で、お金も仕事も爽快に愛しているガッチリ太郎を見れば、同じく色男だったはずの間貫一は、どこが魅力だったのだろう、と思えてきてしまいます。それが時代のリアリティなのでしょう。

もう一作品、学生が職業に金融業を選ぶ物語として、第二次大戦後に書かれた三島由紀夫の「青の時代」も並べてみましょうか。闇金融を起業して巨利を博した東大生が、やがて検挙されて信用を失い自殺にいたる、いわゆる光クラブ事件をモデルとした作品です。女性関係も含めた主人公の特異なキャラクターは、やはり戦後の現実の中でこその青白い光を放っていました。これを合わせて「金色夜叉」「金色青春譜」「青の時代」と並べてみると、色彩をともなったタイトル自体が、それぞれの時代に向きあった作品の性格を正しく表していると言えるでしょう。そしてそう考えると「金色青春譜」は、金色と青春の二つともども、あっけらかんと肯定する、たぐいまれな作品であったことがわかります。

しかしこの作品が書かれたのは、必ずしもあっけらかんとした時代ではありませんでした。一九三三年以降の数年は文芸復興の時代とも呼ばれますが、その陰には小林多喜二の拷問死に象徴される思想弾圧とプロレタリア運動の壊滅があり、知識人の間に時代への不安も高まってシェストフ『悲劇の哲学』などがさかんに読まれた時代です。数年来続く東北の飢饉も、娘の身売りをはじめ社会問題となり、その深刻さは、やがて二・二六事件を引き起こします。日中間の緊張を通して国際的な孤立も深まってゆきます。

そんな時代に対抗するかのように、文芸の世界ではユーモアが注目されていました。もともとナンセンスやユーモアは『新青年』の基調の一つでしたが、三三年七月号は「ユーモア集」の特集を組んでいますし、三四年一月には乾信一郎・延原謙・甲賀三郎・水谷準・大下宇陀児のユーモア連作「五本の手紙」と、久生十蘭の「ノンシャラン道中記」の連載が始まります。そんな中で、「金色青春譜」そして獅子文六の快進撃は始まったのです。

「金色青春譜」の次作は「浮世酒場」（一九三五年一月〜六月）。明朗主人公の活躍に替わって、こちらは酒場を舞台として、入れ替わり立ち替わり客たちが話題と事件を持ち寄ります。「浮世酒場」のタイトルは、式亭三馬の「浮世床」や「浮世風呂」を連想させるでしょう。獅子文六はここで、やっぱり古典に挑戦し、ユーモアという武器の現代的な可能性を探っているのです。「会社員」や「ご隠居」「軍事小説家」などと呼称される登場人物は、『新青年』では乾信一郎らの連載コラム「阿呆宮一千一夜譚」、文士氏や実業氏、陸軍大佐氏、あるいは枯木夫人、赤髪夫人などによるナンセンス放談に隣接し、系譜を遡れば「吾輩は猫である」の苦沙弥先生や迷亭君に連なるでしょう。さらには森鷗外、幸田露伴、斎藤緑雨の「三人冗語」や中江兆民「三酔人経綸問答」といった文芸批評、文明批評にも通じるスタイルです。

酒場の名は円酔。一円均一の流行を踏まえた命名が冒頭に記されますが、立場は違ってもみな一円で酒を飲むという人間関係は、固有性を離れたところにこそ自由あり、ということでしょうか。陽気な口調に一夜の歓を尽くしながら、彼らの話題には確実に時代の陰が浸潤しています。ベーブルースに敵わない日本野球を救うために満州からロシア人をスカウトしろとか、スターリンがダンスの稽古をしているのは欧米と結んで日本を孤立させるためだとか、どこまで本気かわからない政論が交わされたり、疲弊する東北から売られてきたらしい円酔の看板娘おゴンちゃんが、バー・ヒットラーの女子従業員チャー子さんと同性愛になったり、主張や意味がありそうでなさそうな宙吊り状態は、つまりそんないい加減さこそ、時代の激動の中で守るべきものだという批評なのでしょうか。大学の授業であれば注釈の訓練によい素材ですが、今どきはインターネットがすぐにヒントをくれるでしょう。埋もれた世界を探検し、酒飲みの放談に時代の空気感を感じとるのも、この作品の楽しい読書法かもしれません。

長編第三作は「楽天公子」（一九三六年一月〜六月）。「浮世酒場」に替わって、再び主人公役の登場ですが、今度の主人公伯爵安綱は、「金色青春譜」のガッチリ太郎とは真逆のキャラクターです。タイトルだけで言えば「幸福の王子」なども連想されるかもしれませんが、人々への憐憫で身につけたものを失っていった幸福の王子に対して、安綱はただ安閑と、そして鷹揚に、状況に流されてゆくだけです。とはいえどんなに落魄（らくはく）しても鷹揚さを失わないのは、やはり不思議な魅力でしょう。

この作が発表された時、すでに獅子文六は流行作家になりつつありました。三六年一月には「金色青春譜」「浮世酒場」を収録した『現代ユーモア小説第九巻』（アトリヱ社）と、他の短編を集めた『遊覧列車』（改造社）が出ていましたし、直木賞候補にもしばしば上がっていました。一一月に単行本『楽天公子』（白水社）が刊行されると、翌三七年二月には古川緑波の楽天公子、三益愛子のモダン令嬢で有楽座興行が打たれます。獅子は、小説発想のヒントとして過去にパリで見た名優レーミュの舞台「エンビ服の男」を挙げ、しかし「衣装の喜劇」は小説ではピンと来なかったと回想していますが（「出世作のころ」『読売新聞』六八年八月一七日夕刊）、舞台化の早さはそれを逆説的に証明しているのかもしれません。これを見た岸田國士も「『楽天公子』はなるほど芝居になる」（「ロッパの『楽天公子』」『文学界』三七年三月）と言っています。

舞台化から時を経て、この作品は映画化もされました。三八年八月公開の日活映画で、監督は水ヶ江龍一、楽天公子は杉狂児でしたが、実は七月の段階では、日本軍人精神を冒瀆するものとして、上映不許可処分を受けていました。「ルンペンに墜ちた人間が、皇軍指揮の部隊長になり、しかも流行歌調の歌を唄う」（「時局化の検閲眼【1】」『読売新聞』三八年八月二三日夕刊）という箇所が問題視されたようです。原作のクライマックスシーンが時局に合わせて改作されたもので、これは獅子の意向もあり原作に戻す修正で上映可能となりました。ですからこの不許可の顚末は原作とは関係ないと言えば言えます。けれども、本当にそうでしょうか。

小説の「楽天公子」のラストで、安綱にユキが告げる「今からでも決して遅くはない」という言葉は、連載中に起った二・二六事件で、戒厳令司令部から下士官に呼びかけられた告知の一節です。戒厳令司令部の言葉が、文脈を変えればそのまま女中のユキの言葉になってしまう、というくすぐりです。もちろん、当時流行した言葉ですから、それほど重い意味で使われたわけではないでしょう。けれど、司令部と女中が交換可能ならば、彼らの仕える天皇とモダン令嬢園子とだって、交換可能ということになりかねません。作者の意図に関わらず、そんな風に世界をいとも簡単に転倒させてしまうような力を、獅子の言葉、レトリック、小説は潜在的に持っていたということではないでしょうか。

私は映画を見ていませんのでちょっと無責任な想像ですが、そもそも「楽天公子」は入れ替わりの物語です。ルンペンが部隊長になるという映画の書き換えは、獅子が意図せず示していた笑いの力の自然な発露だったのではないかとも思われます。すると映画の検閲局は、おそらく現下の情勢と、笑いの持つ力を正確に認識していたと言うべきでしょう。太平洋を隔てたアメリカで、「チャップリンの独裁者」、記憶を失った床屋のチャーリーが周囲の勘違いで大統領に祭り上げられてしまう物語が封切られるのは、映画「楽天公子」の二年後、一九四〇年のことです。

いや、ちょっと仰々しくなりましたが、本当はこんな見立ても、笑いとばすべき精神のこわばりかもしれません。ただ、立場がどうあれ笑えるものを笑い、何がどうなろうとどうにかならあと意に介さない自由さこそ、楽天公子のものであり、ますます閉塞する時代に「悦ちゃん」や「海軍」を書く獅子のエネルギーでもあったのでしょう。そんな獅子の出発点となった三作品、いろいろなものが詰まった文庫です。自由にこだわってお読み下さい。

（はまだ・ゆうすけ　成蹊大学教授・『新青年』研究会会員）

語句注記

金色青春譜

＊1　日本ドオヴィル――ドオヴィルはフランスの避暑地である海浜都市の名。ここではKは鎌倉。

＊2　Semori――薬の名。当時市販されていた避妊薬。

＊3　バットとチェリイ――タバコの銘柄。バットは大衆的で、チェリイは高級のもの。一九四三年、それぞれ「金鵄」「櫻」と改名したが、戦後バットだけは元の名に戻った。

＊4　浮川竹の女――竹が水に浮き沈みする「浮き」を「憂き」にかけていう。浮き沈みの定めないつらい身の上の女。とくに遊女についていう。

＊5　コルビジェ――一八八七―一九六五。フランスの建築家。

＊6　ヒナシ、カラス――日ナシ、カラス金ともいう。ともに日歩で借りる（貸す）高利の金融。一夜をへて夜明けにカラスの鳴くころ元利こみで返す（取上げる）金という意味。

＊7　沢正――沢田正二郎　一八九二―一九二九。新国劇俳優。大津市出身。早大英文科卒後、俳優修業に入り、芸術座の松井須磨子の相手役として知られる。芸術座脱退後、新国劇を組織し活躍した。

＊8　藤原銀次郎――一八六九―一九六〇。実業家。長野県出身。慶大卒。新聞記者、三井銀行、三井物産、富岡製糸をへて王子製紙に入り、のち社長となる。同時に製紙、電気化学諸会社の重役を兼ねた。貴族院議員、内閣顧問、逓信大臣等を歴任。「製紙王」といわれていた。藤原工大（のち慶大工学部）の創設者としても知られる。

＊9　昭和丹次郎――昭和の「丹次郎」の意。丹次郎は為永春水作の天保初期の人情本「春色梅暦」の主人公の名で、色男の代名詞としてこの名が使われた。

＊10　ドレフュス事件――一八九四年、フランスに起ったユダヤ系将校アルフレッド・ドレフュスのスパイ容疑事件。彼は国防上の機密をドイツに漏らした疑いで、終身禁固刑に処せられたが、のち真犯人が現われ、一九〇六年釈放された。この間、軍部・右翼の圧迫に対して彼は終始無罪を主張、また作家のゾラや知識人が人権擁護のために当局と戦うなど、全ヨーロッパに問題を投じ、社会的・政治的大事件となった。

＊11　ソグロウ――当時、雑誌「新青年」に毎号出ていたアメリカ漫画作者。サイレントもので近代漫画のはしり。主人公の高い鼻が特徴だった。

＊12　ナキモフ、キウリック号引揚げ事件――ともにロシア籍の艦船。ナヒモフ（ナキモフ）は七五〇〇トンの巡洋艦、日本海海戦のとき対馬沖で沈没した。金塊十トンを積んでいたということから〝潜水王〟片岡才八らが一九三三年から三十万円の資金と五年の年月をかけて引揚げにあたったが成功しなかった。

浮世酒場

＊1　満洲事変――一九三一年九月十八日、中国の柳条溝で起った鉄道爆破事件から戦闘状態にはいり、日本が中国大陸に軍事侵略を行う最初のきっかけとなった事件。

＊2　鉄道馬車――馬車鉄道ともいった。一八八二年、東京の新橋―銀座―日本橋の間に開通、のち上野や浅草方面へも延長された。二頭立ての馬が客車をひいて軌道を走った。

＊3　円タク、円宿、円サイ――昭和初期には、一冊一円均一の全集などの「円本」ブームをはじめ、東京市内一円均一のタクシー（円タク）のように、なんでも「一円」式が流行した。「円宿」は一泊一円の旅館、「円サイ」は「円妻」で、一円の一夜妻をいった。

＊4　宮武――宮武三郎　一九〇七―一九五六。高松市出身。一九二五年、高松商業の名投手として甲子園の全国中等野球（現、高校野球）に優勝、慶応野球部では黄金時代を築き、当時の六大学野球の本塁打記録も作った。プロ野球「阪急」に入団し、投手のかたわら強打者として活躍、神宮球場では日本人初のホームランを記録している。

＊5　満州国――一九三二年、溥儀を執政として建国を宣言。満洲事変の結果、日本が東北四県をもってつくった傀儡国家とされる。一九四五年に滅亡。

＊6　広東ピイ――広東市の売春婦に対する蔑称。

＊7　柳条溝事件——一九三一年九月十八日に中国遼寧（りょうねい）省、瀋陽（しんよう）北方の柳条溝で起きた南満州鉄道爆破事件。「満洲事変」の発端となった。

＊8　幣原外交——数度にわたって外相をつとめた幣原喜重郎（後に首相）の外交をいう。中国に対しては内政不干渉主義、米英に対しては協調方針をとったので「軟弱外交」の非難を浴びた。

＊9　商船テナシチー——フランスの劇作家シャルル・ヴィルドラックの舞台劇脚本（一九二〇年）。デュヴィヴィエ監督が映画化したことによって有名となった。

＊10　藤井さん——藤井真信。岡田啓介内閣の大蔵大臣を勤めたが、在職四カ月余で高橋是清と交替した。

＊11　南大将——南次郎陸軍大将。陸軍士官学校長、参謀次長、朝鮮軍司令官、陸軍大臣、関東軍司令官、朝鮮総督を歴任。

＊12　岡田さん——岡田啓介。軍人、政治家。海軍次官、第一艦隊司令長官、海軍大臣等を歴任、一九三四年組閣した。一九三六年の「二・二六事件」で襲撃され、奇跡的に助かるも辞職。以後、重臣として終戦工作にも動いた。

＊13　若槻さん——若槻礼次郎。政治家。蔵相、内相などをへて、一九二六年組閣したが、金融恐慌のため短期間で崩壊。ロンドン軍縮会議に全権として出席。一九三一年第二次組閣をしたが、満州事変や党内不和のため辞職。

＊14　高橋さん——高橋是清。政治家、財政家。日本銀行総裁、蔵相、首相などを歴任。

＊15　荒木さん――荒木貞夫陸軍大将。陸相として満州事変を指導した。「二・二六事件」で岡田内閣の蔵相として暗殺された。

＊16　松岡さん――松岡洋右。外交官、政治家。満州事変後の国際連盟総会に首席代表として出席、脱退を宣言。一九四〇年、外相として日独伊三国同盟を結び、翌年日ソ中立条約を締結。また日米交渉に反対した。戦後、戦犯として審理中に死去。

＊17　ゲ・ペ・ウ――G・P・U（ロシア語で国家政治保安部の頭文字）。反革命分子の探索・捕縛・処罰を任務とした公安組織。一九三四年廃止、内務人民委員部（NKVD）に改組。

＊18　国際聯盟――第一次大戦（一九一四―一八）後、米大統領ウイルソンの提唱によって、世界史上初めてつくられた国際平和機構。

＊19　パンテージ・ショー――一九三五年一月、東京の日本劇場で上演された外国人によるショー。

＊20　ターキー――水の江滝子。日本の女優。映画プロデューサー。一九二九年、東京松竹楽劇部第一期生として入部。一九三〇年、女性ダンサーとして初めてショート・カットに刈り上げ、シルクハットにタキシードという服装は人気を呼んだ。戦後はラジオ、テレビでも活躍した。

＊21　マギー――G・マクナマス原作のアメリカ漫画「おやぢ教育」の女主人公。賢夫人ぶりを発揮する。

＊22　藤村操——一九〇三年五月二十二日、日光・華厳の滝に投身自殺した旧第一高等学校生徒。彼が遺した「巌頭之感」の一文は、当時の若者に大きな影響を与えた。

楽天公子

＊1　三幅対——三つで一組になっている、絵または字などの掛け物。

＊2　伯爵——旧華族制度で、五つあった爵位の第三番目。

＊3　十五銀行破綻——一九二七年三月十四日、片岡蔵相が衆院予算総会で失言したことから、「金融恐慌」が起り、渡辺銀行をはじめ、中井・村井・中沢・台湾・近江(おうみ)・十五など三十二銀行で休業や倒産が起こった。預金者の中には、支払い停止のために大損害をうけて発狂したり、自殺したりする者が続出して話題となった。

＊4　公卿華族——次項参照。

＊5　華族様——華族は一八七二年に公卿や諸侯（旧大名）に賜わった族籍。華族のうち、公卿出身を公卿華族または堂上華族、大名出身を大名華族と呼んで区別した。華族制度は一八八七年「華族令」の発布によって、公・侯・伯・子・男の五爵位に整えられたが、一九四七年廃止された。

＊6　大名華族——前項参照。

＊7　雪舟——一四二〇—一五〇六。室町時代の画僧。わが国の水墨画の大成者として知ら

れる。

＊8　趙子昂——一二五四—一三二二。元（げん）（中国）の儒学者、文人。詩文・絵画にすぐれ、とくに画では元画の開祖といわれる。

＊9　ルーベンス——一五七七—一六四〇。フランドルの画家。外交官としても活躍した。「最後の審判」「愛の園」などで知られるバロック様式の巨匠。

＊10　鹿鳴館時代——「鹿鳴館」は一八八三年に、政府が外交官らの社交場として東京・内幸町に建てた洋風の建物。政府高官が外国使臣らを招いて、夜会・舞踏会・バザーなどを開き「鹿鳴館時代」といわれる欧化主義の風潮を現出する。

＊11　ザッツ、O・K——当時の流行語。コロムビア・レコードの大ヒット曲「ザッツ・OK」（一九三〇）から出たもの。

＊12　ムッソリーニ——一八八五—一九四四。イタリアの政治家。社会党から転じてファッショ団をつくり、資本家・皇帝と通じてファシズム体制を作りあげた。第二次大戦でドイツと手を結んで戦ったが、イタリア義勇軍の手で殺された。

＊13　ヒットラー——一八八九—一九四五。ドイツの政治家。ナチス（国家社会主義労働党）の指導者として徹底したファシズム独裁政治、ユダヤ人排撃を中心とする極端な排外主義によって対外侵略を進めたが、第二次大戦末期、追いつめられたベルリンで自ら命を絶つ。

＊14　ディートリヒ——一九〇一—一九九二。女優。ベルリン生まれ。演劇学校を出て歌手

となり、一九三〇年「嘆きの天使」に主演の後アメリカに移って「モロッコ」以後、翳（かげ）のある特異なマスクと脚線美で大スターとなった。

＊15　弁士、活動――トーキー以前の「活動写真」（無声映画）では、「弁士」が壇上で映画のストーリーを説明した。徳川夢声、牧野周一らは弁士出身として知られている。

＊16　タクチック――tactic　かけひき。策略。

＊17　モガ――「モダン・ガール」の略。大正から昭和初期にかけての流行語。「モボ」（モダン・ボーイ）とともに、流行の先端を行く男女に対していった。モボは山高帽子にセーラーのズボンのチョビひげ、ステッキを持ち、モガはひざ下長めのスカート、クローシュ帽（釣鐘型の帽子）、断髪に濃い目のメイクというファッションスタイルが特徴だった。

＊18　カリガリ博士――精神病院の患者の妄想から生まれた奇怪な物語。カリガリ博士と名のる不可思議な人物が主人公で、一九一九年、ロバルト・ビーネ監督のドイツ映画。表現派映画の第一作。

＊19　クラーク・ゲーブル――一九〇一―一九六〇。アメリカ映画俳優。一九二〇年に映画界に入り、男性的魅力を持つ二枚目スターとして最高の人気を保ちつづけた。主な主演作品は「ある夜の出来事」「帰郷」「風と共に去りぬ」「先生のお気にいり」ほか。

＊20　ミジンマク――「身慎莫」。身なりを整えること。

＊21　サツ・パイ姿――颯爽（さっそう）としたハイキング・スタイルを縮約した表現。

＊22 Quo vadis Domine……――ラテン語で、「主よ、いずこへ」の意。
＊23 おカン――「野宿」の隠語。
＊24 ズケ――「残飯」の隠語。
＊25 "La Crise est Finie" ――シャンソンの題名。「危機は終った」の意。
＊26 藤原さん――当時、中央気象台長だった藤原咲平をさしている。気象学者で東大教授も兼ねていた氏は「お天気博士」として知られていた。
＊27 青印――「青酸カリ」の隠語。
＊28 紅裙――（「紅色のすそ」の意から）芸者。
＊29 ゴージャン・ノット――フリジア王ゴージアスの結んだ堅い結び目。「これを解いた者はアジアの王となろう」という神託がついていた。マケドニア王アレクサンドロスが、剣でこれを断ち「われこそはアジアの王」といったという故事がある。「至難なこと」の意味に使われる。
＊30 今からでも、決して遅くない――「二・二六事件」のときに、叛乱軍側にひきいられた下士官・兵に対して撒かれたビラの字句から出た、当時の流行語。

本書の語句注記は『獅子文六全集』第一巻（朝日新聞社、一九六九年）に収録された吉沢典男先生の注解を一部転載、また参照し、再構成させていただきました。

本書所収の「金色青春譜」「浮世酒場」「楽天公子」は、『獅子文六全集』第一巻（朝日新聞社、一九六九年）を底本としました。

各作品の初出は左記になります。

「金色青春譜」――「新青年」一九三四年七月―十二月

「浮世酒場」――「新青年」一九三五年一月―六月

「楽天公子」――「新青年」一九三六年一月―六月

本書のなかには今日の人権感覚に照らして不適切と思われる語句がありますが、差別を意図して用いているのではなく、また時代背景や作品の価値、作者が故人であることなどを考え、原文通りとしました。

評伝 獅子文六　牧村健一郎

今、注目を集める〈獅子文六〉とはどんな作家だったのか。彼の人生を精細に追いかけ、再評価の続く作品群の理解を深める唯一の評伝、文庫化。

コーヒーと恋愛　獅子文六

恋愛は甘くてほろ苦い。とある男女が巻き起こす恋模様をコミカルに描く昭和の傑作が、現代の「東京」によみがえる。（曽我部恵一）

てんやわんや　獅子文六

戦後のどさくさに慌てふためくお人好し犬丸順吉は社長の特命で四国へ身を隠すが、そこは想像もつかない楽園だった。しかしそこは……。（平松洋子）

娘と私　獅子文六

文豪、獅子文六が作家としても人間としても激動の時間を過ごした昭和初期から戦後、愛娘の成長とともに自身の半生を描いた亡き妻に捧げる自伝小説。

七時間半　獅子文六

東京—大阪間が七時間半かかっていた昭和30年代、特急「ちどり」を舞台に乗務員とお客たちのドタバタ劇を描く隠れた名作が遂に甦る。（千野帽子）

悦ちゃん　獅子文六

ちょっぴりおませな女の子、悦ちゃんがのんびり屋の父親の再婚話をめぐって東京中を奔走するユーモアと愛情に満ちた物語。初期の代表作。（窪美澄）

自由学校　獅子文六

しっかり者の妻とぐうたら亭主に起こった夫婦喧嘩をきっかけに、戦後の新しい価値観をコミカルかつ鋭い感性と痛烈な風刺で描いた代表作。（戌井昭人）

青春怪談　獅子文六

婚約を約束するもお互いの夢や希望を追いかける慎一と千春は、周囲の横槍や思惑、親同士の関係からドタバタ劇に巻き込まれていく。（山崎まどか）

胡椒息子　獅子文六

裕福な家に育つ腕白少年・昌二郎は自身の出生から母、兄姉に苛められる。しかし真っ直ぐな心と行動力は家族と周囲の人間を幸せに導く。（家冨未央）

バナナ　獅子文六

大学生の龍馬と友人のサキ子は互いの夢を叶えるためにひょんなことからバナナの輸入でお金儲けをする。しかし事態は思わぬ方向へ……。（鵜飼哲夫）